Nuova Narrativa Newton
1385

Questa è un'opera di finzione. I nomi, i personaggi, i luoghi, le organizzazioni, gli eventi e gli avvenimenti sono frutto dell'immaginazione dell'autrice o sono usati in modo fittizio.

Titolo originale: *The Snowstorm*

First published in Great Britain in 2023
by Storyfire Ltd trading as Bookouture.

Traduzione dalla lingua inglese di Carlotta Mele
Prima edizione: gennaio 2024

ISBN 978-88-227-7427-9

www.newtoncompton.com

Realizzazione a cura di Caratteri Speciali, Roma
Stampato nel gennaio 2024 presso Puntoweb s.r.l., Ariccia (Roma)

Tríona Walsh

Notte di neve e sangue

Newton Compton editori

Per Dan, che non mi ha mai chiesto
«quand'è che ti trovi un vero lavoro?»

Prologo

«Non dare la colpa a me», ringhiò, facendo un passo indietro. Si congelava, là dentro. Dalla porta aperta entravano folate di aria ghiacciata.

Si lanciò una rapida occhiata alle spalle, cercando di orientarsi tra gli ostacoli disseminati nel soggiorno. Un passo indietro. Un altro. Una danza pericolosa.

La distanza che li separava si accorciò ancora. Non poteva andare da nessuna parte.

Il rumore del pugno la colse di sorpresa.

Cadde a terra, sbattendo la testa contro il tavolino.

Rimase lì, stordita. Il dolore era soffocante.

Non sarebbe dovuta tornare. Era stata stupida. Era troppo isolato, troppo lontano dal villaggio. Sarebbe dovuta restare dove c'era gente.

Dove qualcuno avrebbe potuto sentirla urlare.

Cercò di alzarsi. Di scappare. Ma era con le spalle al muro.

Come aveva fatto a finire così? Come era possibile un tradimento simile?

«Se lo vuoi, sarà tutto finito. Sai cosa devi fare».

Le parole le caddero addosso dall'alto. Gelide. Pungenti. Quel volto la guardava. Un volto che avrebbe dovuto essere così familiare e che, invece, era irriconoscibile sotto quella maschera di rabbia.

«No», disse scuotendo la testa. Comprendeva quale sarebbero state le conseguenze di quel rifiuto.

Si preparò. Pregò che almeno fosse una cosa rapida.

Uno

Inis Mór, Isole Aran

Arrivano in estate.

Si mettono in fila sulla scogliera e saltano senza paura dal trampolino temporaneo. Girano e ruotano, vorticano come fuochi d'artificio al contrario, diretti non verso il cielo ma verso terra. Si lanciano da una piattaforma che si estende dallo strapiombo. Uomini e donne coraggiosi, o sciocchi, questione di punti di vista, planano in aria uno dopo l'altro, cadendo con grazia e fiducia nella bocca della Tana del Serpente. È stata la natura, non la mano dell'uomo, a scavare questa piscina nella roccia calcarea dell'isola. Millenni di onde e tempeste feroci hanno formato un rettangolo perfetto, una stregoneria che in epoche antiche veniva spiegata con storie mitiche su una bestia addormentata, un serpente avvolto nelle spire dentro la sua tana. Ampia e profonda, questa piscina è riempita dall'acqua del mare che si infrange attraverso canali sotterranei, alimentando il moto ondoso. Ora è ansiosa di ricevere i tuffatori.

Dal loro posto d'onore in prima fila, gli uccelli marini che abitano le scogliere – i cormorani, le urie, le sule gelose – osservano quegli strani compagni senza piume che si tuffano nelle fauci affamate del serpente.

Davanti a quello spettacolo, gli isolani e i turisti urlano, godendosi la sensazione della brezza marina sul collo e il sole sul viso. Un modo splendido di trascorrere una giornata d'estate sulla loro isola ai confini del mondo. Un'isola che non ha nemmeno un vicino sulla costa occidentale: solo il vasto e solitario Atlantico. Il confine ultimo dell'Europa, la porta del Nuovo Mondo. Qualcuno fa un picnic, altri alzano in aria i telefoni per immortalare quei drammatici tuffi. Una giornata di svago per tutta la famiglia.

Gli spettatori sentono il brivido dell'adrenalina quando un'altra persona sale sulla piattaforma, arricciando le dita dei piedi sul bordo. Trattengono il fiato nel momento in cui si lancia giù come una piccola uria, spiccando un salto nel vuoto – un salto di fede e paura. Tutti sperano nella magia del volo. Nella benevolenza delle onde.

Onde che adesso, nell'oscurità di un'alba invernale, sembrano ben poco benevole. La luce del giorno è andata in letargo, come il gelido serpente assonnato e affamato nella sua tana. Gli unici spettatori rimasti sono dei gabbiani infreddoliti e annoiati che si stringono l'uno all'altro per proteggersi dalla neve che ha ricominciato a cadere.

Alcuni si disperdono, disturbati dai rumori. Grugniti, giuramenti mormorati nell'ombra, qualcosa di pesante che viene trascinato. Gli altri invece restano fermi. Sembrano più preoccupati di cercare di sopravvivere alle tempeste e alle bufere, di non farsi spazzare via nel vasto oceano. Si riscuotono solo quando a cadere giù dal bordo della scogliera è un tuffatore diverso. Nelle lunghe ore buie del mattino, mentre i venti che minacciavano di infuriare prendono forza, quest'ultimo tuffatore ha i polsi legati. Le braccia non sono allungate come una freccia per fendere le onde. Gli occhi sono chiusi: non per la tensione, neppure per la concentrazione. Ma per la morte.

Precipita dritto nella Tana del Serpente, un tuffo senza grazia, senza capriole. Il collo molto probabilmente si è spezzato nell'impatto, una ferita che a questo punto è un mero insulto al cadavere. Dopo lo schianto, gli uccelli sorpresi si disperdono, prigionieri di due terrori, quello del frastuono improvviso e quello del tempo minaccioso. Dallo strapiombo, un'ombra guarda giù, sperando che la corrente trascini il corpo al largo, attraverso quei canali sotterranei. Senza lasciare tracce. Con un ultimo sguardo, si volta e torna indietro, lottando contro la bufera di neve come un uccello spaventato.

Due

«Maledizione», disse Cara, senza fiato, chiudendo la portiera. Si scosse come un cane bagnato. Che tempo tremendo. Nel tragitto tra l'uscita della stazione e la sua auto, il vento l'aveva sballottolata da tutte le parti come un bullo nei corridoi di una scuola.

Guardò il porto al tramonto. Erano solo le cinque, ma il sole era già quasi calato. Le scintillanti luci di Natale ai lampioni dondolavano come folgorate dal vento.

Cara osservò i cavalloni che si infrangevano sul molo, le barche da pesca nella baia che venivano trascinate di qua e di là come paperelle tra le mani di un bambino che faceva il bagnetto.

La tempesta si era abbattuta sull'isola come se volesse vendicarsi di un qualche torto passato. L'Irlanda non si vedeva dal primo pomeriggio. Era come se i venti avessero spazzato ancora più in là il loro piccolo pezzo di terra. Ancora più lontano dal resto del mondo.

E presto sarebbe arrivata la neve. Così dicevano.

Cara sperava davvero di no. Mise in moto e partì, seguendo la strada principale fino a Derrane, il pub di Daithí. Non c'erano altre macchine in giro. Gli isolani avevano dato retta agli avvertimenti ed erano rimasti al sicuro nelle proprie case. Anche Cara avrebbe voluto essere a casa. Ma era l'unica Garda dell'isola. Aveva delle responsabilità. A dirla tutta, rispetto ai colleghi sulla terraferma, la sua vita era relativamente tranquilla. Sorvegliava un'isola di ottocento cittadini, quasi tutti rispettosi della legge. Ma quando arrivava una tempesta a tagliarli fuori da tutto e tutti…

Era in quei momenti che si doveva guadagnare la pagnotta. Quando doveva passare le giornate ad aiutare i cittadini più vulnerabili.

Parcheggiò davanti al pub e prese un respiro profondo per prepararsi. Dentro, la aspettava un'altra tempesta. Si lanciò fuori dall'auto e percorse il viale di corsa. Dietro le finestre incorniciate dalle decorazioni natalizie, vedeva la luce soffusa del fuoco scoppiettante. Il locale sembrava restringersi attorno ai pochi impavidi isolani che avevano avuto il coraggio di uscire per una pinta di birra. Cara spinse la porta ed entrò.

Tutti si fermarono.

Bicchieri a metà tra il tavolo e le labbra, conversazioni interrotte bruscamente. Calò il silenzio. Cara si sentiva il nuovo sceriffo appena arrivato in città. Mancavano solo le porte oscillanti del saloon. L'unica differenza è che lei abitava lì da dieci anni. Perché si erano zittiti? Tanto valeva continuare a chiacchierare: l'avrebbero esclusa lo stesso. Gli isolani parlavano irlandese e sapevano che Cara non li capiva. Aveva sempre avuto una relazione incerta con quella lingua. Un fatto che non l'aveva resa più simpatica ai residenti.

«Sergente», mormorarono al suo passaggio un paio di clienti, con un lievissimo cenno del capo e quasi zero contatto visivo.

Cara andò verso il bancone. Daithí stava chiacchierando con un cliente abituale, un anziano con un berretto piatto in testa. Passò davanti a un gruppetto di sconosciuti che chiacchieravano allegramente in un angolo. L'isola non smetteva mai di attirare gente. Probabilmente per via del suo passato mistico, delle sue rovine, e anche della sua posizione ai confini del mondo.

Cara si fermò al bancone e appoggiò i gomiti sulla quercia lucida. Non interruppe le chiacchiere di Daithí e il cliente.

Anche se la lingua irlandese era un pomo della discordia tra lei e gli abitanti dell'isola, il lirismo delle sillabe e il modo in cui scorreva dalle labbra di Daithí erano musica per le sue orecchie. Si lanciò una rapida occhiata alle spalle per controllare se gli isolani avessero già iniziato a ignorarla. Più di qualcuno distolse velocemente lo sguardo. Cara sapeva che la loro avversione non era dovuta solo al fatto che non parlava la lingua: la verità era che era un'estranea. Certo, il padre era nato lì e lei viveva sull'isola da dieci anni con la sua *mamó* – la nonna, un'isolana come loro. Ma i suoi polmoni avevano respirato per la prima volta l'aria contaminata della città, non la gelida e pura brezza atlantica. E nessuno le permetteva di dimenticare questo fatto.

A volte, a letto, quando i suoi figli e *mamó* dormivano, mentre ascoltava le onde infrangersi contro la riva, Cara si diceva che forse il problema non era la lingua. Forse il problema non era essere nata in città. Forse la verità era che ce l'avevano con lei per l'incidente. Forse la incolpavano per quello che era successo a Cillian.

«Ehi, tutto bene? Cos'è quella faccia seria?».

La voce di Daithí la riportò al presente. Alzò lo sguardo e sorrise.

«Scusa, mi ero distratta, tutto qui. È stata davvero una lunga giornata».

«Gli altri non vedono l'ora di abbracciarti stasera».

Il sorriso di Cara si fece leggermente più ampio.

«Anche io non vedo l'ora». Alto e forte come un pescatore, Daithí non aveva bisogno di un buttafuori. Nelle rare occasioni in cui c'erano stati problemi al locale, non aveva mai dovuto alzare la voce. Era bastato uno sguardo. Era un uomo tranquillo e riflessivo. Ed era uno dei suoi migliori amici. Insieme a Maura Conneely, che insegnava alla scuola elementare, formavano un trio affiatatissimo. Erano amici da quando, a otto anni, si erano conosciuti sulla spiaggia di sabbia bianca di Kilmurvey Beach. Cara, ragazzina di città in vacanza, aveva incontrato la selvaggia isolana Maura e il posato isolano Daithí. I tre magnifici mesi estivi che passavano insieme ogni anno aveva gettato le fondamenta di un'amicizia che durava ancora oggi.

«Ospiti?», chiese Cara con un cenno in direzione del gruppo nell'angolo.

«Sì, hanno prenotato tutte le stanze».

«Ottimo. È proprio un bel gruzzoletto per questo periodo dell'anno».

«Già, mi fa decisamente comodo. Comunque», continuò Daithí, «sono sollevato. Avevamo paura che non saresti riuscita a tornare da Galway stamattina per colpa della tempesta».

«Lo so, lo temevo anche io. T'immagini? Finalmente, dopo secoli, la banda si riunisce e io rimango bloccata sulla terraferma».

Daithí scosse la testa.

«Era l'ultima corsa. Sono stata molto fortunata». Il viaggio di ritorno dalla terraferma, quella mattina, era stato un po' movimentato: sembrava che il vento potesse rovesciare la barca da un momento all'altro. Una volta attraccati, il capitano aveva fatto scendere i passeggeri nauseati in un batter d'occhio, aveva invertito la rotta ed era tornato indietro in fretta e furia, per paura di restare bloccato sull'isola per Capodanno.

«Finché non passa la tempesta siamo fuori dal mondo».

«Come al solito». In momenti del genere, le barche non potevano partire e il piccolo elicottero a dieci posti non era in grado di affrontare il tragitto di dieci minuti fino alla terraferma. Cara odiava quella sensazione. Così vicini, eppure così lontani. Anche nel XXI secolo l'isola era fuori dal mondo come mezzo millennio prima, quando era abitata da monaci che vivevano in un monastero di pietra freddo, le cui rovine erano ancora disseminate in giro.

Cara non si sarebbe mai abituata a quella vulnerabilità. A quella solitudine. E se fosse successo qualcosa di brutto? Forse era quella la vera differenza con la gente del posto. Loro ce l'avevano nel sangue, nelle ossa. L'isolamento.

Chi veniva da fuori non avrebbe mai potuto capire fino in fondo.

«Come stanno gli altri? Ieri sera Maura mi ha mandato un video. Sembrava che vi steste divertendo molto anche senza di me».

«Oh, non preoccuparti, ci sei mancata davvero». Daithí sorrise. «All'inizio è stato strano. Seamus ha un leggero accento americano. Ferdia e Sorcha, be', non sono cambiati molto, ma sono un po' più sofisticati, un po' più londinesi».

Seamus, Ferdia e Sorcha. Gli altri componenti della banda di quelle magnifiche estati. Quelli che, da adulti, avevano abbandonato l'isola. Dopo l'incidente.

«Sono sorpresa. Non hai i postumi della sbornia», disse.

«Sono stato quasi tutto il tempo dietro al bancone. So che dal video non sembra, ma è stata una serata tranquilla».

«Avresti potuto chiudere il locale ai clienti e continuare a bere dentro. In fondo l'unica Garda non c'era…».

«Ah, no… I tuoi sensi di ragno si sarebbero attivati persino dall'altra costa».

«Avrei chiuso un occhio», disse Cara con un sorrisetto che le danzava sulle labbra.

«In realtà non ce n'è stato bisogno. Verso le undici e mezza Maura era già cotta ed è tornata a casa».

«Davvero? Non è da lei». Il sorriso scivolò via.

«Lo so, l'ho accompagnata io. Ha detto che stava bene, ma volevo essere sicuro».

«Forse anche la selvaggia e folle Maura Conneely sta invecchiando».

«Trentaquattro anni non sono così tanti, Cara».

«Vero, ma a volte non sembra». Cara si stropicciò il viso.

«Allora», riprese Daithí, pulendo il bancone. «Li hai visti stamattina?»

«No. In verità dopo essere scesa dalla nave ho fatto un salto a casa e ho bussato, ma non mi ha risposto nessuno».

«Stavano sicuramente smaltendo la sbronza».

«Per una serata finita alle undici e mezza? Forse stiamo davvero invecchiando».

«Sospetto che si siano fatti qualche bicchierino dopo essere tornati. Seamus mi ha detto che il riscaldamento non funzionava. Avevano la scusa perfetta per bere un goccetto di Jameson prima di andare a letto».

«Già, sarà andata così». Cara guardò l'orologio sopra al bancone. «Tra quanto ti liberi?»

«Courtney è per strada. Ti raggiungo appena arriva».

«Fantastico. Ti aspetto in macchina. Ci vediamo quando hai fatto».

«No, no, prendi un tavolo, ti porto qualcosa».

Cara si girò a guardare i clienti.

«Ignorali».

«Facile a dirsi».

L'anziano al bancone si voltò verso di loro. Aveva lo sguardo un po' offuscato. «*Féach ar do chuid gruaige rua*», disse. «*Ní maith liom an phiseog sin i láthair na huaire*!», e indicò Cara.

«In inglese per il sergente, Liam», fece Daithí.

L'uomo ci mise un attimo a capire. Poi sorrise e si schiarì la gola.

«Scusa, mia cara», riprese, tossendo di nuovo, «ho detto che non mi piacciono i tuoi capelli. Sono rossi. Sai cosa dice la *piseog*… ah, la superstizione… di questo periodo dell'anno», terminò.

Cara non rispose.

Con un sorrisetto indifferente, l'uomo si alzò dallo sgabello e si diresse verso il bagno.

«Oh, maledetta *piseog*», disse Cara, voltandosi verso Daithí. «L'ho sempre trovata assurda. Siamo un Paese pieno di gente dai capelli rossi, eppure c'è una superstizione che dice che, se la prima persona che vedi a Capodanno è una donna con i capelli rossi, la sfortuna ti perseguiterà per tutto il resto dell'anno. Allora nessuno dovrebbe uscire di casa!».

«L'avrà inventata qualcuno che si era stufato di vedere gente dopo il Natale», disse Daithí. «"Mi dispiace, oggi non posso uscire, potrei incontrare una donna con i capelli rossi. Passami una fetta di torrone e il telecomando"».

«Ah, ah, forse hai ragione», rise Cara. Poi sospirò. «Non vedo l'ora di vedere quanto mi ignoreranno nei prossimi giorni».

Daithí le lanciò un'occhiata.

«So che te l'ho già detto, ma perché non provi a imparare l'irlandese? Lo apprezzeranno», disse con gentilezza. «E potrebbe tornarti utile».

«Ci provo sempre a sfoderare le due o tre parole che conosco, ma nessuno mi sembra mai molto colpito».

Daithí aggrottò le sopracciglia senza aggiungere altro.

«Bene», disse Cara, «vado in macchina. Ci vediamo quando arriva Courtney».

«Dieci minuti, non di più, ok?».

La porta del pub si aprì. Un cliente abituale con i capelli tutti arruffati entrò seguito da una folata di vento che fece tremare le cornici alle pareti. Una, in particolare, iniziò a dondolare avanti e indietro. Poi cadde sul pavimento di legno. Il vetro si frantumò in mille pezzi. Il chiacchiericcio si interruppe di colpo e sul pub per la seconda volta calò il silenzio. Tutti si girarono a guardare i resti a terra.

«Oh, questa non è una buona *piseog*», disse il vecchio di ritorno dal bagno, trattenendo il respiro. «Niente affatto». Fece una smorfia e scosse la testa.

Daithí andò a prendere una scopa dal retro.

«Cosa significa?», chiese Cara, infastidita dalla sua stessa curiosità.

«Quando un quadro cade dal muro? Significa che qualcuno morirà».

Tre

Cara aprì la porta e uscì dal pub. Non vedeva l'ora di andarsene. Non voleva avere nulla a che fare con le superstizioni e i presagi di morte degli isolani. Il lutto che aveva dovuto affrontare nella vita vera le era bastato. Non aveva bisogno di ascoltare quelle sciocchezze.

Una forte folata di vento la prese alla sprovvista e le strappò il cappello dalla testa. Volò in aria e si posò su uno degli alberi che costeggiavano la strada.

«Ridammelo!», urlò al cielo. Si trovava nell'unica parte dell'isola abbastanza riparata da permettere agli alberi di crescere. Per il resto, i venti implacabili dell'oceano soffiavano ovunque, tanto che solo qualche piccolo arbusto stentato riusciva a sopravvivere. Il 99 per cento dell'isola era solo un disordinato mosaico di campi ricoperti di pietre calcaree. Piatta, anonima. Quello era l'unico punto in cui sarebbe stato difficile riprendersi il cappello.

Era intrappolato tra i rami. Cara lo fissò. Quasi non si distingueva dai nuvoloni scuri in cielo. Sospirò. Meglio lasciar stare. Magari un'altra folata di vento lo avrebbe fatto volare via e qualcuno l'avrebbe raccolto. Tanto sapevano dove trovarla.

Si sedette in macchina e controllò il suo riflesso nello specchietto retrovisore. Pochi minuti senza il cappello e il suo chignon si era già scompigliato. Alcune fiamme ramate erano sfuggite dall'elastico e serpeggiavano qua e là, trasformandola in una versione moderna di Medusa.

Si passò le mani tra i capelli, cercando di lisciarseli, e si avvicinò allo specchietto. Si stropicciò una guancia, si accarezzò il mento. Era ancora la Cara di dieci anni prima, quella che la banda ricordava?

Tirò fuori il telefono e aprì il video che le aveva inviato Maura su WhatsApp la sera prima. Le era arrivato mentre era sdraiata a letto, nella sua tristissima e scadente camera d'hotel a Galway per un viaggio di lavoro che non voleva fare. Il video l'aveva tirata su di morale e a essere sincera si era sentita anche un po' gelosa. Cliccò play. Il ronzio delle chiacchiere e della musica tradizionale irlandese riempì l'auto. La cacofonia di una serata piacevole.

«Ci manchi, sergente Cara-ra-ra-ra!», urlava Maura, apparendo e scomparendo dallo schermo. I suoi lunghi capelli castano scuro erano nascosti dietro le orecchie e i grandi orecchini a cerchio erano impigliati nelle ciocche vaganti. Si aggiustava la spallina del top a righe bianche e nere, momentaneamente distratta dalla sua immagine sullo schermo. I suoi occhi blu erano dilatati e sfocati, le guance arrossate. Tutto testimoniava che la serata era stata divertente – incluso il suo sorriso a trentadue denti. Subito dopo c'era uno scossone, la visuale si spostava un secondo verso l'alto e poi inquadrava di nuovo Maura con un drink in mano. «Ops, scusa, che stavo dicendo? Ah sì, ci manchi, *cailín*! Che palle che sei a Galway, dovevi essere qui, da Derrane, con la… rullo di tamburi… la banda!». Quando l'inquadratura si mosse, Cara sentì un tuffo al cuore. Altri quattro volti apparivano sullo schermo. Tutti ugualmente accaldati e felici. Ferdia, Sorcha, Seamus e Daithí.

Ferdia era tornato l'estate precedente per spargere le ceneri della madre sull'isola, ma prima di allora erano passati nove anni dall'ultima volta che lo aveva visto. E ora erano poco meno di dieci anni che non vedeva gli altri due.

Dieci anni dall'incidente. Dieci anni da quando il gruppo si era sgretolato. Legami che ritenevano indistruttibili si erano rivelati fragili come le ali di una farfalla.

L'ultima volta che si erano visti, erano tutti vestiti di nero. Poi avevano preso strade diverse. Era stato il dolore a separarli.

Ma con l'avvicinarsi del decimo anniversario di Cillian, i contatti si erano intensificati. Prima Sorcha aveva mandato un'e-mail in cui diceva che sarebbe tornata con Ferdia, per onorare la ricorrenza. Poi era seguita una telefonata di Seamus, la prima dopo tanto, tanto tempo. Anche lui aveva detto di voler tornare. Il piano aveva gradualmente preso forma. E adesso eccoli lì, tutti sudati e felici: le facce fresche della giovinezza sostituite da quelle di veri e propri adulti.

«*A Chara! Tar ar ais anois!*», blaterava una Sorcha ubriaca, scivolando nella sua lingua madre. "Cara! Torna, ora!". Rideva, guardando lo schermo con gli occhi appannati. Anche se Daithí l'aveva descritta come una sofisticata londinese, Sorcha aveva ancora i capelli tinti di un biondo sporco che lasciava intravedere la ricrescita scura, un look che amava molto. Ovviamente l'ossessione per la Madonna dei primi anni Ottanta non le era passata.

«*Airímid uainn thú, a stór*! Ci manchi, tesoro!».

«In inglese, Sorcha, in inglese!», la ammoniva la voce snob di Ferdia, il marito. Sorcha si girava a guardarlo, sgranando gli occhi, con i capelli che le ricadevano sulle spalle e la mente rallentata dall'alcol. Ferdia scuoteva la testa. Poi si intrometteva Seamus.

«Ci vediamo domani, Cara! Mi sei mancata stasera!». Parlava un po' più piano del solito, ma era l'unico indizio del fatto che aveva bevuto quanto gli altri. Stava alla grande. Chiaramente il sole e lo stile di vita della California gli avevano fatto bene. I capelli castano chiaro, corti sui lati, erano raccolti all'indietro. Gli occhi azzurri – quanti occhi azzurri nella banda – scintillavano. E quelle lentiggini... Come il fratello. Seamus gli assomigliava quasi troppo. Era difficile guardarlo.

A quel punto, Maura girava la telecamera e metteva a fuoco Daithí, che salutava e sorrideva. Poi riappariva lei. Occhi scintillanti e guance rosee. Qualche ciocca di capelli le restava attaccata alla fronte per il caldo.

«Ci vediamo domani, Cara!», cinguettava, allungando il

braccio. I membri della banda riempivano di nuovo lo schermo, abbracciandosi. In sottofondo, si sentivano le note del violino, del bodhrán e dello zufolo, il chiacchiericcio della gente felice. Le lucine sgargianti che a Daithí piaceva appendere nel pub a Natale scintillavano dietro alle teste dei ragazzi come aureole in technicolor.

«A domani, Cara!», urlavano tutti. Anche Daithí si univa a loro sullo sfondo. Alla fine, Maura le mandava un bacio, concludendo con un: «Ti adoro, amica mia». Poi le sue dita gigantesche interrompevano il filmato.

Cara alzò lo sguardo al rumore del nevischio sul parabrezza. Stava iniziando. Sospirò e bloccò il telefono, posandolo accanto al cambio. Altro nevischio, più forte adesso. Guardò fuori e vide Courtney, la barista di Daithí. Avvolta in una giacca a vento oversize, lottava contro il vento. Cara abbassò il finestrino.

«Ciao, Courtney!», la chiamò. Alcuni fiocchi di neve entrarono nell'abitacolo e le si posarono sui pantaloni dell'uniforme, lasciando macchie umide.

La ragazza dai capelli scuri alzò lo sguardo e sorrise. «Agente Cara!», rispose con un forte accento newyorkese. Le si avvicinò. «Sto per dare il cambio a Daithí. Uscirà tra pochissimo». Cara ascoltò il modo in cui pronunciava il nome dell'amico. *Daaay-hí*. Non male. Soprattutto considerando il fatto che era uno di quei nomi irlandesi che confondevano tutti gli stranieri. La pronuncia vera era solo un po' più dolce: *Daw-hí*. Gentile e pacata, proprio come lui.

«Grazie, Courtney. E grazie per avercelo lasciato stasera».

«Non c'è problema. Me la caverò da sola. Che tempaccio», disse, guardando il cielo. «Penso che non verrà nessuno. Sarà una serata tranquilla. Ce la farò!».

«Se hai bisogno di noi, ci trovi da Seamus Flaherty. Corri, entra».

«Grazie. Passate una bella serata. Ciao!».

La ragazza sorrise e salutò con la mano, allontanandosi in

fretta. Cara rialzò il finestrino. Cinque minuti dopo, Daithí uscì e la raggiunse, stringendosi nel cappotto.

«Ehi», disse Cara.

«Ehi», rispose lui, «che bei capelli».

«Piantala». Cara si guardò nello specchietto retrovisore e si passò di nuovo le mani tra le ciocche rosse. «Stupido vento. Mi è volato il cappello. È finito lassù, sul tuo albero».

«Oh, cielo».

«Manderò un'e-mail al sovrintendente per farmene dare un altro. Allora, dobbiamo andare a prendere Maura o ci vediamo direttamente lì?»

«Non lo so. Diceva che mi avrebbe chiamato, ma non si è ancora fatta sentire». Daithí tirò fuori il cellulare e controllò. «Niente. In realtà credo che abbia il Wi-Fi fuori uso». Il segnale mobile era praticamente inesistente sull'isola. O Wi-Fi o niente.

«Sul serio non ha il Wi-Fi?»

«Sì, ieri mattina Ferdia e Sorcha sono passati da lei per salutarla subito dopo essere arrivati e Maura gli ha detto che non funzionava».

«Resterà senza fino all'anno nuovo, allora. In questo periodo non glielo aggiusterà nessuno».

«Figuriamoci. È il bello della vita su un'isola».

Cara sorrise. «Ok, allora forse non riesce a contattarci. Passiamo da lei prima di andare da Seamus».

Cara mise in moto. Controllò gli specchietti e inserì la freccia, un'abitudine a cui non riusciva a rinunciare anche se sull'isola, con un totale di circa trecento macchine, il traffico era praticamente inesistente. Azionò luci e tergicristalli e partì. Appena usciti dal villaggio, notò un coraggioso pedone in strada. Rallentò, si fermò e abbassò il finestrino.

«Sta' attento, Tomás. Non vedi che tempo?». L'uomo si fermò e la guardò.

«Ha idea di quante tempeste abbia visto in vita mia? Ne deve mangiare ancora di pagnotte per darmi consigli, sergente. Non si preoccupi per me, me la caverò».

Cara gli rivolse un sorrisetto.

«Cerco solo di aiutarti, Tomás. Buona serata». Fece per chiudere il finestrino. «*Slán*».

«Arrivederci», rispose l'uomo, sfidando il vento e il nevischio. Cara si voltò e guardò Daithí con un sorriso tirato.

«Vedi, Daithí. Mi rispondono in inglese anche se mi sforzo di salutare in irlandese».

«Quel brontolone di Tomás non fa testo».

«Sarà. Comunque, quello di cui ho veramente bisogno non è un corso accelerato di irlandese ma una macchina del tempo che riporti qui mia madre circa, mmh...». Finse di consultare un orologio immaginario sul polso. «Trentaquattro anni, cinque mesi e due giorni fa. Basterebbe».

«Allora possiamo concordare sul fatto di non essere d'accordo, Cara».

«Va bene».

Due minuti dopo si fermarono davanti alla piccola casetta di Maura. Capirono subito che non c'era nessuno, perché era tutto buio.

«Vado a bussare, non si sa mai», disse Daithí, scendendo dalla macchina.

Cara lo guardò mentre aspettava davanti alla porta, saltellando da un piede all'altro per scaldarsi. Dopo un po', tornò indietro. Salì in macchina, sbattendo la portiera e sfregandosi le mani.

«Ok, non c'è», disse. «Sarà andata direttamente da Seamus».

«Va bene. Casa Flaherty, allora». Cara uscì dal vialetto, svoltò in direzione ovest e percorse le strade tortuose che si snodavano in mezzo all'isola fino alla costa. In macchina era sceso il silenzio, perché guidare richiedeva tutta la sua concentrazione. Quella zona era più esposta e le raffiche di vento che provenivano dal mare si abbattevano sulla fiancata con la forza di un rinoceronte.

Dovette aggrapparsi saldamente al volante per non sbandare. Intorno a lei, l'isola si rannicchiava sotto la forza della tempesta. Il suo grigiore implacabile – il tappeto di rocce calcaree che spuntavano dal suolo, il labirinto di muri di pietra e le rovine preistoriche disseminate qua e là – di solito trovava sollievo nell'ampia distesa di blu del cielo e del mare. Ma non oggi. Oggi il grigio si estendeva ininterrottamente dalla terra al cielo. Non c'era orizzonte, nemmeno una punta di colore. Cara si sentiva accerchiata.

Proseguì, seguendo la costa. Onde fameliche attaccavano l'isola come se volessero divorarla. Ormai il nevischio era stato sostituito dalla neve.

Presto, la casa dei Flaherty apparve in lontananza. Troppo presto. Cara avrebbe voluto rimandare ancora. Da lontano sembrava un posto ordinario, senza nulla di speciale. Erano dieci anni che non metteva piede a casa dei Flaherty. Fino a quella mattina erano dieci anni che non metteva nemmeno piede nel vialetto di casa dei Flaherty. Ogni volta che era costretta a passarci davanti, distoglieva lo sguardo. Non era stato per niente facile evitare una casa su un'isola così piccola per così tanto tempo.

Quattro

Cara si fermò nel vialetto di una casetta del tutto ordinaria, un semplice bungalow di mattoni, con il tetto spiovente bianco, identico a quello di quasi tutte le altre case dell'isola. Lanciò un'occhiata a Daithí, che invece guardava dritto davanti a sé, immobile. Lì erano più riparati, ma la macchina continuava a dondolare sotto la furia del vento.

«Stai bene?», chiese Cara.

«Sì. Non preoccuparti. Ascolta, sono andato io a prenderli al porto… li ho accompagnati a casa».

«Sei stato molto gentile».

«Sì, ma devo dirti una cosa sulla casa. È…».

«È?»

«È…». Esitò, poi fece un respiro profondo. «Sai che sull'isola le case vanno in malora se non te ne prendi cura, no? Il clima rigido e tutto il resto… be'. La casa è fredda e umida. Il riscaldamento non funziona. È tutto molto malandato».

«Non preoccuparti, Daithí. C'è quel camino enorme, ci accucciamo tutti davanti al fuoco».

«Non è finita qui». Daithí fece una pausa per raccogliere i pensieri. Cara lo fissò. «Ho l'impressione che dopo il funerale Seamus abbia chiuso a chiave e se ne sia andato. Senza toccare niente. Dentro, è tutto un po' stile… stile miss Havisham. È questo il vero problema. Non ha portato via nulla, non ha buttato via nulla. Forse… forse era troppo difficile per lui. È rimasto tutto esattamente com'era dieci anni fa. I quadri alle pareti, i libri sugli scaffali… e tutto il resto».

«Oh».

Cara abbassò la testa.

«Non dobbiamo andare per forza, se non te la senti. Magari possiamo tornare al pub. Ci mettiamo a un angolino».

Cara alzò lo sguardo. «No. Posso farcela».

«Sei sicura?»

«Ho evitato questa casa per troppo tempo. Seamus non è l'unico che si rifiuta di affrontare i problemi».

Daithí la fissò.

«Dico sul serio, Daithí. Andrà tutto bene. E se invece non va bene, ce ne torniamo al pub. D'accordo?»

«Affare fatto».

Cara si tirò su il cappuccio e aprì la portiera. Una raffica di neve la assaltò subito, facendole lacrimare gli occhi. La temperatura era scesa ancora, il gelo adesso ringhiava, mostrava i denti. Cara sperava che non si incattivisse ancora di più. Corse fino all'ingresso, pronta a bussare, ma in quel momento la porta si spalancò dall'interno.

«CARA!». Un coro stordente di voci proruppe da una creatura a tre teste che si dimenava sulla soglia. Cara venne strattonata da un mucchio di braccia. Dietro alle spalle degli amici, intravide una carta da parati verde da tempo dimenticata. Seamus, Ferdia e Sorcha, felicissimi, la trascinarono dentro.

«Sei arrivata!», gridò Sorcha, stringendola in un abbraccio.

Daithí, nel disinteresse generale, varcò la soglia e si chiuse la porta alle spalle.

«Oh, è così bello vederti, Cara», disse Sorcha, sciogliendo l'abbraccio. Fece un passo indietro tenendola per le spalle per osservarla da capo a piedi. «Mi dispiace aver fatto passare tutto questo tempo, ma è stata dura. È difficile andarsene da qui, ma è ancora più difficile tornare, sai?».

Cara guardò l'amica. Era la stessa di sempre. I capelli biondi erano raccolti in uno chignon disordinato. Aveva l'aria un po' stanca, ma in fondo la sera prima era stata fuori fino a tardi, e nessuno splende di salute dopo una sessione intensa di bevute. Era minuta e più bella che mai.

«Tranquilla, capisco», rispose. Sorcha la tirò di nuovo a sé per un abbraccio.

«Sorcha, mollala. Falla respirare». Ferdia le si avvicinò. Era alto come Daithí, ma era una creatura di tutt'altro tipo. Snello e pallido, con i capelli di un castano scurissimo, praticamente neri. Le iridi nocciola si fondevano nelle pupille, formando due cupe pozze illeggibili.

Le posò le mani sulle spalle e la guardò dall'alto. Cara notò che aveva ancora i braccialetti di pelle che portava da quando era adolescente, nella sua fase da rocker. I bordi sfilacciati del nodo sbucavano dai polsini della camicia.

«Non sei invecchiata bene quanto me, Cara», disse sorridendo. «Ma in realtà l'avevo già notato l'estate scorsa. Solo che non ho voluto dirtelo». Sorrise, e i suoi occhi scuri scintillarono.

«Ma che gentile!», rise Cara.

«Devo dire però che l'uniforme da Garda mi piace molto». La tirò a sé e Cara gli diede un pugno scherzoso sul petto.

«Sta' attento o ti arresto», disse, stritolandolo in un abbraccio soffocante.

«Piano, piano, sergente!».

Cara sentì delle mani che la tiravano via. Seamus richiedeva le sue attenzioni. Per un attimo si guardarono senza dirsi nulla. Non lo vedeva da quando era partito per l'America. Ed ora eccolo lì, in tutto il suo splendore hollywoodiano. Si sorrisero e poi si lanciarono l'uno nelle braccia dell'altra. Cara sentì il calore del corpo di Seamus contro il suo. Era come se si fosse portato dietro un po' di quel sole dorato della California.

Dopo qualche secondo, si staccò e disse: «La prossima volta non lasciar passare tutto questo tempo».

«Mi dispiace. È che… be'…», fece lui.

«Non dire nulla. Non devi dire nulla».

Seamus annuì. Nei suoi occhi, Cara vide il luccichio delle lacrime trattenute a fatica. Gli accarezzò la guancia. Lui sorrise e i suoi occhi blu brillarono.

«Forza, spostiamoci da questo corridoio gelido!», urlò Ferdia. «Andiamo in cucina, fa più caldo!». Cara acconsentì.

Si ghiacciava lì, sembrava di stare all'aperto. La rimpatriata poteva proseguire benissimo davanti al fuoco.

«Maura è già arrivata?», chiese a Seamus mentre andavano verso la porta della cucina.

«No». Scosse la testa. «Pensavamo che fosse con voi».

«No». Cara sentì il peso del telefono nella tasca dei pantaloni. Lo pescò con le dita.

«Arriverà presto, sono sicuro», disse Seamus. «È bello vedere che non è cambiata affatto, nemmeno dopo dieci anni», disse ridendo. Cara sorrise e tolse la mano dalla tasca. Tanto probabilmente non c'era segnale.

Si ammassarono tutti nella grande cucina. Accanto alla porta, sulla parete, c'era una fila di mobili anni Settanta color senape con le finiture argentate e le ante tutte storte. Di fronte, un'altra fila di mobiletti in laminato separava il frigo e i fornelli dal resto della stanza. L'aria era gonfia di umidità. Cara si guardò attorno. Quell'orribile cucina era già un relitto di un'altra generazione quando, timida quattordicenne, ci era aveva messo piede per la prima volta.

Il resto della stanza era un po' meglio. Cara passò la mano sulla superficie ruvida del vecchio tavolo di quercia malconcio. Quante ne aveva viste… Alzò lo sguardo verso il camino. Occupava la parte centrale della parete di fondo, come si usava nei vecchi cottage dell'isola: una stanza del genere di solito accoglieva tutta una famiglia. Era ampio, ci si poteva cucinare, e riscaldava bene l'ambiente.

Cara si sentiva un po' stordita. Il nastro degli anni si riavvolgeva rapidamente. Non sapeva se ridere o piangere di fronte al vecchio divano con le poltrone marrone e senape intorno al fuoco. Rivestite da un tessuto che aveva una parentela molto lontana con una qualsiasi fibra naturale, il motivo che le decorava era il nemico giurato di chiunque soffrisse i postumi di una sbornia: il pattern era talmente orribile e superato che con ogni probabilità sarebbe tornato di moda di lì a poco. Un semplice tavolino impiallacciato con gambe angolari nere completava il quadro. C'erano molte case come quella sull'isola. La gente si teneva stretta quello che aveva. Farsi spedire oggetti ingombranti era costoso, e quindi il motto era: *funziona ancora? Resta dov'è.*

Cara toccò il divano. Si aspettava quasi di prendere la scossa, come quella che aveva sentito non appena aveva varcato la soglia. Daithí aveva fatto bene ad avvertirla.

Guardò le pareti, cercando la foto incorniciata. Sapeva che era lì. Cillian…

Un braccio la strinse.

«Stai bene?», le chiese all'orecchio la voce morbida di Daithí. Annuì.

«Avevi ragione», disse Cara. «Non è cambiato nulla. Mi sembra di essere tornata indietro nel tempo». Si appoggiò a lui.

«Se ti senti a disagio, dimmelo».

«Grazie».

Seamus fece il giro del divano, trasportando un cesto pieno di torba secca. Sorrise.

«Ho trovato questa roba nel capanno. Avrà dieci anni almeno. Secondo voi brucia?». Gettò un blocchetto nel camino. Le fiamme avvolsero subito il nuovo arrivato, testandone l'infiammabilità. Poi si udì un boato, forte come un fuoco d'artificio, e dalla torba umida si alzò una pioggia di scintille.

«Porca troia!», disse Ferdia. Era strano sentirlo imprecare. La sua dizione da scuola privata strideva con le parolacce della classe operaia. Un vago sentore di bruciato li avvertì che una scintilla vagante era finita sul tappeto. L'odore di polvere, umidità e bruciato creava un mix nauseante.

«Merda!», urlò Seamus, calpestandola. «Tranquilli, ci penso io! Non preoccupatevi, gente. Vi ho salvato».

«Grazie, Seamus», disse Sorcha dalla cucina.

«Sei il nostro eroe», concordò Cara.

«Ci riprovo?», chiese, tenendo in mano un altro grande blocco di torba.

«Va', sfida il pericolo».

Seamus la lanciò nel camino, provocando un'altra pioggia

di scintille. Saltellando, spense tutte quelle che erano scappate dal camino.

«Qualcuno vuole aiutarmi a tagliare la verdura?», disse Sorcha.

«Certo», rispose Daithí, strizzando il braccio di Cara.

Lei osservò i due amici: Daithí aveva preso delle carote e un coltello. D'un tratto, l'immagine si fuse con dei fotogrammi del passato e la signora Flaherty apparve accanto a loro. La madre di Cillian e Seamus, in piedi vicino ai fornelli, prendeva dei piatti dai mobiletti color senape, che all'epoca avevano ancora le ante dritte.

«Sai quando arriva Maura?». Ferdia si sedette su una poltrona, riportando Cara al presente.

«Maura? No, non lo so. È sparita».

Seamus si avvicinò con due bicchieri da vino nella mano sinistra e una bottiglia di rosso nella destra.

«Ecco, prendete». Tese la mano. Ignorando il galateo, riempì il grande bicchiere di Ferdia fino all'orlo. Si rivolse a Cara.

«Vuoi prima il vino o preferisci andare a cambiarti? Ti sarai portata qualcosa, immagino. Ti fermi stanotte?».

Cara guardò l'uniforme che indossava. Ben poco adatta a una festa. Sì, avrebbe potuto fare un salto a casa, ma si era già persa una serata con la banda, e voleva approfittare di tutto il tempo che aveva.

«Vino», disse, slacciandosi la giacca e appoggiandola sullo schienale di una sedia di quercia. Tese la mano per prendere il bicchiere. «E sì, mi fermo. *Mamó* sta badando ai bambini. Già mi sono persa la serata di ieri».

«Ottimo». Seamus si illuminò e le riempì il bicchiere. «Allora, siediti, siediti. Ci sei mancata ieri sera! Abbiamo un sacco di cose da raccontarci».

«Assolutamente sì», disse Cara. Scelse la poltrona più vicina e si accomodò. Il tessuto emanava un vago odore di muffa. Infilò il naso nel bicchiere di vino, inalando l'aroma intenso.

«Come sta la tua *mamó*?», chiese Seamus. «E i bambini?

Come se la passano i miei nipotini? Sono uno zio terribile. Voi siete stati fantastici, mi avete mandato sempre un sacco di foto ed e-mail. Io invece sono stato pessimo a rispondere».

«Non preoccuparti. Stiamo tutti bene. Tiriamo avanti. *Mamó* è la mia roccia: ha settantotto anni ma ha una salute di ferro. Saoirse e Cathal stanno benissimo. Ma li vedrai presto».

«Non vedo l'ora, saranno cresciuti un sacco».

«Rimarrai scioccato, sono grandi ormai». Cara sorrise. «E tu come stai? Come va ad Hollywood?»

«Sto vivendo un sogno, Cara!», disse Seamus, con gli occhi che brillavano. «È fantastico. Adoro fare lo sceneggiatore. Indovina quant'era il budget per il mio ultimo film?»

«Non lo so, dimmi».

«Centocinquanta milioni di dollari! Sai quanti soldi sono?»

«Non ne ho idea». Cara scosse la testa, con gli occhi spalancati.

«Spaccone», ringhiò Ferdia.

«Vaffanculo», disse Seamus con un sorriso.

«Ma sbaglio o i film si scrivono in gruppo? Non c'è mica uno sceneggiatore solo», disse Ferdia. «Quindi non è proprio il "tuo", o no?».

Seamus scosse la testa. «Quelle sono le serie TV. Un gruppo di sceneggiatori intorno a un tavolo e via dicendo. Per quanto riguarda i miei film… sono miei. Be', di tanto in tanto chiamano qualcuno per modificare qualcosa… a quanto pare faccio schifo con i finali! Ma comunque rimangono al novanta per cento miei».

«Ma è una cosa fichissima», disse Cara.

«Nemmeno tanto», disse Ferdia. «Gli sceneggiatori a Hollywood sono in fondo alla piramide, lo sanno tutti».

«Sei solo invidioso», disse Cara, sorridendo. «Ma tu non fai la bella vita a Londra?»

«Bella vita non direi. Sopravvivo».

«E cosa fai di preciso?», chiese Cara.

«Ah, sai… un po' di questo, un po' di quello».

«Illuminante».

«Dopo un sacco di tempo c'è qualcosa di grosso che bolle in pentola, quindi sono felice. Non saranno centocinquanta milioni, ma non possiamo essere tutti fortunati come Seamus, no?», disse Ferdia, facendo la linguaccia all'amico.

Seamus si accigliò e aprì la bocca per ribattere, ma poi si bloccò. Guardò di nuovo Cara.

«Allora, che mi dici della vita sull'isola? Come ti trovi?», chiese.

«Be'...», cominciò. Non era il giorno adatto per lamentarsi. Ma non era facile rispondere a quella domanda. Ferdia accorse in suo aiuto, interrompendola.

«Hanno già attaccato con quella storia?», domandò con entusiasmo, sporgendosi in avanti.

«Chi? Quale storia?»

«Quella sui capelli rossi. La superstizione di Capodanno».

«Non posso credere che te ne ricordi ancora», disse Cara.

«Come potrei dimenticarmela? Vederli scappare in preda al panico di fronte a te era il momento più bello dell'anno!».

«Ah, quindi lo trovavi divertente? Mi fa piacere».

«Vi ricordate quando chiudevamo Cillian in camera sua con Cara a mezzanotte meno cinque, così assorbiva lui tutta la sfiga?», fece Ferdia.

Il sorriso di Seamus svanì.

«Gesù, Ferdy. Ragiona», sibilò Sorcha dalla cucina.

«Ragazzi...», disse, rendendosi conto della gaffe. «Mi dispiace molto».

Cara abbassò lo sguardo a terra. Per un momento non disse nulla, poi lanciò un'occhiata a Ferdia.

«Sì, me lo ricordo bene. Credo che, purtroppo, l'abbia assorbita tutta».

Cinque

«E poi gli faccio: "Credo che quello sia il mio posto, signor DiCaprio!"».

«Ma piantala, non è mai successo!», disse Sorcha, con il cucchiaio a metà tra il piatto e la bocca.

«Che cazzata!», commentò Ferdia. Sorcha gli sferrò una gomitata nel fianco.

«Ahia! Perché?», scattò lui.

«Smettila, non c'è bisogno di essere così volgari», sussurrò Sorcha con un filo di voce, anche se tutti e cinque gli amici intorno al tavolo la sentivano lo stesso.

«Sorcha, il tiramisù è ottimo. Dovrai darmi la ricetta, voglio farlo al pub», disse Daithí, raschiando il piatto con il cucchiaio per raccogliere fino all'ultima briciola.

«Ah, grazie, tesoro», rispose lei, grata della distrazione. «Adesso fai anche da mangiare al pub?»

«Tutto pur di guadagnare qualche soldo in più».

«Sì, il lunedì sera ci sono le spogliarelliste», rise Ferdia.

«Come no. Faresti crepare d'infarto la maggior parte dei clienti». Daithí sorrise, pensando ai vecchietti che tenevano in vita il suo bar sette giorni su sette, anche con la pioggia e la grandine.

Seamus saltò in piedi e prese un'altra bottiglia di vino dal ripiano. Riempì i bicchieri a tutti.

«Versalo anche per te», disse Cara, notando che aveva ignorato il suo calice.

«Purtroppo ultimamente non reggo per niente l'alcol», rispose lui.

«Non ci credo», esclamò Ferdia. «Il famoso Seamie che

non regge l'alcol? Quello che beveva diciassette pinte di fila? Cosa ti hanno fatto quegli americani?»

«In realtà è una cosa specifica dei californiani. Là non è come qui: si esce per andare a correre, non per affogare nell'alcol».

«Che vita triste», disse Ferdia, scolandosi un sorso enorme.

«E vanno tutti dagli Alcolisti Anonimi».

«Anche tu?», chiese Sorcha, sgranando gli occhi.

«Ho fatto un salto solo per prendere qualche contatto».

«Ah!», esclamò Daithí.

Cara si alzò, si avvicinò al camino e appoggiò con delicatezza un altro pezzo di torba secca sul fuoco. Mentre tornava al tavolo, si fermò accanto alla libreria. Il suo sguardo cadde su un libro dal dorso nero. Lo prese e se lo rigirò tra le mani. Sprigionava odore di muffa ed era macchiato sui bordi. Seamus la raggiunse con il bicchiere di vino in mano.

«Hai intenzione di scriverne un altro prima o poi?», chiese, guardando Seamus. Lui alzò le spalle.

«Non lo so. Avevo bisogno di raccontare questa storia. Non credo di averne una seconda».

Cara abbassò lo sguardo. Lesse il titolo. *Io sono l'isola: Un memoir. Seamus Flaherty.* Il libro era nato come il diario di Seamus. E aveva avuto un successo incredibile. Erano rimasti tutti sorpresi, compreso l'editore, che si era affrettato a pubblicare una ristampa, e poi un'altra, e un'altra ancora. Alla fine sembrava che ogni abitazione sul pianeta avesse la storia di Seamus Flaherty in libreria. La storia di un ragazzo cresciuto su un'isola minuscola ai margini dell'Atlantico con un padre che beveva, una madre pronta a combattere per i figli, un fratello che adorava e che non c'era più.

Cara lo aprì e lesse la dedica. *Per Cillian. Per tutto.* Non avrebbe dovuto farlo, lo sapeva, ma l'istinto fu più forte, e lo sfogliò fino alla fine. Ovvero fino alle pagine che raccontavano di quella notte di dieci anni prima sul peschereccio, a Capodanno. Due fratelli, Seamus e Cillian. Una tempesta, un'onda feroce, Cillian che si perde nel mare.

Cillian. Suo marito. Perduto per lei. Perduto per i loro figli. Per sempre.

Cara l'aveva letto tutto, e per un po' la prosa squisita di Seamus le aveva dato l'impressione di poter riportare in vita Cillian. Ma era stata una prova difficile. Perché in realtà nulla avrebbe mai potuto restituirglielo. Perciò lo aveva letto una volta sola e lo aveva messo via.

Ora lo chiuse senza leggere nemmeno una parola e lo rimise sullo scaffale.

«È un libro bellissimo, anche nella traduzione. Ma c'era da aspettarselo, dato che l'hai tradotto tu».

«Grazie. E sì, credo che abbia fatto la differenza. La versione originale sarà sempre *Is Mise An tOileán*, quella che vorrei che la gente leggesse. Ma in irlandese non l'avrebbe letto quasi nessuno».

Si sedettero sul divano. Seamus si avvicinò a Cara.

«Senti», disse a bassa voce. «Mi dispiace per com'è ridotta la casa. Forse avrei dovuto chiamare qualcuno per dare una sistemata».

«Io credo che...», intervenne Ferdia dal tavolo. Evidentemente Seamus non aveva parlato a voce abbastanza bassa. «L'unico modo per salvare questa catapecchia sia darle fuoco».

«Ferdia!», gridò Sorcha. «Non chiamarla "catapecchia"!».

Seamus alzò le spalle e li guardò. «Non preoccupatevi. È una catapecchia a tutti gli effetti!».

«Non scusarti», disse Cara, «e poi onestamente non è così male».

Seamus si guardò intorno e abbassò di nuovo la voce. «Mi dispiace per tutta questa *roba* che c'è in giro. Forse dovevo venire qualche giorno fa a dare una ripulita. Così la casa avrebbe fatto meno impressione... come si chiamava quella misteriosa nave abbandonata?»

«La *Mary Celeste*?»

«Sì, esatto. Insomma, avrei dovuto togliere un po' l'effetto fantasma. È così che mi sono sentito io quando sono entrato. È tutto… identico a dieci anni fa… Immagino sarà così anche per te».

«Sì, è tutto un po' strano, lo ammetto. Ma non devi scusarti, ti ripeto. Stamattina, quando sono passata a vedere se c'era qualcuno sveglio, ho dovuto farmi forza per risalire il vialetto. Non posso biasimarti se non te la sentivi di venire».

«Sei passata stamattina?»

«Sì, dopo essere scesa dalla nave. Mi siete mancati ieri sera».

«Quindi eri già venuta fin qua».

«Sono rimasta fuori. Ho bussato ma non ha risposto nessuno. Dopo quel video che mi avete mandato…», Cara rise e scosse la testa, «…ho pensato che foste a letto a smaltire la sbronza».

«Assolutamente sì. Mi dispiace, non me ne sono nemmeno accorto. Siamo stati dei veri maleducati».

Seamus guardò gli altri.

«Ragazzi, Cara è passata stamattina e nessuno di noi si è svegliato per aprirle! Siamo tremendi!».

«Oddio, tesoro, scusa!», disse Sorcha.

«Scusa, Cars», disse Ferdia. Lui, Sorcha e Daithí si alzarono dal tavolo e andarono a sedersi accanto agli altri sul divano. Cara guardò gli amici con un sorriso.

«Smettetela, tutti quanti! Non è un problema, davvero, non preoccupatevi. E comunque non sarei potuta restare a lungo».

Qualcuno bussò alla porta sul retro.

Calò il silenzio e tutti si voltarono di scatto, come un branco di suricati. Dietro il vetro della porta si intravedeva una sagoma indistinta. La luce proiettava un bagliore inquietante intorno al nuovo arrivato. «Sarà Maura», disse Ferdia. Fece per alzarsi, ma Sorcha gli appoggiò una mano sulla gamba e lo bloccò. Ferdia sgranò gli occhi. Daithí invece si alzò.

Andò ad aprire.

«Finalmente sei arrivata».

Ma al posto di una Maura radiante ed energica come un

coniglietto Duracell, pronta a fare irruzione in casa giustificando il ritardo con qualche storia assurda, c'era un uomo basso e barbuto con un berretto da baseball e un cappotto simile a quelli degli esploratori artici.

Guardò Daithí e sorrise allegro.

«Salve di nuovo, signor Derrane!», disse. Aveva un forte accento americano.

«Signor Jackson?». Daithí aggrottò le sopracciglia e lo fece entrare. Cara lo riconobbe. Lo aveva visto al pub. Faceva parte del gruppetto di turisti nell'angolo.

«Qualche problema con le stanze?», chiese Daithí, perplesso.

«No, no, niente affatto. Vanno benone. Sono venuto per Seamie». L'americano guardò Seamus, che si era già alzato e si stava dirigendo verso di lui.

«Noah!», esclamò, salutandolo con una forte stretta di mano e una pacca sulla schiena. «Sono contento che il B&B di Derrane sia di tuo gradimento, è un ottimo padrone di casa». Daithí spostò lo sguardo dall'amico al turista americano a cui aveva fatto il check-in proprio quella mattina.

«Vi conoscete?», chiese. «*Cad atá ar súil?* Cosa succede, Seamus?», aggiunse, passando deliberatamente all'irlandese.

Seamus lo ignorò.

«Noah, ti presento Cara, Ferdia e Sorcha. Temo che Maura non sia ancora arrivata. E, ovviamente, hai già conosciuto Daithí».

Cara guardò Sorcha e Ferdia. I due fecero spallucce.

Il nuovo arrivato si avvicinò e tese la mano.

«I famosi Cara, Ferdia e Sorcha? Wow!», esclamò. Cara lanciò un'occhiata a Seamus. Era dietro al pazzo americano, e cercava di mascherare un leggero nervosismo con un sorriso smagliante. Cara conosceva Seamus da quando era un ragazzino di sette anni. Capiva quando cercava di farsi perdonare per aver fatto qualcosa senza chiedere il permesso.

«Seamus! Chi è il tuo amico?»

«Cara…». Seamus mise una mano sulla schiena di Noah. «Ragazzi. Lui è il famoso regista Noah Jackson».

Noah Jackson guardò i tre amici seduti.

«Finalmente ho il piacere di conoscervi».

«Finalmente?», chiese Ferdia, un po' irritato. «In che senso?»

«Io e Noah stiamo girando un film basato sul mio libro! Non è una cosa stupenda?», disse Seamus. «Sarà un film autentico, di classe. Una roba un po' sperimentale. La narrazione non è lineare, ci saranno delle parti di fantasia e...».

«Di quello dobbiamo ancora discutere, Seamie», disse Noah.

«Sì, sì». Seamus lo ignorò. «È ancora un work in progress. Ma lo produrrò io, il che è fantastico, e i ragazzi sono venuti fin qui per iniziare le riprese, ed è tutto molto emozionante...».

«Stai girando un film basato sul tuo libro, qui sull'isola? Adesso?», chiese Cara.

«Sì, è... sì». Il desiderio di approvazione traspariva chiaramente dagli occhi luminosi di Seamus.

«Non so cosa dire», fece Cara.

«Di' che sei felice per me, no?».

Cara riuscì solo a fare un piccolo sorriso. Era difficile resistere allo sguardo emozionato di Seamus.

«E... ehm, credo di dovervi dire che i ragazzi – gli attori e la crew – verranno qui spesso questa settimana».

«Qui a casa?», chiese Daithí.

«Sì. Non sempre. Non interferiranno con i nostri programmi, lo prometto».

Gli altri non sembravano molto convinti.

«Posso portarle un bicchiere di vino, signor Jackson?», chiese Daithí.

«Grazie, ma no. Sono venuto con il furgone. Meglio non bere».

«Giusto».

«A dirla tutta, non mi trattengo. Seamus mi ha detto di fare un salto per presentarmi. Un saluto veloce, insomma. So che sono giorni speciali per voi e non voglio intromettermi».

«Grazie, Noah», disse Seamus.

«È stato un piacere conoscervi. Non vedo l'ora di incontrarvi più spesso nei prossimi giorni». Seamus lo accompagnò alla porta: il regista li salutò e se ne andò con la stessa rapidità con cui era arrivato.

Seamus tornò accanto al fuoco.

«Mi dispiace che lo siate venuti a sapere così all'improvviso. Non sembrava mai che fosse il momento giusto per dirvelo».

«Che irresponsabile», mormorò Ferdia.

«È una cosa davvero emozionante, Seamus!», disse Sorcha. «C'è anche un'attrice che interpreta me?»

«Sì», disse Seamus, felice che almeno uno dei suoi amici sembrasse entusiasta. Si sedette sul divano. «Si chiama Ari ed è adorabile. Ti piacerà. Non è bella come te, ovviamente».

«Oh, smettila», ribatté Sorcha con un sorriso.

«C'è anche un'attrice che fa Maura?», chiese Ferdia. «Chiamala e dille di venire, dato che a quanto pare quella vera ci ha dato buca».

Seamus allungò il collo verso l'orologio della cucina. Miracolosamente, funzionava ancora.

«Non è detto, potrebbe ancora arrivare», disse. «Magari si è sbagliata e non si ricordava che ci saremmo visti stasera. Abbiamo bevuto un sacco ieri».

«Tutto è possibile con miss Conneely», disse Ferdia. «Forse ha ricevuto un'offerta migliore!».

Cara incrociò lo sguardo di Daithí. Sorcha se ne accorse.

«Che c'è?»

«Che intendi?»

«Voi due. Cos'era quello sguardo?».

Cara lanciò un'altra occhiata all'amico, che alzò le spalle.

«Mmh. Be', non so se posso dirvelo ma… Maura ha un fidanzato segreto. Non sappiamo chi sia, da dove venga, non sappiamo nulla di lui. Di tanto in tanto scompare e torna tutta felice senza dirci nulla. È tutto molto misterioso. Forse questo tizio abita in città. Magari effettivamente le ha fatto una proposta migliore per la serata».

«Oh», disse Sorcha. Il suo sorriso felice svanì. «Ci ha dato buca, vero? Per un ragazzo misterioso. Fantastico».

Sei

Cara sparecchiò. «Voi avete cucinato, lavo io i piatti».

«Ti aiuto», disse Ferdia, alzandosi.

«Davvero?», chiese Cara. «Le sorprese non finiscono mai».

Portarono tutto in cucina. Cara riempì il bollitore e lo mise sul fuoco. Ferdia si appoggiò al bancone, tirò fuori il telefono e guardò lo schermo.

«Prende malissimo. Ecco una cosa che non mi manca della vita sull'isola. I miei amici a Londra resterebbero inorriditi. Tu hai campo?»

«No, Ferdia. Non prende a nessuno».

«Perché non hai il Wi-Fi, Seamus?», urlò Ferdia verso il divano.

«Non vivo più qui, Ferdia, non ho intenzione di installare un Wi-Fi per un fine settimana».

«Che bravo padrone di casa».

«Staccare la spina per qualche giorno potrebbe farti bene, che dici?», disse Seamus con un sorriso.

«Stare zitto potrebbe farti bene, che dici?».

Cara buttò gli avanzi da qualche altro piatto. Quando il bollitore fece *click*, riempì il lavandino con l'acqua calda e ci immerse dentro le stoviglie sporche.

«Prendi quel canovaccio, per favore?», chiese.

Ferdia alzò lo sguardo dal telefono.

«No, non preoccuparti. Stai facendo un ottimo lavoro». Fece il giro del ripiano della cucina e tornò al divano.

«Grazie tante», mormorò Cara.

«Cara», disse Sorcha. «Cosa vuoi fare domenica? Dopo il cimitero?».

Cara si fermò davanti al lavandino con le mani insaponate. Ci aveva riflettuto molto nelle ultime settimane. Abbassò lo sguardo e osservò le bolle di sapone dai riflessi arcobaleno che scoppiavano.

«Voglio fare qualcosa di bello, sai?», cominciò, alzando la testa. «Abbiamo già passato troppi momenti tristi. Ho voglia di fare festa». Daithí si alzò dal divano e le si avvicinò, prendendo lo strofinaccio. Cara gli passò il primo piatto pulito e immerse di nuovo le mani nell'acqua calda. «Potremmo mettere un paio delle sue canzoni preferite, qualcuno potrebbe leggere qualcosa, magari un passaggio del libro di Seamus. Uno felice, magari».

«Non ce ne sono molti», mormorò Ferdia.

«Certo», disse Seamus, ignorandolo. «Che bella idea. Mi piace».

«Sorcha, magari tu potresti cantare. Ti andrebbe?»

«Certo, tesoro, sarei onorata. Cosa vuoi che canti?»

«Conosci *My Love Returns*?»

«Sì. È bellissima. Mi accompagneresti con il violino?»

«Quindi stai portando avanti la tua carriera di strangolatrice di gatti?»

«A volte», rispose Cara.

«Aspettate un momento». Seamus si alzò di colpo e se ne andò. Gli altri si girarono a guardare il suo posto vuoto e poi rivolsero un'occhiata a Cara.

«Non lo so...», rispose alla domanda implicita.

Seamus riapparve pochi istanti dopo, con la custodia di un violino in mano.

«Ecco, avevo dimenticato che c'era questo. Quando avevo dieci anni la mamma si era messa in testa di farmi suonare. Il nonno era un grande violinista ai suoi tempi o qualcosa del genere... Non so se è in condizioni decenti. Ma nel caso, ti andrebbe di provare?»

«Dai, Cara! Suona», disse Sorcha.

Ferdia si chinò in avanti e si riempì il bicchiere di vino.

«Va bene». Daithí le passò lo strofinaccio e Cara si asciugò le mani. Raggiunse Seamus, prese la custodia e si sedette su una poltrona. La aprì e tirò fuori un violino bellissimo, quasi immacolato.

«Ecco un vantaggio della tua scelta di non toccare nulla in questo posto», disse, sorridendo a Seamus. Daithí si avvicinò e si sedette. Sorcha prese la bottiglia di vino aperta dal tavolo e la mise accanto al camino, quindi si accomodò davanti al fuoco sul tappeto. Cara raddrizzò la schiena e appoggiò il violino alla spalla come una violinista folk, invece che sotto il mento come i violinisti classici. Suonò qualche nota di prova e girò i piroli sul manico per accordarlo. Poi abbassò l'archetto sulle corde, lo spinse delicatamente e le prime note iniziarono a sprigionarsi in aria.

Sorcha, che sedeva dritta con le gambe incrociate, intonò parole dolci e tristi che si fusero con la melodia struggente di Cara. La stanza si riempì di un dolore dolce, un lamento familiare a tutte le persone che, generazione dopo generazione, avevano pianto i propri cari sull'isola. Cara sentì qualche lacrima traditrice affiorare agli occhi e rotolare giù lungo le guance.

Quando anche l'eco delle ultime note si spense, Cara posò violino e archetto sulle ginocchia. Nessuno parlò. Si passò una mano sul viso e si strofinò gli occhi. Sentiva qualcuno che tirava su con il naso dal divano. Si girò a guardare. Seamus aveva gli occhi rossi. Daithí era rivolto verso la finestra e fissava la notte nera e innevata, senza incrociare lo sguardo degli altri.

«Cristo», disse Ferdia dalla poltrona di fronte. «Non è stato per niente male».

Sorcha, che come gli altri era stata travolta dalle emozioni, si voltò verso il marito. Cara la osservò. Stringeva gli occhi, le tremava il labbro inferiore.

«Smettila... Fa' il serio per una volta, Ferdia. Per favore».

Ferdia la ignorò.

Seamus si piegò in avanti, allungò la mano e le strizzò il braccio.

«Bellissimo. È stato semplicemente bellissimo». Sorrise, poi guardò Cara. «Wow, tu sei sempre stata brava a suonare il violino, ma stavolta… è stato davvero speciale».

Cara ricambiò il sorriso. Era arrossita.

«Mi sono esercitata. Parecchio. Questi giorni ho un sacco di tempo libero. Diciamo che gli abitanti dell'isola non fanno la fila davanti alla porta del mio ufficio».

«Tanto di guadagnato per noi».

«Grazie, Seamie».

Ferdia si alzò e si sporse su Sorcha per prendere il vino accanto al fuoco. Si riempì il bicchiere e si sedette, posando la bottiglia ai suoi piedi.

«No, sto bene così, grazie tante», disse Seamus, irritato.

Ferdia gli sorrise, ma non si scomodò a riempire il bicchiere anche a lui. «Suonaci qualcos'altro, Car», disse. «Magari qualcosa di allegro».

Cara lanciò un'occhiata a Sorcha.

«Seguimi», disse. Prese a battere il piede a terra e si adagiò il violino sulla spalla. Dopo le prime note, Sorcha sorrise e iniziò a cantare. E poi si unirono anche gli altri. Ferdia accennò persino un sorriso e attaccò il ritornello con grinta. Seamus si alzò in piedi, prese le mani di Sorcha, la tirò su e iniziò a ballare con lei. Sorcha si illuminò in volto. Volteggiarono qua e là, schivando i bicchieri di vino con dei saltelli, senza smettere di ridere e cantare.

«Un'altra!», urlò Seamus mentre la melodia si spegneva piano piano. Cara ne attaccò un'altra e cinque minuti dopo un timido Daithí tirò fuori un fischietto di latta da qualche parte e si unì a lei. Ferdia andò a prendere un'altra bottiglia di vino in cucina, scansando Sorcha e Seamus che stavano ancora ballando.

Seamus la faceva oscillare, afferrandole i gomiti nel tradizionale stile ceilí. Volavano a una velocità vertiginosa. Stavolta Ferdia riempì i bicchieri di tutti e ridacchiò mentre Sorcha e Seamus, con il viso rosso e sorridente, sbattevano contro il tavolo, ansimando e ridendo. Per poco non buttarono giù tutte le foto incorniciate dal muro. Ridevano talmente tanto che erano senza fiato. Cara guardò le cornici che oscillavano per poi rallentare. Non ne cadde neanche una. Suo malgrado, si sentì sollevata.

Seamus ravvivò le fiamme con un'altra zolla di torba secca. L'unica lampada funzionante proiettava un caldo bagliore. Era la sola fonte di luce oltre al fuoco. Non avevano chiuso le tende. Del resto, non c'erano vicini da cui nascondersi, quindi tanto valeva godersi lo sfondo dei fiocchi di neve che cadevano giù. Daithí raccolse le bottiglie di vino vuote e le portò in cucina.

«Oh, dammene una», gridò Sorcha, sedendosi a terra e appoggiando la testa sulle ginocchia di Ferdia. Lui le accarezzò distrattamente i capelli. Di tanto in tanto si fermava per avvolgersi delle ciocche intorno alle dita. Fissava fuori dalla finestra, perso nei suoi pensieri.

Daithí tornò con una bottiglia e gliela porse.

«A cosa ti serve?», chiese.

«Vi ricordate i giochi che facevamo da ragazzini? "Obbligo o verità", "Non ho mai"... e il nostro preferito: il gioco della bottiglia!».

Con un sorriso un po' ubriaco, Sorcha appoggiò la bottiglia sul tappeto.

«Io lascerei stare», disse Daithí, sedendosi sul divano accanto a Seamus.

«Cara, Seamus, andiamo! Ci facciamo due risate».

Seamus, il più sobrio di tutti, le sorrise. «Non siamo un po' troppo vecchi?».

Sorcha girò la bottiglia. Alcune gocce di vino residuo finirono sul tappeto.

«Oops». Ridacchiò e la fece girare di nuovo. «Dai. Ci divertiremo».

La bottiglia si fermò. Puntava verso Daithí. Sorcha si mise carponi, con un'espressione un po' incerta. Quindi gattonò sul tappeto e si fermò di fronte all'amico. Seamus fece una risatina nervosa. Come risvegliato da un sogno, Ferdia guardò la moglie. Sorcha posò le mani sulle ginocchia di Daithí e gli si inginocchiò di fronte.

«Ehi, Daithí», disse, facendo l'occhiolino.

Daithí appoggiò una mano su quella di Sorcha e la guardò dolcemente.

«Forse era meglio "obbligo o verità"».

«Cristo, Sorcha». Ferdia scoccò un'occhiataccia alla moglie. «Che stai facendo? Ubriacona. Ti stai mettendo in ridicolo. Smettila».

Sorcha si voltò verso di lui. «Mettermi in ridicolo? Chissà da chi ho imparato», ringhiò. Guardò di nuovo Daithí. «Mi dispiace, Daithí. Non possiamo giocare a "Obbligo o verità" perché qualcuno qui non capisce il significato di verità».

«Divertente. Esilarante», disse Ferdia. «Tirati su, eh? Abbi un po' di rispetto per te stessa».

Sorcha si alzò in piedi barcollando.

Indicò Ferdia con espressione rabbiosa.

«Tu… sei una testa di cazzo!». Represse un enorme singhiozzo e uscì dalla stanza di corsa, sbattendo contro il tavolo e il bancone.

Ferdia si raddrizzò, si strofinò il viso e sospirò.

Si voltò a guardare Seamus, Daithí e Cara.

«Mi dispiace. Abbiamo esagerato con l'alcol». Si alzò in piedi. Anche lui barcollava un po'. «Vado a parlarle. Buonanotte, ragazzi».

Uscì dalla stanza. Cara guardò Seamus e Daithí. «Oh, cielo. Qualcosa non va».

Daithí e Seamus scossero la testa.

«Litigano da quando sono arrivati», disse Seamus. «È triste».

«E imbarazzante», disse Daithí.

«Speriamo che risolvano», disse Cara. «Da quant'è che va avanti così? Seamus, tu e Ferdia parlate come un tempo?».

Seamus scosse la testa. Sembrava malinconico.

«No, non parliamo più molto».

«Che peccato. Sono cambiate così tante cose. Il che non dovrebbe essere una sorpresa, credo. Ma quei due erano così felici. E tu e Ferdia eravate così uniti».

«Lo so. Ma non siamo più bambini. Le cose cambiano».

«È vero», sospirò Cara. Per un po' rimase in silenzio, ripensando al passato. Ai giovani Ferdia e Sorcha. Ai due migliori amici.

«Eravate così fissati con quel mito», disse Daithí.

Cara spostò lo sguardo da lui a Seamus, e sul suo volto riapparve il sorriso. «Oddio, è vero!», esclamò. «"Setanta e Ferdia". La leggenda dei due fratelli guerrieri. La madre hippy di Ferdia l'ha chiamato così proprio per il mito, no?»

«Non so perché eravamo così fissati», rispose Seamus, ridendo. «Come facevamo a ignorare la parte in cui quei due combattono e si ammazzano?»

«Diciamo che rovinava un po' la storia», rise Cara.

«A quei tempi avrei voluto che mia madre mi avesse chiamato Setanta». Seamus scosse la testa.

«E infatti ci hai costretto a chiamarti Setanta per un'estate intera, ti ricordi?», chiese Daithí.

Seamus lanciò un mugolio impacciato.

«Oddio, che imbarazzo», rise. «Sì, purtroppo me lo ricordo!».

«Sembra un secolo fa», disse Cara.

«*È* un secolo fa. Sono passati vent'anni, Cara».

«Hai ragione. Ma non significa che non possiate essere ancora amici. Guardate me, Daithí e Maura. Cosa è successo tra te e Ferdia?».

Seamus fece spallucce.

«Ci siamo allontanati? Siamo cresciuti? Non lo so. Dopo Cillian... volevo lasciarmi indietro tutto ciò che mi ricordava quella notte. E forse quel "tutto" includeva anche Ferdia. Ma comunque si era trasferito con Sorcha a Londra. Probabilmente la pensava come me, voleva una nuova vita».

«Cosa fa a Londra, tu lo sai? È stato un po' vago», chiese Daithí.

«Sorcha ha accennato a concerti, gruppi musicali, cose così...», fece Seamus.

«Sembra divertente», rispose Cara.

«Da qualche frecciatina tra lui e Sorcha...», disse Daithí, «ho avuto l'impressione che probabilmente non fa un lavoro così prestigioso o remunerativo come sembra».

«Oh, cielo», disse Cara.

«Forse è uno dei motivi per cui discutono», disse Seamus.

«Forse», rispose Cara. Si accasciò sul divano e fece un grande sbadiglio. Scosse la testa e si strofinò gli occhi.

«Ragazzi, è stata una serata fantastica... Be', quest'ultima parte un po' meno. Ma ora credo di aver bisogno di dormire».

«Certo», disse Seamus.

Cara si alzò e si stiracchiò. Poi si chinò e recuperò i bicchieri di vino che Sorcha e Ferdia avevano lasciato in giro. Si diresse verso la cucina facendo del suo meglio per camminare dritta.

Posò i bicchieri vuoti sul bancone con un'attenzione esagerata.

«Seamus, dove dormo io?».

Lui si alzò in piedi.

«Spero che non lo considererai strano, ma ho pensato che la vecchia stanza di Cillian fosse la scelta migliore».

Cara annuì. In effetti sarebbe stato stonato se ci avesse dormito qualcun altro.

«Seamus. È stato così bello vederti».

Lui le si avvicinò, aprì le braccia e la strinse.

«Anche per me. Sono stato via troppo tempo, me ne rendo conto solo ora».

Cara gli sfiorò la guancia.

«È stato difficile per tutti. Non essere troppo duro con te stesso».

«Grazie, tesoro».
«Notte, Daithí», disse Cara.
«Dormi bene», fece lui dal divano.
«Tanto conosci la strada», disse Seamus.
Cara sorrise avvicinandosi alla porta della cucina.
«Sì, non mi perderò».

Sette

Seamus aveva ragione, non c'era pericolo che si perdesse.

Percorse quel corridoio così familiare, sprofondando nella moquette verde scuro, e superò l'ingresso. Prima a sinistra. La stanza di Cillian. Sulla porta c'era ancora il suo nome scritto con le letterine di legno. Cara accarezzò la superficie liscia e i bordi ruvidi con un sorriso amaro. Anche Cathal aveva letterine simili sulla sua.

La camera di Seamus era direttamente di fronte al pianerottolo. Sopra c'era ancora un cartello con la scritta KEEP OUT e un cerchio sbarrato da una linea rossa. Ora che aveva dei figli suoi, Cara capiva perché la madre di Cillian e Seamus avesse lasciato cartelli e letterine anche dopo che quei due erano diventati adulti e se n'erano andati. È difficile vedere i propri bambini crescere e lasciare il nido. Ed entrambe avevano un motivo in più per temere quel momento, per aggrapparsi al passato: ad attendere Cara c'era una solitaria vita da vedova, ma il futuro della signora Flaherty era stato ancora più spietato. Era rimasta sola con un marito violento. Cillian aveva cercato più volte di convincerla ad andarsene, ma non ci era mai riuscito. Alla fine, i danni fisici causati dall'alcolismo – una versione personale e karmica della distruzione che seminava quell'uomo – l'avevano portato alla morte non molto tempo dopo il matrimonio di Cillian e Cara. Era stato un sollievo per tutti.

Dopo la camera di Seamus c'era il bagno. E dietro l'ultima porta, in fondo al corridoio, c'era la stanza dei genitori, che il padrone di casa aveva assegnato a Ferdia e Sorcha. Cara sentiva delle vibrazioni sommesse, qualcuno che russava. Almeno uno dei due stava già dormendo. Si era aspettata di sentire il ronzio smorzato di una discussione, invece no. Un bel sollievo.

Abbassò la maniglia della porta della camera di Cillian e fu trascinata indietro nel tempo di vent'anni. Si strinse le braccia al petto per proteggersi dal freddo e cercò di assorbire ogni dettaglio. Era proprio come la ricordava. I poster dei Nirvana e di Eminem sulla parete, che nascondevano uno storico strato di carta da parati con i dinosauri. Il letto singolo (per fortuna Seamus l'aveva rifatto, cominciava a preoccuparsi) addossato al muro. La scrivania sotto la finestra, i libri, da quelli per bambini fino ai volumi dell'ultimo anno di scuola, tutti a contendersi lo stesso spazio su delle mensole bianche un po' ricurve. Le ante dell'armadio a muro. Cara afferrò la piccola maniglia di ottone e lo aprì. Non era pieno, ma c'erano ancora dei vestiti. Li ricordava benissimo addosso a Cillian. Allungò una mano e la fece scorrere delicatamente su una giacca militare che lui tanto amava a sedici anni. C'era anche l'orribile maglione che gli aveva fatto la sua *mamó*. Lo indossava sempre. Le aveva raccontato che lo faceva solo per renderla felice. Cara sfiorò il tessuto pungente, sorridendo al ricordo. Le sue dita trovarono i buchi delle tarme e delle creature spaventate volarono fuori.

Seamus avrebbe davvero dovuto fare qualcosa per quel posto. E in realtà, Cara avrebbe dovuto offrirsi di dare una mano anni prima. Ma entrambi si rifiutavano di lasciar andare la vecchia casa.

Chiudendo l'armadio, si avvicinò alla scrivania e tirò la tenda. Rimase sconvolta: la neve era già altissima. Da lì, poteva vedere il vialetto e la sua macchina che venivano lentamente sommersi. Sembrava che la bufera si estendesse fino allo spazio e che la Via Lattea stessa fosse in procinto di venire giù. Non riusciva a ricordare l'ultima volta che sull'isola c'era stata una nevicata del genere. Forse tanto tempo prima, negli anni in cui un Cillian adolescente appendeva quei poster al muro.

Scostò l'altra tenda e si girò verso il letto, dove Daithí le aveva appoggiato lo zaino. Lo aprì e tirò fuori un pigiama di pile. Probabilmente avrebbe avuto freddo lo stesso. Dopo una rapida visita al bagno, si infilò sotto le coperte nella camera d'infanzia del marito defunto. Era sdraiata nel letto dove, da adolescenti, avevano pomiciato frettolosamente. Dove si erano seduti ad ascoltare musica. Dove si erano tenuti per mano e avevano chiacchierato. Spense la luce sul comodino e rabbrividì, aspettando che i suoi occhi si abituassero al buio, che i ricordi le concedessero tregua.

Ma le tenebre davano un'atmosfera grottesca alla stanza. I dinosauri sulla carta da parati sembravano assetati di sangue, le fessure dell'anta dell'armadio erano spioncini dietro cui erano in agguato occhi invisibili che la scrutavano. Le mensole sembravano troppo pesanti, il letto troppo piccolo. Cara chiuse gli occhi e sperò che il buon vino e la stanchezza la aiutassero a sprofondare nel sonno.

Aprì un occhio, confusa. I suoi piedi erano due blocchi di ghiaccio. Non sapeva dove si trovava. Un T-Rex minaccioso le fece tornare la memoria. I resti di un sogno iniziarono a scivolare via, ma non le dispiacque. Immagini semicancellate di Cillian, della barca, del mare, si dissolsero. Lei che si sporgeva e gridava. Come sempre, avrebbe voluto che Cillian le apparisse in sogno in un'atmosfera più felice, per esempio durante uno dei bei momenti che avevano vissuto insieme. Non in quegli ultimi, terribili attimi.

Si tirò a sedere. Le scoppiava la testa, aveva la bocca secca. Si sentiva malissimo. Perché tutto quel vino? Nemmeno lei reggeva l'alcol quei giorni, proprio come Seamus. Quando usciva con Daithí e Maura, si concedeva un drink solo. Altrimenti la tentazione di bere, in certe lunghe serate da sola, sarebbe diventata un problema.

Il buio era ancora profondo, ma in quel periodo dell'anno potevano essere le due o le nove del mattino. Dalla finestra filtrava un leggero bagliore, ma sembrava provenire da sotto, dal terreno, non dal cielo. Tremando di freddo, Cara si alzò dal letto, aprì le tende e guardò fuori. Il mondo era immerso nell'oscurità. La fonte di quel leggero bagliore era la neve. Ricopriva qualsiasi cosa. I cumuli che si addossavano ai muri erano alti un paio di metri. I fiocchi cadevano dolcemente adesso, ma del cielo non c'era traccia: le nuvole erano una coltre infinita che nascondeva ogni cosa.

Che ore erano? Quanto aveva dormito? Di sicuro, quanto bastava per beccarsi i postumi della sbornia. Tornò al letto e prese il telefono: 6:15. Si infilò di nuovo sotto le coperte per riscaldarsi e chiuse gli occhi. Ma il sonno se n'era andato definitivamente. Le scoppiava la testa e aveva sete. C'era del paracetamolo vecchio di dieci anni da qualche parte? L'avrebbe preso volentieri. Si alzò di nuovo e si rimise il maglione. Uno strato in più non le avrebbe di certo fatto male.

Aprì la porta. Dalla stanza di Ferdia e Sorcha si sentiva ancora qualcuno che russava piano. La camera di Seamus era chiusa. Si incamminò lungo il corridoio in punta di piedi per non fare rumore e aprì la porta della cucina. Nel silenzio, ogni scricchiolio, ogni cigolio risuonava come un concerto rock.

Nel camino c'era ancora un residuo di torba accesa. Si sentivano i respiri delicati di Daithí. Dentro, fuori. Le dita dei piedi facevano capolino in fondo al divano. Cercando negli armadietti il più silenziosamente possibile, Cara trovò un pacco di compresse scadute da soli dodici anni. Prese un bicchiere e lo riempì d'acqua. Nell'aria immobile, fu un frastuono che avrebbe potuto rivaleggiare con il ruggito delle cascate del Niagara. Lanciò un'occhiata al divano. Per fortuna Daithí non si era svegliato.

Cara si diresse verso il fuoco, con l'intenzione di ravvivarlo. Avrebbe potuto accomodarsi su una delle poltrone e riscaldarsi, e Daithí l'avrebbe ringraziata.

Un movimento. Cara si girò.

Fino a quel momento era rimasto così fermo che non si era nemmeno accorta di lui.

Seamus, su una poltrona.

«Gesù», sibilò Cara con il cuore che le martellava nelle orecchie, un rumore più forte di tutti quelli che aveva fatto da quando era uscita dalla camera. Per poco non lasciò cadere il bicchiere a terra. Allora sì che avrebbe svegliato tutti.

«Cara, scusa! Ti ho visto entrare», sussurrò Seamus, «ma non volevo spaventarti».

«Pessima mossa!», rispose lei. «Cristo».

«Mi dispiace», ripeté Seamus a bassa voce.

Cara guardò la sagoma di Daithí. Ora lo vedeva meglio, ma nel buio riusciva a malapena a distinguere i suoi lineamenti. Non c'era inquinamento luminoso sull'isola, nemmeno un lampione che rischiarasse un po' la stanza buia. L'oscurità era spezzata solo dal debolissimo riflesso della neve. Daithí dormiva profondamente. Cara mise via il bicchiere e posò con cura un pezzo di torba sul fuoco. Si alzò qualche scintilla. Una fiammella incoraggiante suggerì che il tentativo avrebbe avuto successo.

«Buona idea», sussurrò Seamus.

«Fa freddissimo», disse Cara, adeguandosi al suo tono pacato. Prese un'antica coperta dallo schienale della poltrona e si avvicinò a Daithí addormentato, con passi lenti e attenti per evitare di andare a sbattere contro qualcosa. Gliela appoggiò sopra, poi si sedette a terra accanto al fuoco e si strinse nel maglione. Qualche piccola fiamma cominciava a prendere vita. Il bagliore tenue del manto bianco fuori gettava un po' di luce nella stanza. Cara riusciva quasi a distinguere il volto di Seamus.

«Stai bene?», gli chiese. Lui aveva gli occhi tristi e il sorriso perfetto della sera prima era sparito.

Alzò le spalle. «Non proprio».

«Ricordi?»

«Sì. Tanti. Ho fatto un sogno su… quella note. Mi ha svegliato».

«Anch'io», disse Cara.

«È perché siamo tornati qui. Penso che abbiamo fatto

bene a tenerci alla larga. Ho cominciato a riprovare tutte quelle sensazioni, la tristezza, il dolore, il senso di colpa...».

«Non hai nulla per cui sentirti in colpa, Seamus».

«Non è vero», fece lui, la voce poco più di un sussurro. Scosse la testa. E anche nell'oscurità, Cara vide le lacrime bagnare i suoi chiari occhi blu. «C'ero io lì, Cara. Sulla barca. Se non fossi sceso in cabina, l'avrei visto affogare. Avrei potuto chiamare la guardia costiera, andare a cercarlo, lanciargli un salvagente... qualcosa... Non solo girare per la barca sperando di trovarlo... Oh, Cara...». Gli si incrinò la voce.

Lei gattonò sul tappeto e gli si inginocchiò di fronte. Lo abbracciò. Era gelato, un blocco di marmo. Da quanto tempo era seduto lì?

«Non è stata colpa tua, Seamie, non è stata colpa tua. Non è stata colpa di nessuno. Non possiamo prendercela con nessuno».

«Ma devo aver sbagliato qualcosa, ci dev'essere qualcosa che avrei potuto fare meglio... Lui mi ha protetto per tutti quegli anni. Quando papà era ubriaco e furioso e dava di matto, fregandosene delle persone a cui faceva del male, Cillian mi nascondeva nell'armadio o sotto il letto. Si prendeva le botte al posto mio». La sua voce si perse nel silenzio e Cara lo sentì ansimare, travolto da grandi singhiozzi laceranti. «E quando ha avuto bisogno di me, io non sono riuscito a salvarlo».

Un rumore improvviso svegliò Cara. Qualcuno bussava alla porta sul retro.

Ora c'era più luce, quindi doveva essere davvero mattina. Era ancora in cucina, con le gambe rannicchiate su una delle poltrone. Qualcuno le aveva messo una coperta addosso, doveva essere stato Seamus. Si stiracchiò e si guardò intorno, cercando di capire cosa stesse succedendo. Ricordava vagamente che Seamus era tornato a letto dopo aver pianto a dirotto. Era stato terribile. Il dolore che sentiva le era familiare, anche lei lo provava. Ma lui era lì quella notte, la notte in cui Cillian era finito in mare, aveva battuto la testa ed era annegato. E nonostante la maschera felice sotto cui si nascondeva davanti al resto del mondo, Seamus era evidentemente tormentato.

Un secondo colpo. Più forte.

Cara, ormai sveglia, si voltò verso la porta. Dietro al vetro, intravide una sagoma. Daithí aveva iniziato ad agitarsi sul divano, gli occhi annebbiati e la confusione tipica dei postumi di una serata alcolica.

«Che succede?», borbottò, strofinandosi gli occhi mentre si alzava a sedere. «C'è qualcuno alla porta».

Cara si alzò, si tirò addosso la coperta e andò ad aprire.

Fu immediatamente accecata dal bagliore della neve bianchissima e dal vento gelido che entrò in cucina. In piedi, avvolta nel cappotto con tanto di sciarpa e cappello, c'era Courtney, la barista di Daithí. Tremava e sembrava in preda all'ansia.

«Courtney, stai bene? Entra», disse Cara, scansandosi per farla passare.

«Grazie, Cara», disse entrando.

«Va tutto bene?», gracchiò Daithí, sporgendosi dallo schienale del divano. «È successo qualcosa al pub?»

«No, non preoccuparti. Tutto ok al pub. Sono qui per Cara», disse.

Cara aggrottò le sopracciglia: perché Courtney aveva bisogno di lei?

In quel momento Seamus e Sorcha comparvero in cucina. Altri due con occhi appannati e pesanti postumi.

«Cosa sta succedendo? Chi ha bussato?», chiese Sorcha, tutta spettinata, strofinandosi gli occhi.

«C'è Courtney», disse Daithí.

«Cosa succede?», chiese Cara alla ragazza stravolta dalla preoccupazione.

«Ho un messaggio per te. Hanno cercato di contattarti ma il tuo telefono non squillava».

«Sì, il segnale è pessimo».

«Hanno provato a casa. La tua *mamó* ha detto che eri qui, ha telefonato al pub sperando di trovare Daithí, ma ovviamente era con te e…».

«Grazie per esserti fatta tutta questa strada. Che succede? Chi stava cercando di contattarmi?».

Courtney fece un respiro profondo.

«La polizia. I tuoi colleghi di Galway. Hanno ricevuto una telefonata anonima… Qualcuno dice che c'è un corpo nella Tana del Serpente».

Otto

«È troppo pericoloso», gridò Daithí. Non aveva fatto in tempo a pronunciare quelle parole che già erano state spazzate via dal vento. La tormenta infuriava, sballottolando Cara e Daithí sul bordo della scogliera. Non si vedeva a un palmo dal naso. Ma nonostante tutto, una cosa l'avevano individuata. Il corpo nella Tana del Serpente. Chiunque fosse stato a chiamare la polizia, aveva ragione.

«Non possiamo scendere laggiù», urlò ancora Daithí. Aveva insistito per accompagnarla e Cara non aveva cercato di fermarlo. Era un volontario addestrato della Royal National Lifeboat Institution, si era iscritto dopo la morte di Cillian. Perciò era consapevole dei rischi.

Cara riusciva a malapena a sentirlo. Sillabe casuali le si impigliavano come schegge nelle orecchie. Ma in qualche modo sapeva cosa stava cercando di dirle. Ce l'aveva scritto a chiare lettere sul viso. Cara si passò un braccio tremante e zuppo sulla fronte per scansarsi le ciocche di capelli dagli occhi. Doveva mantenere almeno uno dei suoi sensi.

Infilò i piedi dentro degli affossamenti nella neve, cercando di mantenere l'equilibrio, per paura di volare giù dal precipizio. Guardò in basso. La parete a strapiombo che conduceva alla Tana del Serpente.

L'acqua vorticava nei canali sotterranei della piscina naturale dai bordi nitidi alla base della scogliera, formata da millenni di bufere simili a quella che imperversava ora. Le onde si infrangevano sulle rocce. Il corpo veniva sballottolato dappertutto.

«Se non scendiamo», urlò Cara, portandosi le mani alla bocca, «potrebbe finire in mare aperto!».

Daithí scosse la testa. Cara vide le sue labbra che formavano un: «no».

Si guardò intorno, ignorando l'avvertimento. Osservò il sentiero che portava alla piscina lungo la scogliera. Conosceva la strada. Da adolescenti, durante quelle meravigliose estati, scendevano spesso alla Tana del Serpente per fare una nuotata. Erano giornate che sembravano esistere solo nel passato, impossibili da immaginare in momenti del genere. Negli ultimi anni erano andati a vedere le gare di tuffi lì, d'estate. Ma oggi non era estate.

Cara si incamminò. Si guardò alle spalle. Daithí la stava seguendo nella neve, ripercorrendo le sue orme. Cara provò una fitta di dolore al pensiero che stava mettendo in pericolo anche lui. Ma era necessario. Non c'era nessun altro che avrebbe potuto farlo. I volontari della squadra di salvataggio erano andati a soccorrere un peschereccio durante la notte, ed erano bloccati lì.

Quindi erano solo lei e Daithí.

Iniziò a scendere. Procedeva piano, muovendo passi incerti. Si aggrappava a degli speroni di roccia per tenersi in equilibrio e Daithí faceva lo stesso. Si guardò di nuovo indietro e lo vide travolto da una raffica fortissima, sbattuto contro il bordo della scogliera. La neve e il vento erano come un pendolare in ritardo che spintonava e spingeva, minacciando di buttare tutti giù nella fretta.

Ci volle una frustrante mezz'ora per scendere fino alla piscina. A ogni passo Cara pensava a Seamus, Ferdia e Sorcha che facevano colazione nella cucina riscaldata dal fuoco. Quanto avrebbe voluto essere con loro, mettersi al riparo da quel tempo orrendo e godersi una mattinata pigra con i suoi amici come aveva previsto. Ma quando aveva accettato quel lavoro, sapeva cosa comportava. Non poteva lamentarsi. E per quanto volesse tornare dai Flaherty, una parte di lei si sentiva viva anche grazie a quell'incarico. Sentiva di fare la differenza.

Ai piedi della scogliera, la situazione meteo era ancora peggiore. Il terreno era disseminato di crateri in miniatura: un paesaggio che sembrava più simile a un pianeta lontano che alla costa dell'Irlanda occidentale. Per fortuna, grazie all'acqua salata delle onde, la neve non aveva attecchito. Era già qualcosa. Ma non si vedeva niente, e ogni passo in quelle condizioni era un'occasione d'oro per rompersi una caviglia. Non c'era ghiaccio sulla roccia, e Cara ringraziava il cielo anche per quello. Un altro favore che le aveva fatto il sale.

Erano ancora più vicini all'oceano rabbioso. Il rumore era più forte. Cara aveva paura che, da un momento all'altro, un'onda potesse sommergerli, sbattendoli sulla roccia e trascinandoli in mare. Daithí aveva ragione, era troppo pericoloso. E la persona nella piscina, purtroppo, era morta da un po'. Non poteva salvarla. Ma voleva almeno provare a recuperare i resti. Tanti isolani erano ancora dispersi nell'Atlantico, resti mortali senza una tomba in loro onore.

Da un momento all'altro una corrente sotterranea avrebbe potuto risucchiare il corpo, un'onda avrebbe potuto spazzarlo via.

Bisognava provare. Anni prima, se lei non avesse potuto riavere il corpo di Cillian… Non poteva permettere che a qualcuno capitasse una cosa così. Doveva intervenire.

Daithí le afferrò un braccio e la tirò a sé. Le urlò qualcosa all'orecchio. Da quando erano usciti da casa di Seamus, il suo respiro caldo sulla pelle era l'unica fonte di calore che aveva sentito.

«È impossibile recuperare il corpo così! Rischiamo di morire!», ruggì. Cara fissò gli occhi spaventati dell'amico. Si asciugò di nuovo la fronte con il braccio. Guardò la pozza d'acqua rabbiosa. Erano vicinissimi. Spruzzi di schiuma eruttavano dalle onde che si infrangevano.

«Dobbiamo inventarci qualcosa!», urlò.

«Ci serve un piano, ora! Non voglio annegare!».

«Nemmeno io!».

In quell'istante, un'onda enorme si alzò e li sommerse, sbattendoli contro la parete di roccia calcarea alle loro spalle. La cortina d'acqua li travolse montando in verticale e poi li liberò. Cara rantolò, sforzandosi di respirare. Accanto a lei, anche Daithí stava boccheggiando. Erano zuppi ed erano stanchi. Cara riconobbe la sconfitta. Daithí aveva ragione. Era troppo avventato. Certo, lei aveva una responsabilità nei confronti dell'isola, ma i suoi figli avevano già perso un genitore in mare. E la responsabilità nei *loro* confronti era più importante. Il corpo avrebbe dovuto confidare in un destino clemente.

Scosse la testa. Aprì la bocca e gridò: «Hai ragione! È troppo pericoloso! Andiamo!».

Wam. Un'altra ondata gigantesca li travolse. Ma non fu gentile come la prima. Cara si sentì trascinare per le caviglie, e Daithí balzò in avanti. Le afferrò il braccio proprio all'ultimo istante. Per poco non finì in mare.

Cara si scosse, accartocciandosi accanto all'amico, mentre l'onda si ritirava. I suoi battiti erano impazziti, la spalla le faceva male per lo strattone che l'aveva salvata. Tossì e ansimò, sputando acqua di mare salata. Le bruciava la gola. Alzò lo sguardo. Non sentì le parole di Daithí, ma lo vide mimare un: «c'è mancato poco». Annuì. Era esausta.

Daithí si girò e lei seguì il suo sguardo.

A pochi metri di distanza, le onde avevano sputato via qualcosa, un guscio vuoto.

Un dono.

La bocca della bestia aveva rigettato il cadavere.

Cara si mise carponi, tagliandosi le mani sulla roccia dura e inzuppandosi ancora di più i pantaloni. Sollevò il braccio per ripararsi gli occhi, cercando di avere una visuale più chiara dell'oceano inghiottito dal nevischio. Controllò che non ci fossero altri pericoli in arrivo. Non voleva rischiare di essere trascinata di nuovo in mare. Strisciò verso il corpo. Era rannicchiato, ma le sembrava di una donna. Da quella distanza non poteva esserne sicura. I lunghi capelli scuri erano sparpagliati qua e là. Alcuni ciuffi erano attaccati alle spalle, altri sulle rocce.

Cara lanciò un'altra occhiata all'Atlantico e si avvicinò di corsa al cadavere. Allungò la mano, afferrò la spalla e tirò. Due braccia, legate ai polsi, seguirono lo slancio. Il corpo rotolò.

All'improvviso Cara sentì un singhiozzo scioccato alle sue spalle.

«O Dio, no…». La voce di Daithí, prima smorzata dal vento, adesso le arrivava in modo dolorosamente chiaro. Era come se la tempesta avesse percepito il suo dolore e si fosse ammutolita per rispetto.

Cara fissò il corpo senza muoversi, sconvolta.

Provò a strizzare gli occhi. Come se cambiare prospettiva potesse cambiare in qualche modo anche quello che aveva davanti. Si avvicinò, esaminando ogni singolo tratto di quel volto senza vita. Era davvero…?

Gli occhi, anche se chiusi. Il naso, la bocca, le orecchie. Gli orecchini a cerchio ancora al loro posto.

La sua Maura.

Maura Conneely. Maura la selvaggia. Maura e la sua voglia di vivere, la sua libertà. Lì davanti a loro. Senza vita.

Era inverosimile.

Era inconcepibile.

Era… morta.

Aveva i polsi legati e un rigonfiamento sulla guancia, l'estremità di un pezzo di stoffa che sbucava dalla mascella chiusa. Un bavaglio infilato in bocca.

«No», sussurrò Cara. Si accucciò e fissò il corpo. I fiocchi di neve si posavano sul volto grigio e addormentato di Maura, ma la pelle non era più in grado di scioglierli. Restavano lì, freddi come lei.

Daithí si avvicinò e le si inginocchiò accanto. Due penitenti in preghiera.

Cara osservò l'amica. Sotto la giacca di jeans, indossava il top bianco e nero che aveva da Derrane. Gli orecchini a cerchio. I jeans blu, i suoi preferiti.

«Ma ci siamo visti... proprio ieri mattina», sussurrò Daithí. Allungò una mano.

«No. Fermo».

Non potevano toccarla. Cara non riusciva a ragionare lucidamente. Cosa avrebbe fatto la sergente Cara Folan? In quel momento era solo una persona incredula, confusa, inorridita. Daithí ritirò il braccio.

Lo capiva. Anche lei avrebbe solo voluto toccare Maura, stringerla a sé. Chiuse le mani a pugno, conficcandosi le unghie nei palmi. Cercò di sfruttare il dolore per superare lo shock.

Daithí stava cercando di dirle qualcosa. Gli si avvicinò. «Cara, cosa è successo? Le mani... guarda il viso...». Boccheggiava, cercando le parole giuste. «Ci siamo visti ieri mattina», ripeté.

Cara scosse la testa e gli strinse il braccio nel tentativo di confortarlo. Ma in un certo senso voleva anche controllare che tutto quello che stavano vivendo fosse reale. Daithí le mise una mano sulle spalle e Cara si appoggiò a lui, felice di averlo lì. Adesso riusciva a spiegarsi il motivo della tempesta. La Terra aveva perso uno dei suoi ed era più arrabbiata che mai.

Cara guardò in alto, ignorando la neve che le pungeva gli occhi e il viso. Si era fatto buio. Erano solo le nove di mattina, ma sembrava una serata di inizio inverno. Man mano che incupiva era come se il cielo si avvicinasse sempre di più al mondo. Le sembrava di poterlo toccare.

Le lacrime minacciavano di sgorgare incontrollabili. Ma anche in quello stato confusionale Cara sapeva che piangere non sarebbe servito a nulla. Non poteva permettersi di crollare. Più tardi ne avrebbe avuto tutto il tempo. Adesso doveva fare qualcosa. Doveva portare Daithí e Maura fuori da lì.

Strisciò intorno al cadavere, cercando di spegnere il cervello e fingere che fosse un'altra persona quella che aveva sotto le mani. Osservò ogni livido e taglio, ripensando all'addestramento a Templemore. Anche se la tempesta non accennava a placarsi, ebbe la sensazione che il tempo rallentasse. La neve, che solo pochi istanti prima le si era scagliata addosso come uno strumento di tortura medievale, ora seguiva leggi fisiche diverse. Le cadeva attorno ma non la toccava. C'era solo Cara, a quattro zampe, a guardare ciò che restava della sua amica.

Lentamente, distaccandosi e concentrandosi, capì che il corpo le stava raccontando due storie. Una evidenziava le ferite causate dagli elementi naturali, tagli lunghi e brutali – per esempio, quello particolarmente profondo e frastagliato sul fianco, sotto al top. Ma... C'erano altre ferite, più piccole e leggere. Il taglio deciso sul labbro, l'occhio nero senza escoriazioni intorno. Ferite troppo delicate per la potenza della roccia calcarea e del mare in tempesta.

Si girò a controllare Daithí per assicurarsi che stesse bene. Alle sue spalle, in alto sulla scogliera, vide un lampo, qualcosa che si muoveva. Qualcosa di scuro contro il bianco imperante. Cara si alzò in piedi, scivolò, sbatté il ginocchio. Sospirò e fece una smorfia, ma si rialzò. Corse verso il mare, si voltò a guardare indietro, ricominciò a correre per avere una visuale più ampia della scogliera. Cos'era?

Socchiuse gli occhi.

«Cara!», gridò Daithí.

Si voltò: stava arrivando un'onda. Si precipitò di nuovo verso Daithí e per un pelo evitò di essere sommersa una seconda volta. L'onda si ritirò e lei ripartì, cercando disperatamente di capire cosa – o chi – avesse visto là sopra. Niente. Forse era stato uno scherzo della tempesta.

Guardò la scogliera, i crateri. E poi il mare, la furia della bufera. Dovevano andarsene. Doveva portare via Daithí. E Maura. Per quanto fosse un pensiero terribile. E anche un compito difficilissimo, viste le condizioni.

E poi? Erano ancora isolati. Aveva preso l'ultimo traghetto il giorno prima. E l'aereo non poteva partire. Anche la scialuppa della RNLI era bloccata. Per un attimo il vento si placò, come un bambino capriccioso che ha bisogno di una pausa per riprendere fiato. Cara cercò di pensare alla sua prossima mossa. Abbassò lo sguardo su Maura.

Secondo il meteo, la tempesta sarebbe durata ancora tre giorni.

Fino ad allora, nessuno sarebbe venuto ad aiutarli.

Erano soli.

Nove

Riattaccò. Appoggiò i gomiti sul volante e fissò lo schermo del telefono. Una foto di Cathal e Saoirse le sorrideva dalla schermata di blocco. Si scollegò dal Wi-Fi di casa Powell. Probabilmente alla signora Powell, che viveva nel cottage vicino a dove avevano parcheggiato, non importava. Ma non le sembrava educato scroccare il segnale, e in ogni caso ormai non ragionava più, andava in automatico.

«Che cosa hanno detto?», chiese Daithí dal sedile del passeggero.

«Ho parlato con il mio sovrintendente. È troppo pericoloso, come pensavo. La cavalleria non viene. Non *può* venire. Nemmeno l'elicottero della guardia costiera se la sente di rischiare». Cara fece un respiro profondo. «Mi hanno detto di mettere tutto in sicurezza, finché non arrivano».

«Che intendono?»

«Chi lo sa. Di sicuro non posso recintare la Tana del Serpente col nastro adesivo, tu che dici?».

Daithí scosse la testa.

«Non vogliono nemmeno che indaghi. Non è compito di un sergente di basso rango… Potrei fare casino, a quanto pare».

«Probabilmente vorranno solo seguire il protocollo. Non è niente di personale».

«Quindi dovrei starmene con le mani in mano finché la tempesta non si placa mentre un mostro, un animale, ha fatto una cosa del genere a… a…». La voce di Cara si incrinò. Soffocò un singhiozzo. Sbatté il pugno sul parabrezza con violenza.

Daithí trasalì.

«Cara, non...».

Rimasero in silenzio. Poi Cara aprì la portiera dell'auto, tenendosi forte alla maniglia per evitare di farsi spazzare via dal vento.

«Cosa stai facendo?», disse Daithí, allarmato.

«Devo uscire un momento».

Scese. Si avvicinò al portabagagli dell'auto, lasciandosi sballottolare qua e là dal vento. Poi diede le spalle al sentiero che conduceva giù alla Tana del Serpente e guardò invece verso Kilmurvey Beach. La spiaggia dove aveva incontrato Maura per la prima volta. Tanto tempo prima, in una giornata così diversa. Avevano tutte e due otto anni e i raggi del sole si riflettevano sulla spiaggia di sabbia bianca. Maura, la sua amica dai capelli scuri e gli occhi azzurri, così piena di malizia. E Cara, con selvaggi capelli ramati, pelle chiara e occhi altrettanto azzurri – una ragazzina che poteva fare la modella per un ente turistico irlandese, diceva sempre suo padre. Una piccoletta che non sapeva ancora bene qual era il suo posto nel mondo, ma che, in presenza della nuova amica Maura, si animava. Alla fine di ogni estate, prima di tornare a Dublino, prima di tornare in quella città in cui non riusciva a trovare un posto suo, Cara e Maura piangevano l'una tra le braccia dell'altra, scambiandosi promesse per l'anno successivo, che sembrava sempre così lontano.

Era stata Maura a presentarla agli altri, a includerla come se fosse sempre stata parte del gruppo. Le aveva regalato un senso di vera appartenenza, una banda che la accettava per quello che era, anche se solo per i tre mesi d'estate. Quando arrivava giugno, e arrivava anche la barca per Galway – a volte c'era pure Ferdia a bordo – loro la accoglievano come se non se ne fosse mai andata. E, a quattordici anni, era stata Maura a sussurrarle, ridacchiando, che Seamus le aveva detto che Cillian gli aveva detto che pensava che Cara fosse carina.

La banda. Doveva comunicare la notizia. Cara sentì una

fitta al petto. Il suo sovrintendente aveva precisato che si sarebbero occupati loro di contattare la famiglia. I genitori di Maura erano andati in Australia per Natale, per fare visita al fratello. Almeno si sarebbe risparmiata quell'orrore. Era un sollievo, certo, ma si sentiva anche una vigliacca. Come avrebbero reagito Seamus, Sorcha e Ferdia? Soprattutto il povero Seamus. Erano passati anni, ma c'era un tempo in cui Seamus e Maura sembravano destinati a stare insieme per sempre, come Cara e Cillian. Purtroppo, le loro due relazioni erano in simbiosi, e dopo la morte di Cillian nemmeno il rapporto tra Seamus e Maura era riuscito a sopravvivere. Nonostante tutto, Cara sapeva che sarebbe stato un duro colpo per lui.

Mentre le folate di neve gelida le turbinavano attorno, Cara fu sopraffatta da una sensazione ancora più terribile. Non sapeva cos'era successo davvero all'amica, anche se era stato di sicuro qualcosa di tragico. Sapeva, però, che la sera prima lei e gli altri avrebbero dovuto preoccuparsi. Avrebbero dovuto alzarsi da quella tavola e andarla a cercare. Invece avevano solo dato per scontato che Maura non si fosse scomodata a raggiungerli. Avevano dato per scontato che avesse dato buca, che avesse ricevuto "un'offerta migliore". Ora quelle parole bruciavano nella mente di Cara. Ecco qual era stata "l'offerta migliore". Qualcosa, nel profondo della sua anima, si ruppe in mille pezzi e fu costretta ad appoggiarsi all'auto. Stavolta, era la tempesta nel suo cuore a minacciare di spazzarla via.

Pulì la neve dal lunotto e guardò il sedile posteriore, dove lei e Daithí avevano appoggiato Maura. Sembrava che si fosse semplicemente addormentata nel retro di un taxi dopo una delle loro folli notti a Galway.

Tornò al posto di guida, strofinandosi gli occhi con il palmo della mano.

«Stai bene?», chiese Daithí.

«No. E immagino che neanche tu stia bene».

«No, per niente», concordò lui.

Cara rabbrividì. Aveva i vestiti appiccicati addosso. La neve si scioglieva, e alcune gocce le ricadevano lungo il viso. Mise in moto e si diresse verso Kilronan in silenzio.

«È stato qualcuno a ridurla così», disse dopo un po' Daithí, con voce pacata.

«Già», rispose Cara a denti stretti. L'auto sbandava per il vento e i tergicristalli non riuscivano a gestire la quantità di neve che si posava sul parabrezza. Cara allungò la mano e cercò di alzare la manopola del riscaldamento al massimo. I brividi avevano preso la residenza fissa nelle sue ossa. Daithí doveva avere altrettanto freddo. Avevano i vestiti zuppi e persino i sedili erano ormai bagnati. L'aria calda non faceva nemmeno in tempo a togliere la condensa dal vetro prima che si riformasse. Cara si azzardò a staccare una mano dal volante e a sporgersi per strofinare il parabrezza da dentro, nel tentativo disperato di vedere la strada.

«Che intenzioni hai?», chiese Daithí.

«Non lo so. Ma devo fare qualcosa».

«Cara. Ti hanno detto di non fare niente».

«Non abbiamo fatto niente ieri sera, e lei aveva bisogno di noi. Perciò non ho proprio intenzione di starmene con le mani in mano adesso».

«Non dire così».

«E cosa dovrei dire?».

Calò il silenzio.

«Allora, hai già mente qualcosa?», chiese Daithí dopo un po'.

Cara fece spallucce.

«Non lo so. Raccogliere quante più prove possibili, forse. Non ho strumenti, ma magari la dottoressa De Barra può aiutarmi». Sospirò. «Ma, ripeto, non lo so. Stiamo già contaminando il corpo. La settimana scorsa avevo quei maledetti fratelli O'Reilly e il loro cane là dietro e di certo non ho disinfettato i sedili con la candeggina dopo».

«Credo che rivolgersi alla dottoressa De Barra sia una buona idea».

«Dici?». Cara lanciò un'occhiata a Daithí.

«Sì».
«Io non ho la formazione per gestire queste cose, Daithí. Non sono una detective. Sono uno stupido sergente su una stupida isola in mezzo all'oceano».
«Non sminuirti…».
Cara fece un sospiro lungo e profondo.
«Ok», disse. «Andiamo alla clinica. Verso Kilronan dovrebbe esserci un po' di segnale. Possiamo chiamare la dottoressa».
Cara sapeva che avrebbe anche potuto semplicemente aspettare che arrivassero i detective con tutti gli strumenti necessari ad avviare un'indagine per omicidio. Ma sapeva anche che la bufera avrebbe potuto distruggere molte prove. Il tempismo era essenziale. Starsene con le mani in mano per tre giorni in attesa che la tempesta si placasse non era una buona idea. L'assassino avrebbe potuto farla franca. Cara non avrebbe fatto nulla che potesse peggiorare la situazione, ma di sicuro avrebbe fatto il possibile. Per Maura.

Attraversarono l'isola e si ritrovarono sulla strada costiera che conduceva a Kilronan, passando davanti casa dei Flaherty. Come d'abitudine, Cara non riuscì a fare a meno di distogliere lo sguardo quando la superarono con la macchina, ma non prima di aver visto un Seamus con gli occhi assonnati e la barba incolta con una tazza di caffè in mano, intento a fissare con aria assente fuori dalla finestra. Anche se aveva capito che si trattava dell'auto della polizia, da laggiù non poteva essersi accorto del tragico passeggero sul sedile posteriore. Aveva la faccia di uno che non aveva dormito affatto, e quando passarono non mostrò alcuna reazione.
«Non sarà per niente facile dirglielo», fece Daithí, distogliendo lo sguardo come Cara.
«Già», rispose lei con un sospiro.
Dopo un paio di minuti, raggiunsero i confini del villaggio. Cara avanzò tra le stradine tortuose e si fermò davanti all'ambulatorio. Parcheggiò.

«Daithí, parlo io con la dottoressa. Tu aiutami a portarla dentro, ma poi va' a casa, ok? Mettiti dei vestiti asciutti».

«No, resto anche io. Voglio aiutarti».

«Hai già fatto tanto».

Daithí la guardò. Cara capì che stava valutando fino a che punto poteva insistere.

«Ok», rispose lui, riconoscendo la sconfitta. «Posso almeno portarti un cambio?»

«No, non preoccuparti, me la caverò. Pensa a te».

«Come vuoi. Vado a cambiarmi ma quando hai finito con la dottoressa mi faccio trovare qui. Stasera chiederò a Courtney di occuparsi del pub per qualche ora. Io non ce la faccio proprio. E bisognerà dare la brutta notizia agli altri». Daithí era bianco in volto e aveva gli occhi annebbiati dalla tristezza. «Glielo diremo insieme».

«Va bene. Ti mando un messaggio quando ho finito», disse Cara.

«Grazie».

Daithí allungò la mano per aprire la portiera e uscì nella bufera.

Cara scese dal suo lato e si fermò.

«Daithí», disse, all'improvviso. Le era venuta in mente una cosa. «Prima hai detto che...».

«Sì?»

«Alla Tana del Serpente... Hai detto che hai visto Maura ieri mattina?»

«Sì. Ero al pub. Stavo pulendo i tavoli, sistemando i sottobicchieri, le solite cose. È passata in bicicletta. Però non mi ha salutato con la mano come al solito».

«E che ore erano? Te lo ricordi?»

«Circa le dieci e mezza. Ho guardato l'orologio dopo che è passata».

Cara annuì.

«Che c'è?»

«Da allora, niente traghetti o aerei. I voli si sono fermati martedì notte, e io sono arrivata ieri mattina alle nove con l'ultima nave».

«Lo so. Quindi?»

«Significa che Maura è stata uccisa dopo, quando i traghetti e gli aerei erano già fermi».

Daithí si accigliò.

«Chiunque le ha fatto una cosa del genere è ancora qui, Daithí. Nessuno può lasciare l'isola da ieri. Siamo tutti bloccati finché la tempesta non passa. Non c'è modo di fuggire».

Dieci

«Ecco, bevi, così ti riscaldi un po'». La dottoressa le passò una tazza di polistirolo con del tè bollente.

«Grazie», rispose Cara, accettando con gratitudine. La dottoressa aprì un armadietto e ci rovistò dentro. Tirò fuori un asciugamano e glielo mise intorno alle spalle. «Sarebbe meglio che prima ti togliessi quei vestiti bagnati».

«Dopo», disse Cara. «Prima pensiamo alle cose importanti».

«Come vuoi».

Cara annuì. La dottoressa De Barra fece il giro del lettino, zoppicando un po' per l'artrosi all'anca.

Le luci tremolarono. Cara e la dottoressa alzarono lo sguardo e poi si girarono verso la finestra. Era oscurata per privacy ma capirono lo stesso che la situazione fuori non era migliorata. Le sagome sfocate degli alberi si piegavano in modo innaturale. L'ululato del vento filtrava attraverso il vetro triplo.

«Speriamo non se ne vada la luce», disse la dottoressa.

Cara non rispose. Non voleva nemmeno pensarci.

De Barra si sedette sulla sedia girevole e la ruotò, dando le spalle alla scrivania su cui erano posati lo stetoscopio, i ricettari, i foglietti illustrativi per i vaccini antinfluenzali e i test del colesterolo. E un albero di Natale in miniatura che luccicava, ignaro di tutto.

Ora la dottoressa aveva la testa all'altezza del corpo di Maura.

«Per il momento posso solo dire che è una tragedia».

Cara sospirò. «Già, lo so».

«Era una ragazza adorabile. I miei nipoti ce l'avevano come insegnante. La amavano».

«Era fantastica», rispose Cara. Il verbo al passato le tolse il fiato.

«È stato un atto volontario. Non si tratta di un incidente».

«No».

«Hai idea di chi possa essere stato?»

«Temo di no. Non ancora».

L'isola era lunga dodici chilometri e larga tre. Aveva ottocento abitanti. Il segreto di chi aveva ucciso Maura, e del perché lo aveva fatto, era racchiuso in quei numeri.

«È proprio per questo che sono qui. Non voglio che certifichi il decesso e basta. Vorrei che le dessi un'occhiata approfondita. Magari scoprirai qualcosa che può aiutarmi. Per favore».

«Le darò un'occhiata, sì. Ma non posso prometterti nulla. Non sono un patologo forense». La dottoressa si abbassò e osservò il corpo attraverso gli occhiali spessi. «Sono solo un medico di base. Mi occupo di tosse, raffreddore, pressione sanguigna, preparazione al parto e cose così».

«Lo so, è la prassi. Ma sappiamo tutte e due che non sei solo un medico di base. Sei l'unica dottoressa su quest'isola da più di quarant'anni. Lavori praticamente da sola – per qualsiasi emergenza, gli aiuti devono venire con l'elicottero».

«È vero».

«E comunque, sei la mia unica risorsa».

«Ah!», rise la dottoressa. «Vero anche questo».

«Dimmi tutto quello che noti, per favore». La dottoressa prese un paio di guanti di lattice da una scatola sulla scrivania e se li infilò con uno schiocco sordo. Poi si alzò e girò di nuovo intorno al lettino. Stavolta, alzò delicatamente il corpo per esaminarlo meglio. Sollevò le palpebre con il pollice e puntò la torcia negli occhi di Maura. Osservò i lunghi squarci sulla schiena, i tagli e i lividi sul viso.

Indicò le corde attorno ai polsi. «Posso toglierle?».

Cara rifletté. Cosa avrebbero detto i suoi capi? Probabilmente non sarebbero stati contenti.

«Io ti posso chiedere perché?»

«È necessario per stabilire l'ora del decesso. Cosa che immagino serva anche a te».

«E se aspettassimo tre giorni? Cambierebbe qualcosa?»

«Tra tre giorni le prove che sto cercando non ci saranno più».

Cara non ebbe bisogno di sentire altro.

«Ok, toglile. Prima però fammi fare qualche foto».

Cara mise via la tazza di tè, tirò fuori il telefono e scattò foto ai polsi di Maura da qualsiasi angolazione possibile. Poi si infilò un paio di guanti e prese uno dei sacchetti sterili sulla scrivania.

«Ok, possiamo metterla qui».

La dottoressa sciolse il nodo. Venne via con una facilità che sorprese entrambe. Poi lasciò cadere la corda nella busta. Cara la appoggiò sul tavolo e la contrassegnò con un pennarello indelebile.

«Interessante», mormorò De Barra. Cara dovette resistette all'impulso di mitragliarla di domande.

La dottoressa le lanciò un'occhiata.

«Dovrei guardare le gambe. Le tolgo i jeans, va bene?».

Cara aveva la sensazione che non andasse *per niente* bene. Temeva che i detective di Galway sarebbero rimasti inorriditi. Probabilmente le avrebbero tutti urlato di non farlo. Ma in quel momento non erano lì.

«Serve sempre per stabilire l'ora del decesso?»

«Sì».

«Ok. Faccio qualche altra foto».

Cara ne scattò parecchie. La dottoressa le passò un sacchetto di plastica.

«Non sono sicura che sia sterile, ma non ho niente di meglio per i pantaloni».

«Non c'è problema, grazie».

«Dovrai darmi una mano».

«Certo». Cara la raggiunse accanto al lettino, fece un respiro profondo e sbottonò i jeans di Maura. In quel momento, le venne in mente una delle antiche tradizioni dell'isola, quella delle donne che si riunivano per preparare i cadaveri alla sepoltura. Avevano imparato a essere autosufficienti, a fare tutto da sole. La *mamó* di Cara le aveva detto che da ragazza anche lei dava una mano. Se Cara si sentiva isolata dalla civiltà adesso, come doveva essere stata la vita sull'isola cento anni prima? Senza traghetti e aerei? Per raggiungere la terraferma, gli isolani avevano solo delle piccole barche ricoperte di pelli di animali. Un'impresa ai limiti dell'impossibile.

Aiutò la dottoressa a tirare giù i jeans sui fianchi immobili di Maura, il tessuto fradicio e rigido. Sentì le sue gambe fredde, più fredde di qualsiasi altra cosa al mondo. Anche lei era fradicia e gelida, ma non era nemmeno paragonabile all'amica. Osservò il piccolo tatuaggio di un delfino blu sul fianco sinistro, leggermente sbiadito ai bordi. Cara abbassò la mano, e si toccò un puntino nello stesso identico punto. Era l'accenno di un tatuaggio – un delfino uguale a quello di Maura. Ma Cara se l'era fatta sotto e si era tirata indietro all'ultimo, non appena l'ago le si era conficcato nella pelle. Ripensò a quanto si era arrabbiata Maura in un primo momento. Ma poi aveva riso, divertita, al pensiero che avrebbe avuto per sempre quello stupido tatuaggio da sola.

«Stai bene?». De Barra la guardò da sopra gli occhiali, da sopra il cadavere. Cara avrebbe voluto dirle la verità, ovvero che no, non stava bene, era tutto davvero, davvero terribile.

Invece, rispose: «Per forza». Quindi prese i jeans e li piegò con cura. Prima di metterli nel contenitore di plastica, guardò le tasche. Doveva controllarle? Infilò la mano in quelle posteriori e tirò fuori il telefono di Maura. Premette il tasto home ma non successe nulla. Ovviamente l'acqua di mare lo aveva distrutto. Lo mise in una busta a parte. Poi controllò la tasca anteriore sinistra e trovò le chiavi di casa. Le posò insieme al telefono. Infilò la mano nell'ultima tasca, quella anteriore destra. C'era qualcosa lì…

La tirò fuori. Un'accozzaglia di petali bianchi, foglie e steli.

«Oh, Maura…», sussurrò, guardando i fiorellini bianchi a

forma di cuore sulla sua mano ricoperta di lattice. Borse del pastore. Qualcuno li definiva "fiori di campo", ma in realtà erano solo erbaccia. Quando erano ragazzine, Cara e Maura adoravano quei fiori. Li staccavano e li collezionavano, ridacchiando.

«Stai bene?», le chiese di nuovo la dottoressa. Cara la guardò di sfuggita. Annuì. Preferiva non dire nulla. Prese una piccola busta con la chiusura a zip e ci mise dentro i fiori. Controllò di nuovo i jeans nel caso le fosse sfuggito qualcosa, poi li mise nella grande busta di plastica e li appoggiò sulla scrivania accanto alla corda e ai fiori.

Si soffermò a guardarli. Perché Maura aveva un ciuffo di erbacce in tasca? Nemmeno un vecchio fazzoletto di carta, uno scontrino stropicciato... Solo quel ciuffo con la terra ancora attaccata alle radici.

«Sergente?».

Cara si voltò. «Sì?»

«Vuoi sapere cosa ne penso?»

«Sì, certo».

La dottoressa si accomodò sulla sedia girevole. Prese una matita dalla scrivania e si girò verso il corpo.

«Innanzitutto, devo ribadire che non sono un'esperta. Molte cose le ricordo dall'università. E ne è passato di tempo da allora».

«Non importa. Qualsiasi cosa riuscirai a dirmi sarà utile».

«Ok, d'accordo. Parto da alcune osservazioni generali».

Cara sbloccò il telefono, pronta a prendere appunti.

«Per cominciare, stimare l'ora del decesso non è facile. È una sfida complicata anche per i patologi esperti».

«È stata vista ieri mattina, intorno alle 10:30. Finora è l'ultimo avvistamento».

«Capisco. Be', probabilmente non posso dirti molto altro. Dallo stato del rigor mortis, credo che la finestra temporale della morte sia tra le 15:00 e le 22:00 di ieri circa. Ma potrebbe essere successo anche prima, forse alle 12:00, perché il freddo rallenta la progressione del rigor mortis».

«Quindi è stata uccisa in un lasso di tempo di dieci ore. Magari non molto dopo l'ultimo avvistamento».

«Sì, questa è la mia ipotesi».

«Non è possibile che sia successo dopo le 22:00 di ieri sera?»

«C'è un certo margine di errore, magari è successo persino a mezzanotte. Ma a giudicare dalle condizioni del cadavere, non credo che sia accaduto più tardi, no».

Cara prese appunti sul telefono e cercò di non pensare a ciò che aveva fatto lei in quel lasso di tempo. Cercò di non pensare a quanto si era divertita con gli altri.

«Hai notato qualcos'altro?»

«Sì. Le ferite», rispose la dottoressa, alzando lo sguardo. «Purtroppo, ho visto parecchie scazzottate nella vita. E posso dire con sicurezza che quelle sul viso sono ferite da aggressione».

Era proprio ciò che Cara temeva.

La dottoressa spinse la sedia in avanti per avvicinarsi al corpo.

«Le altre probabilmente sono dovute a fattori ambientali».

«Concordo», disse Cara.

«Però guarda qui». De Barra fece rotolare delicatamente il corpo su un fianco, indicando con la matita la parte bassa della schiena. E poi la nuca. Erano scure. Sembravano livide. «Vedi queste due zone? Qui la situazione si fa strana».

Cara osservò a lungo.

«Sono chiari segni di *Livor mortis*». La dottoressa rimise il cadavere sulla schiena e guardò Cara. «Presumo che tu non sappia cosa sia, giusto?».

Cara fece di no con la testa.

«Succede quando il cuore smette di battere», spiegò. «A causa della gravità, il sangue si raccoglie nella parte più bassa del corpo». Indicò di nuovo il collo e la schiena. «E in quei punti, la pelle appare più scura. La lividezza qui, sotto al corpo, mi fa capire che dopo la morte il cadavere è rimasto sdraiato sulla schiena per qualche ora».

«Davvero?», disse Cara. «Significa che non è annegata».

«Senza autopsia è impossibile stabilirlo. Ma, se la lividezza si manifesta sulla schiena, vuol dire che il cadavere è rimasto sdraiato almeno per qualche ora nella stessa posizione. Per esempio su una su superficie dura, come il pavimento».

«Allora significa che è stata lanciata nella Tana del Serpente solo in seguito».

«È l'unica spiegazione».

«L'assassino voleva sbarazzarsi del corpo. In effetti, avrebbe senso».

«Forse. Ma ci sono altre cose che invece non hanno molto senso».

«Tipo?»

«Guarda qui...». La dottoressa indicò la parte superiore delle cosce di Maura. Erano pallide, senza segni di ristagno di sangue. «Dove c'è pressione sul corpo, a diretto contatto con il suolo o nei punti in cui i vestiti stringono...», disse, indicando la vita, dove avrebbe dovuto trovarsi l'elastico dei jeans. «...La lividezza non si manifesta, perché la pressione tiene lontano il sangue. Mentre invece si accumula nelle zone che non sono a diretto contatto con il suolo. Per esempio, la nuca, la parte bassa della schiena. Ecco perché sono scure».

«Ok...», disse Cara.

La matita ora era puntata sulle braccia di Maura.

«Volevo slegarle le braccia per controllare lo stato del rigor mortis. Guarda qui: i polsi sono scuri».

Cara capì cosa voleva dire la dottoressa. Annuì.

«Sì, lo vedo».

«Se avesse avuto le mani legate prima della morte, la pressione avrebbe impedito alla lividezza di formarsi. Invece in questo caso possiamo ipotizzare che, dopo la morte, avesse i polsi liberi e le braccia distese lungo il corpo». La dottoressa si girò sulla sedia e appoggiò il braccio sulla scrivania. «Guarda il mio polso. È sollevato, non c'è pressione. Adesso le braccia della signorina Conneely sono rigide, ma probabilmente in un primo momento anche lei ce le aveva in questa posizione. Altrimenti non avremmo visto lividezza».

«Quindi significa che qualcuno l'ha legata solo *dopo*?»

«Immagino di sì».

«Ma perché diavolo...». Cara si accigliò. Abbassò lo sguardo sull'amica. La confusione la distrasse momentaneamente dall'orrore che aveva davanti. De Barra alzò le spalle.

«Purtroppo a questo non posso rispondere». Si voltò sulla sedia.

«Forse legandola era più facile trasportarla fino alla scogliera?», azzardò Cara.

«L'ho pensato anche io. Se non fosse per un'altra stranezza».

«Un'altra ancora...?».

La dottoressa si avvicinò alla testa di Maura. Indicò la mascella. Con un dito guantato aprì e chiuse delicatamente la bocca. Cara vide il bavaglio infilato all'interno. Distolse lo sguardo.

«Il rigor mortis inizia qualche ora dopo la morte. Ma il processo non è uniforme: parte dai muscoli più piccoli e si sposta gradualmente verso quelli più grandi». La dottoressa passò una mano sul corpo. «Nelle braccia ci sono muscoli grandi. Quindi per un certo lasso di tempo è ancora facile muoverle. Legarle i polsi non sarebbe stato complicato. Ma nel viso ci sono tantissimi muscoli piccoli, e quelli si irrigidiscono subito. Per poterle aprire e chiudere la bocca come ho appena fatto io e metterle il bavaglio, bisognava fare parecchia forza e contrastare il rigor mortis. Il motivo... solo Dio lo sa».

«Cristo», disse Cara.

«Già. È raccapricciante».

Cara fissò la povera amica mezza nuda, piena di lividi e di fratture sul lettino di un medico. Che diavolo le avevano fatto? Perché l'avevano uccisa e poi imbavagliata? E dopo l'avevano gettata nella Tana del Serpente. Perché?

Undici

Ho finito.

Cara inviò il messaggio e alzò lo sguardo mentre De Barra si chiudeva la porta della clinica alle spalle.

«Grazie ancora, dottoressa».

«Figurati. Era una cosa che andava fatta». Annuì con aria solenne. «Per i prossimi giorni, Maura resterà al sicuro nella sala dietro l'ambulatorio. A giudicare dal meteo, credo che la temperatura sarà molto bassa là dentro. Non è la sistemazione ideale, e non è nemmeno troppo dignitosa, ma è il meglio che posso fare al momento».

«E io lo apprezzo, davvero».

«Ci risentiamo, sergente».

«Ci risentiamo», rispose Cara. «Se noti qualcosa di sospetto, fammelo sapere».

«Certo».

«Sarebbe meglio essere discreti sul...».

«Non c'è nemmeno bisogno di dirlo, sergente».

«Grazie». La dottoressa salutò con un cenno del capo e si allontanò, i capelli scompigliati dal vento, le spalle curve per ripararsi dalla neve. Cara la osservò mentre raggiungeva la porta della sua abitazione, che si trovava lì accanto. Lottò brevemente con una folata di vento prima di riuscire ad aprirla. Un altro saluto con la mano e sparì all'interno. Cara si girò verso la strada. Per fortuna gli isolani avevano deciso di comportarsi in modo ragionevole ed erano rimasti al sicuro dentro le loro case. Da qualche parte, le arrivavano le urla emozionate di alcuni adolescenti. Sarebbero rientrati anche loro, non appena avessero iniziato a sentire freddo – ovvero molto presto.

Aprì la portiera dell'auto. L'abitacolo era freddo e umido. Si piegò a tastare i sedili. Bagnati. Recuperò alcuni sacchetti di plastica dal bagagliaio e coprì il sedile del passeggero. *Lei* era ancora bagnata, ma non le importava. Non le importava di nient'altro che di Maura in quel momento. Daithí però avrebbe apprezzato i suoi sforzi. Si sedette e chiuse la portiera. Ora la neve cadeva più dolcemente, ma aveva coperto ogni cosa. In un altro momento, Cara avrebbe persino pensato che l'isola fosse bellissima, magica. Ma non oggi. Oggi la neve le sembrava una benda, una garza che copriva una ferita. Rimase seduta a guardare il porto senza girare la chiave. Le nuvole, gravide di neve, si assembravano sul mare. Aspettavano. Mantenevano la posizione – fino a quando non avessero deciso di scatenare un secondo assalto. La tempesta non si sarebbe placata presto. L'assedio era destinato a continuare.

Il telefono di Cara squillò. Un messaggio di Daithí.

Arrivo.

Qualche minuto dopo, lo vide avvicinarsi. Aveva dei vestiti asciutti e sembrava meno infreddolito di prima, ma la sua espressione era altrettanto cupa.

«Ehi», disse, sedendosi.

«Ehi».

Cara si sporse a stringerlo in un abbraccio un po' goffo. Sentiva i suoi respiri spezzati nell'orecchio, una lava di emozioni che ribolliva sotto la superficie e minacciava di esplodere. Era così anche per lei. Riusciva a malapena a tenerla a bada.

«Cara, sei congelata», disse Daithí, appoggiandosi al sedile. «Devi andare a casa e cambiarti, o ti ammalerai».

«No, voglio tornare da Seamus, voglio dirlo agli altri. Devono sapere».

«Ci andiamo dopo. Non è che rischiano di saperlo da qualcun altro nel frattempo. È come in aereo: prima devi pensare a mettere la tua maschera, poi ti occupi degli altri. Forza».

«Ma cosa dirò a *mamó*?». A Cara tremò la voce al pensiero di dover condividere una notizia del genere con la nonna, una persona intimamente buona e gentile che aveva voluto un bene profondo a Maura.

«Lo so». Daithí sospirò. «Non sarà facile».

Cara scosse la testa e mise in moto. Si immise sulla strada principale e si diresse verso casa. Avrebbe fatto come aveva detto Daithí, sì. Avrebbe pensato prima di tutto a sé stessa. Aveva ragione, doveva essere forte, preservarsi nelle migliori condizioni per occuparsi di Maura.

«Com'è andata con De Barra?», chiese Daithí mentre superavano le basse mura di pietra. I tergicristalli correvano a destra e sinistra per spazzare via il nevischio leggero.

«È stato molto strano». Gli raccontò quello che aveva appreso dalla dottoressa, sul rigor mortis, la lividezza e le incongruenze. Calò il silenzio mentre riflettevano e digerivano quelle informazioni. Per un po', rimasero soli nel labirinto dei propri pensieri – talmente numerosi e contorti che Cara temeva di perdersi e non ritrovare più l'uscita. Alla fine, Daithí parlò.

«Tutti volevano bene a Maura. Non riesco a smettere di pensarci. Perché qualcuno avrebbe dovuto farle del male? Non c'era un solo motivo. Nemmeno la persona più antipatica dell'isola dovrebbe avere ragione di temere una cosa così terribile».

Era solo mezzogiorno, ma il cielo cominciava già a oscurarsi. La neve non vedeva l'ora di scatenare la seconda offensiva. Cara era infreddolita, esausta ed emotivamente distrutta. Non aveva idea di chi potesse aver fatto una cosa del genere a Maura. Restava il fatto che qualcuno l'aveva uccisa.

La casa in cui Cara viveva con i figli e *mamó* si trovava a nord dell'isola, su un terreno rialzato. Il panorama era stupendo, ma erano più esposti alle intemperie. L'imponente

Dun Aengus, le rovine del forte preistorico a picco sull'Atlantico, dominavano anche la casa di Cara.

Mentre cercavano di aprire la porta, una forte folata di vento spinse in avanti Cara e Daithí, quasi volesse aiutarli a entrare. Lei dovette appoggiare la spalla contro la porta e spingere per chiuderla. Le raffiche che erano riuscite a farsi strada dentro aprirono la porta della cucina, dall'altra parte del corridoio.

Cara allungò il collo e vide la nonna davanti ai fornelli. Le pentole sobbollivano, i coperchi tintinnavano. Le arrivava l'odore di stufato e l'aroma terroso del fuoco di torba dal salotto. Se esistevano delle candele profumate in grado di sprigionare quei profumi, Cara le avrebbe comprate tutte.

«Mami, ciao, sei tornata. C'è anche zio Seamus?». Cathal, il figlio undicenne, sbucò in corridoio con l'iPad in mano, scansando i biglietti di Natale che il vento aveva fatto cadere a terra dal tavolino d'ingresso. «*Dia duit*, Daithí», disse, sorridendo allo zio onorario. "Ciao, Daithí".

«*Dia duit*, Cathal», rispose Daithí facendogli l'occhiolino.

Cara sorrise al figlio. Con i capelli chiari e le lentiggini, era una miniatura del padre. Gli arruffò i capelli, con suo grande disappunto. Per un attimo, l'orrore delle ultime ore arretrò.

«No, non c'è lo zio Seamus, ma lo vedrete presto. E mi pare che per oggi tu abbia superato il limite con l'iPad. Forza, dammelo».

«Uffa, mamma». Cara allungò la mano e Cathal glielo passò con riluttanza. Lanciò uno sguardo supplichevole allo zio, ma Daithí si limitò a scrollare le spalle.

«Spero che ti sia comportato bene con *mamó* ieri sera».

«Abbiamo mangiato popcorn e guardato un film. *Mamó* ci ha fatto guardare quello con gli Avengers, è stato bello».

«Divertente».

«Sì». Cathal fece una pausa, poi disse: «Sei fradicia, mamma. Hai una faccia».

«Ottimo. Hai ragione, sono zuppa. Se ogni tanto alzassi

lo sguardo da quello schermo, ti saresti accorto che c'è una tempesta fuori».

«Ah, ah. Me ne sono accorto. Che hai fatto?»

«Cose da Garda».

«Non mi dire!».

«Come un avenger, no?»

«Ew, mamma, non fare la giovane».

«Dio non voglia, Cathal».

Il ragazzo alzò gli occhi al cielo e si diresse alla porta della cucina.

Cara e Daithí lo seguirono.

«Oh, ciao, tesoro, non sapevo quando saresti tornata». *Mamó* alzò lo sguardo dalla teglia. «Ah, Derrane, è sempre un piacere vederti. Com'è andata ieri sera? Spero che vi siate divertiti. Notizie da Londra o dalla California? Mi auguro che quel Ferdia Hennessy non sia rimasto il vecchio zoticone di un tempo…».

Mamó – vero nome Áine – si pulì le mani infarinate sul grembiule e si girò verso di loro. Aveva gli stessi occhi azzurri e il viso a forma di cuore di Cara. Prima di diventare bianchi, i suoi capelli erano della stessa, intensa tonalità ramata di quelli della nipote.

Guardò meglio Cara. «Ma sei zuppa! Che cosa è successo? So che c'è una bufera, ma sembra che tu sia andata a farti una nuotata! Ti verrà un accidente».

«Sono venuta proprio per asciugarmi».

«Non hai una bella cera. Stai bene?».

Cara fece un sospiro stanco e annuì.

Lanciò uno sguardo a Daithí e poi di nuovo alla nonna. Si sporse a guardare Cathal che mangiava un pasticcio di carne al tavolo della cucina sfogliando un fumetto.

«Ehi, Cathal, cosa stai leggendo?», chiese Daithí, stringendo il braccio di Cara e raggiungendo il ragazzino.

Cara sentiva la TV accesa a basso volume nella stanza accanto. Sua figlia Saoirse, dodici anni, apparve sulla porta. Con i capelli rossi e gli occhi azzurri, era la matrioska più piccola del trio. Aveva in braccio il suo gatto bianco e nero, Madra, che significa cane in irlandese.

«*Dia duit, a mhamaí*», disse. Saoirse era cresciuta sull'isola da quando aveva due anni, parlava fluentemente irlandese, come il fratello. *Mamó* non usava mai l'inglese con i nipoti. A volte Cara si sentiva un'estranea persino a casa sua. Ma erano pensieri che doveva scrollarsi di dosso. Se sua figlia voleva dirle "ciao, mamma" nella lingua che usava per il novantanove per cento della sua giornata, aveva il permesso di farlo.

«*Dia duit, a stór*», rispose Cara. "Ciao, tesoro". Parole d'amore, lo sapeva. Con un altro saluto, Saoirse tornò alla televisione.

Cara si voltò a guardare *mamó*. Non era né il momento né il luogo di discutere di quello che era successo.

«Te lo dico dopo, *mamó*», fece Cara, voltandosi e uscendo dalla stanza. «Vado a fare la doccia».

«Fa' pure». La nonna si concentrò sul pane, e Cara si diresse verso il bagno.

«Oh, Cara». La testa di *mamó* sbucò dalla porta della cucina.

«Sì?». Si fermò a metà corridoio.

«Me ne sono appena ricordata. È passata Maura ieri mattina. Era molto ansiosa di parlare con te. Ti ha trovato poi?».

Dodici

Cara si fermò. Il suo cuore fece altrettanto.

Si voltò verso la nonna.

«Maura?»

«Sì». Áine uscì dalla cucina. «Era presto, saranno state le undici. Sapeva che saresti tornata con la nave delle nove. Le ho detto che ti stavi occupando delle misure di sicurezza per la tempesta e che eri da qualche parte sull'isola».

«Aspetta, *mamó*. Fammi capire. Maura è venuta a cercarmi? Ieri mattina? Più o meno alle undici?»

«Sì, esatto. Sembrava ansiosa di parlarti. Quasi preoccupata. Ti ha trovato?».

Doveva essere stato poco dopo che Daithí l'aveva notata da dentro il pub. Probabilmente era diretta proprio lì, a casa sua.

«No». Cara tornò nel corridoio, avvicinandosi a *mamó*. «Non è arrivata nemmeno da Seamus».

«Oh, davvero?».

Cara cercò di ignorare l'espressione curiosa della nonna.

«Ti ha detto perché voleva vedermi?»

«Temo di no. Quella ragazza ha sempre il sorriso stampato in faccia. Ma ieri mattina sembrava diversa. Forse le cose con Seamus non hanno funzionato».

«Seamus? È stato più di dieci anni fa, *mamó*».

«Ah, sì? Ma era la seconda volta che la incrociavo. Quando sono andata a fare una passeggiata ieri mattina presto, l'ho vista uscire da casa dei Flaherty, o sbaglio? C'era Seamus sulla soglia…».

Cara stava per rispondere che probabilmente Maura era

rimasta a dormire dai Flaherty dopo la serata al pub. Ma Daithí non aveva detto di averla riaccompagnata a casa?

«*Mamó*, non è il momento per i pettegolezzi. Dico sul serio».

«Hai ragione, tesoro. Comunque, aveva un pacco e continuava a rigirarselo tra le mani. Le ho chiesto se doveva darlo a te e le ho detto che poteva lasciarlo qui. Lei ci ha pensato un attimo e poi ha deciso che era meglio venire a cercarti».

«Un pacco? E che cos'era?»

«Era avvolto in una vecchia carta marrone, quindi non era un regalo di Natale, niente del genere. Continuava a girarlo e a guardarlo. Era come se volesse essere sicura di averlo ancora tra le mani».

«Ricordi più o meno quanto era grande?»

«Mmh, forse così?». Áine allargò le mani a una distanza di trenta centimetri circa. «Non era molto alto, un paio di centimetri», aggiunse, allontanando leggermente pollice e indice.

«E non ti ha detto cos'era?»

«Purtroppo no».

Cara rimase in silenzio, riflettendo.

«Cosa c'è, Cara? Che cosa sta succedendo?».

Cara alzò lo sguardo verso il volto preoccupato della nonna. Doveva dirglielo. Avrebbe preferito prendere tempo, ma forse era meglio farlo subito.

«Chiudi la porta, *mamó*. Non voglio che i bambini sentano. Non ancora».

La nonna obbedì, con espressione tesa.

«Cos'è che non devono sentire, tesoro?».

Cara fece un respiro profondo. Era l'anteprima di quello che la aspettava. Dare la notizia alla gente, rivelare la terribile disgrazia.

«*Mamó*, è successa una cosa davvero brutta».

Osservò l'espressione della nonna cambiare. Capì che si stava facendo forza. La vita sull'isola era dura. E lo era ancora di più ai tempi in cui Áine era ragazza. Imparavi ad affrontare le tragedie. Erano la norma. Bisognava aspettarsele.

«Cosa? Ha a che fare con Maura?»

«Sì». Cara tentennò per un attimo, pensò a qualche frase e la scartò.

«Sta... bene?», chiese *mamó*. Ma conosceva già la risposta.

Cara scosse la testa e le lacrime che aveva trattenuto per ore uscirono fuori. Áine si avvicinò alla nipote e la abbracciò stretta.

«*Oh mo stór, mo croí*, shssh, shssh». L'anziana la cullò dolcemente, sussurrandole parole di conforto all'orecchio. "Oh tesoro mio, cuore mio", ripeteva in continuazione, mentre Cara sfogava tutto il dolore che aveva represso fino a quel momento.

«Cosa è successo? È stata la tempesta? È stato un incidente?», chiese Áine.

Cara sciolse l'abbraccio e si asciugò le lacrime. Doveva chiudere quella diga, altrimenti non sarebbe più stata in grado di fermare il pianto. Doveva mettere da parte il suo dolore per un altro momento. In fondo, aveva già fatto pratica. Aveva dovuto consolare i visini dolci dei suoi bambini che le facevano domande su domande sul papà senza mai ottenere risposta. Aveva sopportato l'orrore di dover dire a una madre che avrebbe seppellito il figlio nel fiore degli anni. E ora avrebbe fatto posto a *quel* nuovo dolore. Lo avrebbe messo accanto alla sofferenza che la accompagnava ogni mattina quando si svegliava e vedeva nel letto uno spazio vuoto e freddo, come l'oceano in cui era morto il suo grande amore. Sì, lo avrebbe messo lì e avrebbe chiuso a chiave un'altra porta del suo cuore.

«Abbiamo trovato il corpo di Maura poche ore fa. Nella Tana del Serpente».

«O signore Gesù», disse Áine. «Come è potuto succedere? Perché era uscita con questa tempesta? Sempre selvaggia, quella ragazza!».

«Non c'entra la tempesta, *mamó*. Qualcuno le ha fatto del male. Qualcuno l'ha buttata lì».

Áine sembrava inorridita.
«No... Stai dicendo che...».
Cara annuì.
«Temo di sì. So che è difficile da credere. È stato qualcuno sull'isola».
Áine scosse la testa.
«Non voglio crederci».
«Nemmeno io».
«Cosa hai intenzione di fare?».
Cara alzò le braccia.
«Non lo so. Nessuno può venire qui da Galway finché non passa la tempesta. Fino ad allora, dovrò fare del mio meglio. Non so nemmeno da dove cominciare».
«Noi siamo al sicuro?»
«Se devo essere onesta, *mamó*, non lo so. Non so perché qualcuno abbia fatto una cosa del genere a Maura e se non lo so, non posso nemmeno capire se siamo al sicuro. Tenete le porte chiuse. E potresti chiedere a Maurice e Conor di fermarsi a dormire per qualche notte, così non resterai da sola con i bambini. Sospetto che io dovrò fare avanti e indietro. Sarei più felice se sapessi che ci sono anche loro». Maurice e Conor erano due grandi amici. Maurice era anziano, e non sarebbe stato in grado di offrire una grande protezione, ma il figlio Conor sì.
«Ah, e non dire nulla ai bambini. Voglio prima cercare di capire cosa diavolo sta succedendo».
«Ora cosa farai?»
«Prima mi cambio. Poi devo andare dai Flaherty e dare la notizia».
«È una tragedia, mia cara». *Mamó* scosse la testa, gli occhi pieni di lacrime. «Proprio ora che la banda si era riunita per onorare Cillian... Povero amore mio».
Cara sorrise tristemente a *mamó* e si girò per andare a fare la doccia. Entrò in bagno, chiuse la porta e aprì l'acqua. Iniziò a spogliarsi. Si tolse i calzini zuppi e i pantaloni che le erano rimasti appiccicati addosso. Sfilò il maglione, incro-

ciando le braccia. Mentre lo gettava sul mucchio di vestiti bagnati, osservò un minuscolo fiore a forma di cuore, clandestino della clinica della dottoressa, cadere da una piega nascosta della stoffa e atterrare silenziosamente ai suoi piedi, sulle piastrelle fredde del pavimento. Mentre la stanza si riempiva di vapore e lo specchio si appannava, Cara lasciò che la porta del suo cuore si aprisse di uno spiraglio. E le lacrime ricominciarono a scorrere.

Tredici

«Stai bene?», chiese Daithí mentre Cara apriva la portiera dell'auto. Gettò un asciugamano sul sedile del conducente e si sedette. Inserì la chiave nel quadro e mise in moto.

«Ho dovuto dirlo a *mamó*», rispose, accendendo le luci e i tergicristalli.

«Come è andata?»

«È stata stoica».

Daithí annuì.

Cara percorse il viale. La neve che si era accumulata sul tettuccio e sul parabrezza si staccò sotto forma di grandi lastre che caddero a terra con un tonfo. Davanti al cancello, Cara schiacciò il freno e si voltò verso Daithí.

«Però mi ha detto una cosa strana».

«Cosa?»

«Maura è passata da me ieri mentre non c'ero, probabilmente dopo che l'hai vista tu. Voleva parlarmi. *Mamó* dice che era in ansia e, cosa ancora più curiosa, aveva un pacco in mano. Pare volesse mostrarmi qualcosa».

«Un pacco?». Daithí socchiuse gli occhi.

«Sì. *Mamó* non ha idea di cosa fosse. A te dice qualcosa?»

«Temo di no».

«Stavo pensando che forse dovremmo fermarci a casa di Maura, metterla in sicurezza se necessario, e magari dare un'occhiata per vedere se c'è qualcosa di strano. Forse riusciremo a trovare questo pacco misterioso. Ma bisogna andare adesso. Aspetteremo un altro po' prima di dare la cattiva notizia agli altri».

«Sì, va bene. Mi sembra saggio».

Cara ripartì, uscì dal cancello e girò a sinistra. Prese la strada che portava a casa di Maura. Si trovava un po' fuori dai villaggi, come quella di Cara e dei Flaherty. Aveva ereditato il cottage della nonna, sullo stesso terreno della casa dei suoi genitori. La neve ancora non sferrava il secondo attacco, però il vento non si era placato.

Dovette tenere stretto il volante per non andare fuori strada.

«E se troviamo qualcosa?», chiese Daithí.

«Vedremo che farne. Anzi, io *spero* che troveremo qualcosa, Daithí. Mi piacerebbe sapere cosa diavolo sta succedendo. A te no?». Azzardò un'occhiata all'amico.

«FERMA!», ruggì lui. Cara puntò lo sguardo sulla strada e notò una figura immobile in mezzo alla carreggiata. Inchiodò. La macchina sbandò, slittò su un fiume di neve, ghiaccio e ghiaia, e scivolò verso quello spettro implacabile, fermandosi un istante prima dell'impatto.

Cara balzò fuori, sbattendo con forza la portiera.

«RAZZA DI IDIOTA!», ruggì, facendo il giro dell'auto per raggiungere la figura sulla strada.

Un ragazzo, fradicio com'era lei poco prima, la fissava con gli occhi spalancati. Sembrava si fosse accorto solo ora dell'auto che si era fermata a pochi centimetri di distanza dalla sua faccia. Cara lo conosceva. Lo conoscevano tutti sull'isola. Patrick Kelly. Era un giovane difficile, riservato. Cara lo aveva tenuto in custodia in passato per uso di droga, ma ora era qualche anno che non aveva problemi con la legge. Maura era stata la sua insegnante, come lo era stata di tutti i ragazzi dell'isola da una certa età in poi, e le aveva detto che in fondo Patrick aveva un buon cuore. Del resto, era proprio da Maura dire una cosa del genere. Lei pensava che tutti avessero un buon cuore. Quanto si era sbagliata.

«Patrick! Che diavolo stai facendo? Non puoi stare qui fuori con questo tempo. Per poco non ci ammazzavamo tutti!».

Il giovane rimase in silenzio.

«Patrick, mi hai sentito?».

Niente.

«Stai bene? Ti riaccompagno a casa?»

«Sibila, ma solo io posso sentirlo», borbottò lui, guardando Cara come se fosse trasparente.

«Che cosa, Patrick?»

«Se ascolti bene, sibila». Il ragazzo la osservò e iniziò a fare qualche passo indietro.

«Cos'è che sibila?», domandò Cara. Si accorse che aveva le pupille dilatate. Aveva ricominciato con la droga.

Una voce, nel profondo della sua mente esausta e sconvolta, sussurrò...

Sai cosa sibila? Un serpente.

«Patrick. Eri alla Tana del Serpente stamattina?». Si era ricordata di quando, quella mattina, aveva visto qualcosa che si muoveva e scompariva sul fianco della scogliera.

«Eri tu? Sai qualcosa che non so?».

Lui la guardò, e per un attimo sembrò metterla a fuoco.

«Sta' lontano da me». Quindi si voltò e schizzò via, scivolando sulle pietre. Balzò su un muretto e schizzò via con una velocità imprevista.

Cara gli fu subito dietro.

«Torna indietro! Torna indietro!». Scivolò sulle pietre e cadde, gli sforzi delle ultime ore ebbero la meglio su di lei. Si rialzò e continuò a camminare, fermandosi davanti al muro. Si guardò attorno, scrutando la distesa bianca dei campi.

Sentì sbattere la portiera dell'auto. Dei passi che si avvicinavano rapidi. Daithí apparve al suo fianco.

«Cosa sta succedendo?»

«Patrick Kelly. Era fatto, credo, e si comportava in modo molto strano. E parlava di qualcosa che sibila. Gli ho chiesto se era alla Tana del Serpente stamattina. Ed è scappato».

«Quel ragazzo è quasi sempre fatto, Cara».

«Lo so, ma mi sembrava di aver visto qualcuno, Daithí... Sulla scogliera, vicino alla Tana del Serpente».

«Dov'è ora? Dove è andato?»

«Da quella parte, dietro il muro. Ma è scomparso, non riesco a vederlo! Chilometri e chilometri di isola arida, eppure è riuscito a sparire nel nulla». Cara alzò le mani al cielo. Dei rivoli di neve scivolarono giù dalle maniche, accarezzandole la pelle nuda. Rabbrividì.

Si guardò attorno. Mise le mani sul muretto per verificarne la stabilità.

«Non seguirlo, Cara. Non andrà da nessuna parte. Vive in una roulotte vicino a casa di Seamus, puoi andarci quando vuoi».

«Ma...».

«Cara, ti sei appena riscaldata e asciugata. Andiamo a casa di Maura. Comunque, è un ragazzo strano, ma non me lo vedo a uccidere qualcuno. Probabilmente stava solo vaneggiando e tu ci hai visto altro. È anche comprensibile».

«Ma ho visto qualcuno alla scogliera stamattina, Daithí».

«Ti credo, ma corrergli dietro per i campi è da pazzi. Guarda quei cumuli di neve laggiù. Sei troppo intelligente per comportarti così. Scegli quali battaglie combattere. Forza, torniamo in macchina. Rischiamo di morire congelati».

Cara diede un'ultima occhiata ai campi. Daithí aveva ragione. Correre dietro a quel ragazzo nella neve non era una scelta intelligente.

«Va bene. Andiamo».

Si fermò davanti a casa di Maura.

Scese dall'auto insieme a Daithí e si incamminarono lungo il viale. «Non toccare nulla se puoi», gli disse, mentre si tirava su il cappuccio.

«Certo».

«Magari fai il giro dell'esterno e io controllo dentro».

«Va bene».

Un rumore attirò la loro attenzione. Cara si girò di scatto.

Un fruscio vicino al muretto del giardino.

«Ma cosa...».

Da sotto un cespuglio di ginestre innevate, un coniglio marrone attraversò il prato e scomparve nel sottobosco.

«Gesù», sibilò.
Daithí le mise una mano sulla schiena.
«Respira».
Cara fece di sì con la testa.
«Stupido coniglio. Ho il cuore a tremila».
«Anche io».
Cara guardò il cespuglio da cui era schizzato via l'animale e fece un respiro profondo. Aveva la sensazione che non fosse l'unica sorpresa che li aspettava.
«Ok, iniziamo».
Daithí andò a sinistra e iniziò a perlustrare il giardino, mentre Cara percorreva tutto il perimetro dell'abitazione. Era una casetta piccola e vecchia, un tempo appartenuta alla nonna di Maura. D'estate era circondata da una massa indisciplinata di crocosmia color fucsia e arancione fuoco. Ma adesso, fatta eccezione per le macchie rosse dei davanzali dipinti, il colore dominante era il bianco. La neve aveva cominciato a cadere, sferrando il secondo attacco. Per fortuna la casa offriva un certo riparo. Cara aveva controllato la porta d'ingresso e tutte le finestre, senza trovare segni di effrazione.
Ora si trovava davanti alla porta posteriore. Anche lì, nulla. Se c'erano state delle piste a terra, erano state sicuramente ricoperte dalla neve fresca. L'unica cosa fuori posto era la bicicletta di Maura. Era appoggiata sul muro. Maura di solito la metteva nella rimessa, specie se sapeva che era in arrivo una tempesta. Era il suo principale mezzo di trasporto sull'isola e ci teneva molto. Forse aveva avuto fretta, o era stata interrotta da qualcosa. O qualcuno.
Cara guardò dentro casa dal vetro della porta. Da quell'angolazione sembrava tutto normale. Tirò fuori dalla tasca interna della giacca un paio di guanti di lattice che aveva preso nello studio della dottoressa e abbassò la maniglia.
Non si apriva. Guardò a terra, verso sinistra, individuò il rigonfiamento di un vaso sommerso e infilò la mano nella neve. Lo inclinò, rivelando la chiave di riserva nascosta sotto.

Dopo lo spavento per il coniglietto, il cuore non aveva ancora ripreso a battere normalmente. E ora che aveva la chiave in mano, sentiva l'eco riverberare in tutto il corpo. Le tremavano le mani. Le formicolavano le dita.

«Ehi, tu». Daithí le andò incontro dalla parte davanti della casa. «Io non ho trovato nulla di strano».

«Ok, grazie per aver controllato», rispose Cara.

«Vuoi entrare?», chiese lui, indicando la chiave che aveva in mano con un cenno della testa.

«Mmh, no. Voglio aprire, ma rimango sulla soglia. Potrebbe essere una scena del crimine. Se è qui che…». Cara si fermò. Non aveva il coraggio di pronunciare le parole successive. *Se è qui che è stata uccisa.*

Con mano tremante inserì la chiave nella toppa e aprì. Fece un passo e si fermò per guardarsi intorno. Era un bellissimo open space luminoso, arioso, così inaspettatamente moderno rispetto all'esterno rustico. A Cara sembrava tutto come al solito. Ma era… sbagliato. Maura non c'era più. La casa non poteva essere la stessa di sempre, non poteva dare le stesse sensazioni. Avrebbe dovuto subire un qualche cambiamento. E invece, per un'ingiustizia suprema, era identica al solito.

«Noti qualcosa di strano?», chiese Daithí, sbirciando dalla finestra della cucina.

Cara osservava tutto dalla soglia, senza muovere un passo. Si girò di 180 gradi. Ma nulla catturò la sua attenzione. Niente oggetti rovesciati o fuori posto. Tutto come sempre. Il router Wi-Fi nell'angolo non lampeggiava, ma Maura aveva detto a Ferdia e Sorcha che non funzionava, giusto? Senza Wi-Fi eri fuori dal mondo. Senza segnale, e connessione, il telefono era inutile. Maura era vulnerabile, più che mai. Cara sentì un brivido. La sua povera amica. Se era successo lì, dentro casa, non avrebbe potuto chiedere aiuto. L'assassino aveva organizzato tutto?

«No, niente di strano», rispose a Daithí.

Guardò alla sua sinistra, sul davanzale interno della finestra. In cima a una pila di lettere e giornali c'era una palla di vetro con la neve. Sentì un tuffo allo stomaco. L'aveva regalata lei a Maura, anni prima, quando erano ragazzine. Di solito Maura la teneva su un ripiano in bagno. Cara la prese e la agitò. Una nuvola di neve scintillante turbinò sulle due figure intrappolate all'interno.

Una tempesta di neve in una sfera di vetro. Una tempesta contenuta, a differenza di quella che imperversava fuori.

A poco a poco i fiocchi si depositarono e le due amiche abbracciate all'interno ricomparvero – il motivo per cui Cara aveva regalato quel souvenir da due soldi a Maura. Quanto avrebbe voluto che fosse così semplice. Quanto avrebbe voluto che, una volta finita la tempesta, la sua amica fosse riapparsa.

Posò la sfera sul giornale piegato, ma continuò a fissarla. Perché era lì e non in bagno? Le sembrava una specie di messaggio. Maura aveva voluto dirle qualcosa? E cosa? Riguardava la tempesta? Non riusciva a decifrarne il significato.

«Oh, ciao, ragazzi. Che ci fate qui?».

Una voce la fece sobbalzare.

«Porca puttana!», esclamò, voltandosi.

Ferdia. Di solito si vestiva molto elegante, ma ora era avvolto in una strana accozzaglia di strati che sembravano provenire dall'armadio di un contadino – di vent'anni prima almeno. Ai piedi aveva dei vecchi stivaloni verdi. Era così ridicolo che, nonostante tutto, Cara si mise a ridere.

«Grazie, Cara. Oltre al danno la beffa».

«È che sei…».

«Ridicolo. Lo so. Ma io e Sorcha non abbiamo messo in valigia cose pesanti. Ho trovato questa roba in una borsa in fondo all'armadio. Era del vecchio Flaherty, immagino».

«Penso proprio di sì», disse Daithí.

«Che ci fai qui?», chiese Cara. «Non vedi che tempo?»

«Volevo cercare quella pigrona di Maura. Per capire perché ci sta dando il benservito».

Solo a sentire quel nome, la scintilla di buon umore che era scaturita dal ridicolo abbigliamento di Ferdia svanì subito. Cara chiuse a chiave la porta sul retro e se la mise in tasca. Guardò Daithí e poi di nuovo Ferdia.

«Ho una domanda per te, Ferdia. Quando tu e Sorcha siete passati di qui, il primo giorno che siete tornati in città, e il Wi-Fi non funzionava, Maura ti ha detto qualcosa al riguardo? Tipo perché non funzionava?».

Ferdia rise.

«Ah, sì, era una storia divertente. Pare che il gatto del vicino sia entrato e ci abbia fatto la pipì sopra. Maura ha detto che il router ha fatto le scintille e tutto il resto».

«Santo cielo», disse Cara. Be', mistero risolto. Quindi niente di sinistro. Ma non aveva finito con le domande. «Come l'hai trovata? Ti sembrava stesse bene?».

Ferdia la guardò, perplesso.

«Perché me lo chiedi?»

«Te lo spiego tra un minuto».

«Va bene». Ferdia la guardò un po' sospettoso. «Era la solita vecchia Maura. Non siamo rimasti molto, siamo venuti per una visita al volo. Sarebbe stata ancora più veloce se non ci avesse raccontato la storia del sabotaggio del gatto». Il ricordo lo fece sorridere.

«Ok, grazie».

Cara si allontanò di qualche passo.

«Maura non c'è?», chiese Ferdia.

«No», disse Daithí.

«E perché tutte queste domande?»

«Mmh», disse Cara. «Perché non ci raggiungi in macchina? Tanto ormai stiamo tornando a casa Flaherty».

«Cara, dov'è Maura?», chiese Ferdia, immobile.

«Andiamo», disse lei, facendo il giro della casa. «Te lo spiegherò per strada».

Glielo avrebbe detto in macchina, mentre tornavano dai Flaherty. E poi avrebbe dovuto ricominciare tutto da capo con Seamus e Sorcha. Ma Ferdia non si meritava di essere tenuto buono con qualche informazione vaga.

«Va bene», disse lui, seguendoli. «Allora, cos'è successo stamattina? Era uno scherzo, vero? Io e Seamus abbiamo scommesso cinque sterline».

Quattordici

La bufera imperversava di nuovo e Cara aveva bisogno di tutta la sua concentrazione per non sbandare. Ma per quanto fosse difficile, preferiva l'idea di guidare – battere le strade, fare il giro dell'isola. La lotta con la tempesta le toglieva altri pensieri dalla testa. Pensieri che non voleva affrontare. Poteva continuare a guidare e forse, da lì a due giorni, la tempesta si sarebbe placata e così anche la sua sofferenza.

Sulla strada costiera, prima di arrivare dai Flaherty, incrociò la piccola roulotte malconcia di Patrick Kelly. Rallentò e si girò a guardare, ma non si fermò. Sui sedili posteriori sedeva un Ferdia scioccato e ammutolito. Cara voleva sbrigarsi a raggiungere gli altri e dirgli tutto. Sarebbe andata da Patrick più tardi.

Entrò nel viale dei Flaherty e parcheggiò. Ma non davanti alla porta d'ingresso. Il posto era già occupato da uno strano furgone blu.

«Di chi è?», chiese Cara.

«Credo sia la macchina affittata da Noah Jackson», disse Daithí.

«Ah, fantastico, esattamente quello di cui avevamo bisogno ora».

Cara e Daithí scesero e guardarono Ferdia sul sedile posteriore, bianco in volto. Cara gli aprì la portiera.

«Andiamo, Ferdia. Dobbiamo entrare».

Senza dire una parola, lui scese e li seguì. Si avvicinarono alla porta sul retro.

Quando passarono davanti alla finestra del soggiorno, si fermarono.

Dietro al vetro, c'era Seamus. E un secondo Seamus identico. Cara lanciò un'occhiata a Daithí, che le sembrava altrettanto confuso. Uno dei Seamus sorrise e li salutò. L'altro aggrottò la fronte e si girò a guardarlo.

«Ma che diavolo...», disse Cara.

Raggiunsero la porta, la aprirono ed entrarono. Vennero accolti da un mucchio di voci dall'accento americano. Era pieno di gente. Cara riconobbe un volto nella calca: Noah Jackson, il regista, vicino al fuoco. Quando entrarono in cucina, alzò lo sguardo.

«Oh, ciao!», disse. Individuò Cara e un sorriso gli illuminò il volto. «Sergente. È un piacere rivederla».

Seamus e il suo sosia si voltarono.

«Cara», disse Seamus. «Sei tornata».

Lei fissò il sosia.

«Non avete ancora conosciuto Aiden». Gli andarono incontro. Da vicino, era più facile notare le differenze. Aiden era più giovane di dieci anni almeno. Ma la somiglianza era comunque sorprendente.

«Cosa ne pensi? È il mio gemello, no? Aiden interpreterà il mio ruolo nel film».

«È... inquietante», rispose Cara.

Daithí tese la mano. «È un piacere conoscerti, Aiden».

«Grazie», disse il ragazzo. «È un piacere per me conoscere tutti voi. Sono onorato di far parte di questo progetto».

«Gli altri non ci assomigliano così tanto», disse Seamus, «ma lasciate che ve li presenti tutti». Si rivolse alla troupe. «Lexi, Ari, Kyle, Will, volete venire a conoscere la banda?».

Quattro persone si staccarono dal gruppo e li raggiunsero in cucina.

«Cara, lei è Lexi, interpreta te». Cara guardò l'attrice. Aveva i capelli rossi, ma la somiglianza finiva lì. La pelle pallida e gli occhi nocciola erano decisamente mediterranei. E per quanto Cara fosse carina, Lexi era di un altro pianeta. Cara vide che intrecciava le dita a quelle di Aiden.

«E loro sono Will e Kyle. Rispettivamente Ferdia e Daithí».

«Non si pronuncia *Daití?*», chiese Kyle, guardando Seamus con la fronte aggrottata.

«*Daaawh-í*, Kyle, *Daaawh-hí*... Dai, te l'ho già detto un sacco di volte».

«E lei è Ari, interpreta Sorcha».

«Ciao!». La piccola attrice bionda gli sorrise.

«Dov'è Sorcha?», chiese Cara.

«È andata nella sua stanza per riposarsi un po'», disse Seamus.

«Giusto», disse Cara. Si guardò intorno. Non era la situazione che si era aspettata di trovare. Aveva bisogno di tranquillità.

«E non c'è nessuno che interpreta Maura?», chiese Ferdia a bassa voce. Era la prima frase che diceva da quando gli avevano dato la notizia. Cara si girò e lo guardò.

«No. Ancora non abbiamo trovato un'attrice. Ma le scene che gireremo questa settimana non richiedono il suo personaggio...».

Ferdia annuì.

Noah gli si avvicinò trotterellando.

«Stavamo per provare una scena. Vi va di guardarci?». Diede un colpetto sulle braccia di Will e Aiden e gli fece cenno di tornare accanto al caminetto.

«No, in realtà...», iniziò Cara, ma Noah non la stava ascoltando. Mormorò qualche indicazione ai due attori, li fece mettere in posizione, fece qualche passo indietro e urlò: «Azione!».

La porta della cucina si aprì e i due attori si fermarono. Sorcha entrò. Tutti si voltarono a guardarla.

«Oh, scusate», disse.

«Non preoccuparti», fece Noah, con un sorriso tirato. «Ricominciamo». Ripresero le postazioni. «E... azione!».

Aiden – il Seamus di dieci anni prima – iniziò a dire le sue battute.

«Senti, Ferdia, mi dispiace, ho intenzione di chiedere a Maura di uscire. E non potrai fermarmi. Le piaccio io, non tu». Aiden faceva un passo avanti e puntava un dito contro il petto di Will. Lui alzava le mani e indietreggiava.

«Scusa, Seamus. Non volevo mettermi in mezzo. Perdonami». Will si girava, una maschera d'angoscia sul viso.

«Oh cielo», mormorò Daithí. Cara fece un passo avanti. Aprì la bocca per dire qualcosa, per fermarli. Ma Ferdia fu più rapido.

«Questa cosa non è mai successa», disse. Tutti si girarono verso di lui. Noah sembrava molto scocciato per l'ennesima interruzione.

«È una licenza poetica, Ferdia», disse Seamus dall'altra parte della stanza.

«Non è una licenza poetica farmi fare la figura dello stupido. Cambia il copione».

«È questa la cosa importante ora, Ferdia?», chiese Cara. «Fai sul serio?».

Ferdia le gettò un'occhiataccia.

«Ah, be'», balbettò Noah. «Non possiamo manomettere il copione solo perché a qualcuno non piacciono delle parti».

«Ti manometto io», disse Ferdia, avvicinandosi al regista.

«Ferdia, fermati», disse Sorcha. Lo raggiunse e gli afferrò il braccio. Lui la scrollò via.

«Lasciami», ringhiò.

«Smettetela, tutti quanti», urlò Daithí. Nella sala calò il silenzio. L'insolito sfogo aveva catturato l'attenzione di tutti.

«Sorcha, Seamus, dobbiamo dirvi una cosa». Cara guardò gli amici. Poi la troupe. Non voleva dargli la notizia davanti a loro.

«Potreste uscire un attimo, per favore?».

Noah aveva l'aria confusa.

«Uscire?»

«Per favore», disse Cara.

«Cara, no, non vanno da nessuna parte, guarda fuori», disse Seamus, indicando la neve. Si rivolse alla troupe. «Restate qui, non preoccupatevi».

Si girò verso l'amica.

«Qualunque cosa debba dirci, i ragazzi della troupe sono qui per documentare la mia vita, perciò possono sentire».

«Seamus, fidati, non è il caso».

«Sul serio, non preoccuparti».

Cara sospirò. Non aveva le energie per mettersi a discutere. Fece un respiro profondo.

«Si tratta della telefonata che è arrivata stamattina».

«Il cadavere nella Tana del Serpente?», chiese Sorcha, con tono meno indifferente di quello di Seamus.

«Tranquilla, Sorcha! Era solo uno scherzo telefonico, vero Cara?»

«Purtroppo non era uno scherzo», disse Cara a voce bassa.

«Davvero?», fece Seamus.

«Davvero?», gli fece eco Sorcha, incredula, sgranando gli occhi.

Cara annuì. Guardò Daithí. *Odio questo momento*, pensò. *L'attimo in cui cambierà ogni cosa. Per tutti. Ci sarà un prima e ci sarà un dopo. Passeremo a un universo alternativo, meno gentile. Un universo in cui una persona che ami non c'è più e la realtà in cui pensavi di vivere è perduta per sempre.* Cara era già stata trascinata da un universo all'altro contro la sua volontà. Odiava dover fare una cosa del genere ai suoi amici. Ma doveva. Anche con quegli stupidi attori sullo sfondo, gente per cui la posta in gioco era pari a zero. Probabilmente, come vampiri, si sarebbero nutriti delle loro emozioni, le avrebbero conservate per sfruttarle nella prossima performance.

«C'era davvero un cadavere», disse. «E ora devo dirvi la parte più difficile».

Fece una pausa. Guardò gli altri.

«Se n'è andata». Prese un respiro profondo. «Il corpo… era Maura».

Silenzio. Tutti la fissavano. La consapevolezza si fece strada lentamente sui volti di Seamus e Sorcha, come un ghiacciaio che avanza, cambiando per sempre il paesaggio alle sue spalle.

«Lei qual era…?», iniziò Aiden accanto al fuoco, ma Will lo zittì con un'occhiataccia.

Seamus prese una sedia della cucina e si accasciò. Sorcha continuava a spostare lo sguardo dai ragazzi a Cara e viceversa. Ferdia si lasciò cadere su una delle poltrone, ignorando gli attori in piedi intorno a lui.

«Cosa?», disse Sorcha. Fu la prima a parlare.

«Maura è morta», disse Daithí. «Non c'è un modo più semplice per dirlo».

Il singhiozzo di Seamus colse tutti di sorpresa. Un singhiozzo frastagliato, soffocante, dirompente. Si nascose il viso tra le mani.

«Come?», sussurrò Sorcha.

«Non lo sappiamo ancora». I suoi amici dovevano sapere che Maura era morta, ma non dovevano per forza conoscere i dettagli. Da una parte era quella la prassi della polizia; dall'altra in quel modo avrebbero anche conservato un bel ricordo dell'amica. Cara non voleva parlargli del corpo distrutto, livido, congelato.

Per lei sarebbe stato *quello* l'ultimo ricordo. Era un fardello che avrebbe condiviso solo con Daithí, e le dispiaceva. Nemmeno lui aveva potuto scegliere.

Sorcha prese una sedia e si sedette.

«Wow».

«Wow? Ma che razza di reazione è?», chiese Ferdia dalla poltrona, ancora bianco cadaverico. «*Wow*».

«Sono scioccata!», ribatté Sorcha, girandosi verso di lui.

«Scioccata? Sembra che nemmeno ti interessi».

«Certo che mi interessa! Ovviamente non quanto a te», ringhiò.

«Non mi sembra».

«L'ho vista per la prima volta un paio di giorni fa dopo dieci anni, non eravamo più amiche strette. Ma mi dispiace che sia morta, ok? Ti va bene così?»

«Ma che diavolo dici?». Ferdia si sporse in avanti, gli occhi due palle di fuoco. «Era una delle nostre migliori amiche! Come fai a essere così fredda?»

«Non sono fredda!». Sorcha alzò le mani al cielo. «E ti

sbagli, non era una delle nostre migliori amiche! I migliori amici sono persone che vedi sempre. Persone con cui esci. Persone che tengono davvero a te. Stace e Lucy del lavoro sono le mie migliori amiche. Maura Conneely è una persona che conoscevo tanto tempo fa, che non era nemmeno molto gentile con me e che da allora non ha mai fatto niente per rimediare. Anzi, direi piuttosto il contrario».

«Cristo, Sorcha», disse Cara. Si sentiva come se qualcuno le avesse risucchiato l'aria dai polmoni. «Abbiamo trovato il suo corpo solo poche ore fa».

«Ah, ecco, la sua groupie! Maura e Cara, Cara e Maura. Per te Maura cacava rose! Non gliene fregava un cazzo di me».

«Maura teneva a tutti», disse Cara, sforzandosi di mantenere un tono neutro. «Non è vero che non le importava di te, Sorcha. Non è affatto vero».

«Ma sentitela! Ovviamente la difende. Santa Maura di Inis Mór non poteva fare nulla di sbagliato… Rimarresti sorpresa, Cara, molto sorpresa, se ti dicessi quello che so. I segreti di Maura Conneely».

Quindici

Seamus le passò un bicchiere con un dito di whisky. Cara accettò con gratitudine e bevve un sorso. Daithí sbucò dal corridoio e si sedette sul divano accanto a loro.

«La troupe se n'è andata?», chiese.

Seamus, cupo in volto, annuì. «Ho chiesto a tutti di fare i bagagli».

«Ok, grazie. Sorcha dice che per il momento rimarrà laggiù. Si sdraierà un po' sul letto. Ha preso una cosa che le ha prescritto il medico...». Daithí guardò Ferdia, che annuì. Poi si rivolse a Cara. «È lo shock, Cara. Non farci caso. Sono sicuro che non diceva sul serio».

«Sono d'accordo con Daithí», disse Seamus. «È lo shock. Come... cioè...». Si limitò a scuotere la testa. Nemmeno lui, che era uno scrittore, trovava le parole adatte per esprimere l'orrore che stavano provando tutti. Passò un bicchiere a Daithí e lo riempì di whisky.

«Sta bene, in generale?», chiese Daithí, guardando Ferdia. «Cosa le ha prescritto il medico? Non mi siete sembrati molto allegri negli ultimi giorni».

«Sta bene», disse Ferdia. «Stiamo bene». Il "fine della discussione", era sottinteso.

Cara si alzò e andò al frigorifero. Prese alcuni avanzi – una pagnotta, del formaggio – e li portò al camino insieme a piatti, coltelli e forchette. Si inginocchiò sul tappeto e iniziò a mettere insieme un pasto semplice. Il sole stava già tramontando e la stanza diventava buia. Nell'aria si sentiva l'odore di torba umida. La luce del soffitto tremolò. Tutti alzarono lo sguardo.

«Ci manca solo l'elettricità ora», disse Seamus.

«Mi sorprende che abbia resistito così a lungo», disse Daithí. «Avete torce e candele, per ogni evenienza?»

«Le candele dovrebbero esserci».

«Cosa le è successo?». La voce vuota di Ferdia interruppe i discorsi pratici degli altri. «Non ce l'hai ancora detto».

«È stato un incidente», disse Seamus a bassa voce, guardando Cara con espressione straziata. «Vero?»

«Ecco... Probabilmente no».

«Cosa?», chiese Ferdia con voce lenta, impastata. «Certo che è stato un incidente, Cara, perché altrimenti vorrebbe dire che...». Si interruppe. Nessuno voleva sentire la fine della frase.

«Cara? Che diavolo...», disse Seamus, con il bicchiere congelato a mezz'aria.

«Ragazzi, non posso rivelarvi i dettagli. Cercate di capirmi», implorò Cara.

«Non puoi lanciarci addosso una bomba del genere e non dirci altro». Ferdia si alzò in piedi, fissandola con un'intensità spaventosa.

«Calmati», disse Daithí. «Non è colpa di Cara. Sta solo facendo il suo lavoro».

Ferdia si guardò intorno e si sedette, scivolando di nuovo in un silenzio cupo. Cara gli passò un piatto, un'offerta di pace. Lui lo accettò senza guardare e se lo mise sulle ginocchia. Continuò a sorseggiare il whisky.

«Seamus? Vuoi qualcosa da mangiare?»

«Certo, grazie, sei un tesoro, Cara». Gli porse un piatto e poi ne passò uno anche a Daithí, che accettò con gratitudine. Per un po', masticarono tutti in silenzio. Nessuno sapeva cosa dire. Cara invidiava Sorcha. Probabilmente era sprofondata nel sonno grazie a qualche farmaco, e per un po' aveva potuto allontanarsi dalla dura realtà.

«Possiamo fare qualcosa? Possiamo aiutarti?», chiese Seamus dopo un po'. Cara si sedette sui talloni e posò una fetta di pane sul piatto accanto a lei.

«Immagino che non vi abbia detto niente di strano l'altra sera al pub, vero?». Cara guardò Daithí, Ferdia e Seamus. «Come vi è sembrata?»

«Stava bene, era normale», rispose Seamus. «Ma non la vedevamo da tantissimo tempo, probabilmente non saremmo nemmeno riusciti a capire se era "strana"».

Cara si rivolse a Daithí.

«Tu come l'hai trovata?».

Daithí rifletté.

«Normale. Forse era un po' silenziosa mentre tornava a casa, ma era stanca, quindi non mi è sembrato strano o preoccupante».

«E ieri, Seamus? Come stava?»

«Ieri?». Seamus si accigliò. «Non l'ho vista ieri».

«*Mamó* ha detto di averla vista qui, ieri mattina, alla porta. Dice che stava parlando con te».

«Ah, sì?». Seamus alzò le sopracciglia e scosse la testa. «No, non è passata. L'ultima volta che l'ho vista è stato da Daithí, la sera prima. Con tutti gli altri».

«Davvero? Ok, chiederò di nuovo alla nonna». *Mamó* non era più giovane come un tempo e aveva il vizio di non mettersi mai gli occhiali.

«C'è un'altra cosa che vorrei chiedervi», disse Cara. «Maura è venuta a cercarmi ieri mattina. Daithí, tu l'hai vista passare in bicicletta a quell'ora e hai detto che sembrava distratta e che non ti ha salutato come faceva di solito, giusto? Be', *mamó* ha detto che era preoccupata. Aveva in mano un pacco avvolto in una vecchia carta logora. E per qualche motivo voleva farmelo vedere. A voi dice qualcosa? Avete idea di cosa potesse essere, o del perché era preoccupata? Non ci siamo viste, quindi non lo so proprio».

Seamus scosse la testa.

«Mi dispiace, non ne ho idea».

«Ferdia?». Cara lo guardò. Stava fissando le fiamme. Si voltò verso di lei, senza dire nulla.

«Ferdia, a te dice qualcosa?», ripeté Cara. «Puoi aiutarci?».

Ferdia sollevò il suo piatto ancora pieno e lo posò sul tavolino. Poi si alzò e passò davanti a Seamus, urtandogli le ginocchia. Un po' di cibo volò via dal piatto di Seamus, atterrandogli sui pantaloni e sul divano.

«Ehi, sta' attento», scattò. Ma Ferdia uscì dalla stanza senza dire una parola.

Un minuto dopo, sentirono il motore di una macchina.

«È la mia? È l'auto della polizia?», chiese Cara, balzando in piedi. Non ce n'erano altre parcheggiate fuori. Arrivò alla finestra giusto in tempo per vedere Ferdia che usciva dal vialetto con la sua auto. «È la mia!».

Gli altri due la raggiunsero alla finestra.

«Ma che sta facendo?», chiese Seamus.

«Solo Dio lo sa», disse Daithí.

Lo scricchiolio dei pneumatici sulla neve li avvertì del ritorno di Ferdia. Daithí e Cara, che si erano inginocchiati per cercare delle candele in fondo ai mobiletti, si alzarono in piedi. Seamus rientrò in cucina.

«Ho sentito una macchina. È tornato?», chiese.

«Sembra proprio di sì», rispose Cara. Guardò l'orologio. Era stato via quasi un'ora.

La porta d'ingresso sbatté, e sentirono i passi di Ferdia che si dirigevano verso la sua stanza. Dopo un po' arrivò anche la sua voce, sebbene non riuscissero a distinguere le parole.

«Che cosa sta facendo?», disse Daithí. «Se la prende con Sorcha? Non è il caso». Si avvicinò alla porta della cucina.

«No, lascia stare, Daithí. Vado io», disse Cara, mettendogli la mano sul braccio.

Daithí la guardò con riluttanza. Cara scosse la testa e si avviò lungo il corridoio, fermandosi davanti alla porta chiusa della stanza di Ferdia e Sorcha.

Alzò una mano per bussare, ma si fermò. La voce arrabbiata di Ferdia le arrivava più chiaramente lì e riuscì a capire interi spezzoni di frasi. «Glielo hai detto? Io non so chi altro potrebbe essere stato, e tu? Stai giocando col fuoco».

A che si riferiva? Cara avvicinò l'orecchio alla porta. Dentro, la voce assonnata e confusa di Sorcha rispondeva: «Non so di cosa stai parlando». Ferdia, ora un po' più tranquillo, ribatteva: «Certo che no. Maura è stata assassinata, questo lo sapevi? Non è stato un incidente».

Cara non riuscì a distinguere le parole successive. Ma poi sentì dei passi che si avvicinavano in fretta. Fece un salto indietro. La porta si aprì di scatto. Un Ferdia furioso e sorpreso si fermò, la scansò e percorse in fretta il corridoio. Sorcha, in lacrime, era seduta sul letto e si strofinava gli occhi.

«Stai bene?», chiese Cara.

Sorcha la guardò, un'immensa tristezza sul viso.

«Posso entrare?».

Sorcha annuì. Cara si avvicinò si sedette sul bordo del letto.

Sorcha tirò su col naso. «Sto bene».

«Ferdia ha esagerato. Vuoi che gli chieda di andarsene? Ti senti al sicuro con lui qui?».

Sorcha scosse la testa. «No, no. Non ti preoccupare. È solo arrabbiato. Si calmerà».

«Sei sicura?».

Fece di sì con la testa.

«Non ho potuto fare a meno di ascoltare alcune cose», disse Cara, cercando di mantenere un tono disinvolto. «Cosa ti stava dicendo? Sembrava parecchio arrabbiato».

«Vorrei saperlo anche io. Non so a cosa si riferiva». Scosse la testa. «È solo sconvolto», ripeté.

«Siamo tutti sconvolti», disse Cara. Sorcha sembrava sinceramente perplessa. Incrociò le gambe e si passò una mano tra i capelli. Poi la guardò dritta negli occhi.

«Maura è stata davvero assassinata?».

Cara annuì. «Temo proprio di sì».

«Sai chi è stato?»

«No. Se devo essere sincera, non ho la minima idea di cosa sta succedendo».

«Siamo in pericolo, Cara?». Sorcha lanciò una rapida occhiata fuori dalla finestra. Stava già facendo buio. «Non mi piace questa storia. Per niente. Siamo tutti dei bersagli facili qui».

«Sorcha, non c'è nessun elemento che ci dica che dobbiamo preoccuparci. Di solito dietro a crimini del genere c'è una motivazione personale. Non sono casuali».

«Se è una cosa personale, Cara, allora potremmo essere in pericolo. Siamo amici suoi!». Gli occhi di Sorcha guizzavano dalla porta alla finestra e viceversa.

«Prima sei stata abbastanza chiara: non eravate così unite. Non c'è niente di cui preoccuparsi».

Sorcha distolse lo sguardo. Continuava a torcersi ciocche di capelli disordinati.

«Senti, Cara», disse dopo un po', senza incrociare il suo sguardo. «Mi dispiace per quello che ho detto prima. Non avrei dovuto...». Fece un respiro profondo e alzò lo sguardo. «Sono sempre stata gelosa di voi due. E gelosa di quanto foste felici con Cillian e Seamus. E anche se Maura e Seamus si lasciavano sempre e tutto il resto, la loro storia faceva molto Heathcliff e Cathy. Sembrava così romantica. Non come la mia con Ferdia. A volte mi chiedo se ci siamo messi insieme solo perché eravamo gli ultimi due rimasti single. A Ferdia è sempre piaciuta più Maura di me, lo sapevi?»

«Davvero?», chiese Cara, sorpresa. «Non credo. Io non l'ho mai vista così».

Sorcha la guardò a lungo, intensamente.

«Ci sono un sacco di cose che non hai visto».

«Non ricominciare».

«Mi dispiace, Cara. Ma lei non era perfetta».

«Non ho mai pensato che lo fosse». Cara si alzò. «Ora se stai bene, ti lascio dormire».

La luce sul comodino e quella del soffitto tremolarono. Una forte raffica di vento scosse le finestre. Le luci sfarfallarono ancora una volta e poi si spensero. La stanza sprofondò nel buio più completo.

«Merda», disse Sorcha, saltando giù dal letto. «Qualcuno ha staccato la corrente. Dove sei?».

Cara si sporse e le afferrò la mano. Lei sobbalzò e lanciò un urlo.

«Sorcha! Sorcha, va tutto bene, sono solo io. Fa' un bel respiro. È solo la tempesta, niente di più. Nessuno ha staccato le corrente. Hai vissuto un sacco di tempo sull'isola, non ti sarai mica scordata di quante volte va via la corrente. È normale».

«Non puoi esserne sicura! Hai detto che c'è una motivazione personale dietro! Forse qualcuno è venuto a prenderci!».

«Vieni qui». Cara la tirò verso di sé e la ruotò verso la finestra.

«Guarda. Nemmeno fuori c'è la luce. Tutta l'isola è al buio. È colpa della tempesta, tutto qui. Non preoccuparti».

«Ok, forse hai ragione… Ma, Dio, Cara». Sorcha cominciò a piangere. «Siamo bloccati su quest'isola e c'è… c'è uno psicopatico là fuori che ha, ha ucciso Maura e…». Il resto si perse tra rantoli e singhiozzi. I suoi respiri erano corti e irregolari.

Dal corridoio sentirono una porta che si apriva e dei passi veloci.

«Tutto a posto lì dentro? Ci è sembrato di sentire un urlo». Seamus, Daithí e Ferdia si affacciarono alla porta. Tenevano in mano delle candele, e il riflesso li faceva assomigliare a dei demoni.

«State bene?». Daithí passò una candela a Cara e Seamus mise un braccio sulle spalle di Sorcha, che continuava a tremare.

«Forse è solo un attacco di panico. È comprensibile…», rispose Cara.

«Dai, Sorcha, andiamo in cucina», fece Seamus. «Daithí ha preparato del tè proprio prima che andasse via la corrente. Ti preparo una tazza».

«O magari ti basterà prendere un'altra pillola, chissà», ribatté Ferdia, lanciando un'occhiataccia alla moglie.

«Ferdia, per favore», disse Cara.

«Deve veramente darsi una regolata».

«Dobbiamo tutti darci una regolata». Nella penombra, Daithí fissò Ferdia con uno sguardo di sfida. Lui si voltò e uscì. Gli altri lo seguirono, come la processione della messa di mezzanotte.

La cucina era avvolta dal morbido e confortante bagliore delle candele. Erano state disposte accanto al fuoco, sul tavolo e in giro per la stanza, creando un'atmosfera da chiesa: una solennità che sembrava appropriata al momento. Ombre leggere si allungavano nella stanza. Cara si sedette sul divano, accanto a Daithí.

Seamus si lasciò cadere su una poltrona. Sorcha si avvicinò a Ferdia, che si attardava accanto al frigo e ai fornelli. Il loro linguaggio del corpo era teso, ma sembrava che avessero concordato una tacita tregua. Tornarono verso gli altri.

«Dove sei andato con la mia macchina, Ferdia?», chiese Cara, guardandolo nella penombra.

«Fuori».

«Giusto».

«Hai preso la sua macchina, amico, abbi un po' di rispetto, no?», rispose Seamus. «E ci hai lasciati qui indifesi. Lo psicopatico che ha fatto una cosa del genere a Maura è ancora in giro».

«La macchina non sarebbe servita a molto», ribatté Ferdia.

«Sarebbe stato bello avere la possibilità di scappare, almeno».

«Smettetela. Basta. Siamo tutti sconvolti, non c'è bisogno di metterci anche a litigare».

«Perché abbiamo cose più importanti a cui pensare, giusto?», chiese Sorcha. «Hai detto che non dovevamo preoccuparci. Che non sarebbe venuto a cercarci».

«No, Sorcha, non dobbiamo preoccuparci. Credo che il responsabile, chiunque esso sia, non verrà da noi».

«"Credi"?», scattò Ferdia. «Tu "credi"? Vorrei esserne sicuro, prima di ritrovarmi con un cazzo di coltello piantato nella schiena!».

«Calmati. Per favore, ragazzi. Così non andiamo da nessuna parte. Chiudete a chiave le porte, guardatevi le spalle. Non appena saprò qualcosa ve la dirò. Non preoccupatevi. Mi assicurerò che non vi succeda niente. Ma adesso dobbiamo darci una regolata».

«Chi è stato, Cara?», chiese Seamus. I suoi occhi si riempirono di lacrime una seconda volta. «Chi le ha fatto del male?»

«Non lo so, Seamus, ma lo scoprirò. E se ne pentirà. Non temere».

Tirando su col naso, Seamus prese la bottiglia di whisky e sette bicchieri. Li distribuì ai presenti e ne lasciò due accanto al fuoco. Li riempì per primi. Quindi si avvicinò ai suoi amici e versò del whisky anche a loro. Restò in piedi, al centro del cerchio formato dal divano e dalle poltrone, e alzò il suo bicchiere.

«A Maura e a Cillian», disse con voce rotta. Poi si voltò e fece tintinnare delicatamente il suo bicchiere contro i due posati accanto al camino.

«A Maura, a Cillian», disse all'unisono la banda.

Sorcha iniziò a cantare sottovoce.

È l'ultima rosa d'estate,
lasciata a fiorire da sola,
le compagne
tutte appassite ormai,
nessun fiore della sua specie,
nessun bocciolo ha vicino
che rifletta i suoi rossori
o ricambi i suoi sguardi.

Non ti lascerò, solitaria,
a languire sul tuo stelo,
adesso che le belle dormono,
vai a dormire con loro.
Quindi con gentilezza getto
le tue foglie sul letto
dove le compagne tue del giardino
giacciono prive di profumo, morte.

Che possa anche io seguire in fretta
quando le amicizie appassiranno
e dal lucente cerchio dell'amore
le gemme cadranno!
Quando i cuori puri sono avvizziti
e di appassionati non ce sono più,
allora chi vorrebbe mai abitare,
da solo, questo arido mondo?

Cara non riusciva a togliersi dalla testa le parole dell'ultima strofa.

Quando i cuori puri sono avvizziti e di appassionati non ce sono più.
Quando le amicizie appassiranno...

Sedici

Cara entrò nella stanza di Cillian quasi al buio, la candela non faceva molta luce. La posò sul comodino. Avrebbe potuto usare la torcia del telefono, ma doveva risparmiare la batteria il più possibile.

Era esausta. Troppo esausta persino per sentirsi triste. O spaventata.

Era svuotata dentro. Si tolse le scarpe e i leggings e si infilò direttamente a letto. Guardò la porta e pensò di alzarsi, spostare la sedia dalla scrivania e incastrarla sotto la maniglia. Ma i mobili erano tutti vecchi, probabilmente si sarebbe rotta solo a sfiorarla. E comunque forse aveva solo assorbito troppo il panico di Sorcha. Non erano in pericolo. Decise di restare a letto e non scomodarsi. Non si era nemmeno preoccupata di chiudere le tende. Tanto non c'era luce fuori.

Erano andati tutti a letto in silenzio. Daithí aveva deciso di rischiare e tornare al pub. Aveva il suo generatore, perciò era ancora aperto. Non voleva lasciare Courtney da sola, sentiva di averle già chiesto troppo.

Cara spense la candela e appoggiò la testa sul cuscino, osservando gli ultimi pennacchi di fumo che aleggiavano nell'aria mentre i suoi occhi si adattavano all'oscurità. Guardò la finestra. In una notte limpida sarebbe stato bellissimo fuori. Sull'isola, le stelle brillavano più che mai. Stanotte, invece, c'era un'oscurità fangosa. Il cielo era coperto da nuvoloni dalle forme maligne. Non riusciva a distinguere un solo elemento del paesaggio. L'oscurità di un passato antico. Quel poco di luce che ancora resisteva nella stanza rivelava una topografia censurata. La scrivania sotto la finestra, gli scaffali alla parete. Le listarelle dell'armadio.

In realtà, non si vedeva quasi nulla.

Poco dopo, gli occhi le si fecero pesanti. L'ultimo pensiero prima di addormentarsi fu una preghiera al suo subconscio. *Ti supplico, niente sogni.*

Si prese un momento per tornare nella terra dei vivi. Il sonno era arrivato in fretta, e per fortuna la coscienza riprendeva il sopravvento senza essere tallonata da sogni inquietanti. Ma non era mattina. Più che un favore del suo subconscio mosso a compassione, la mancanza di sogni sembrava dovuta alla brevità del riposo. Non era nemmeno entrata in quella fase del ritmo circadiano. Cercò il telefono, sapeva di averlo appoggiato sul comodino del letto. Tastò qua e là prima di trovarlo. Premette il tasto home e lo smartphone si animò, una granata nel buio assoluto. Un nanosecondo prima di essere abbagliati dalla luminosità dello schermo, i suoi occhi intravidero qualcosa.

Il suo subconscio assonnato tradusse l'immagine per lei.

Alla finestra. Aveva visto qualcosa alla finestra. Anzi.

Qualcuno.

Due occhi. Che la fissavano. Era buio pesto, ma era sicura di non sbagliarsi.

Balzò fuori dal letto. Si precipitò alla finestra, sbattendo la gamba contro la scrivania.

«Maledizione», sibilò, strofinandosi lo stinco. Guardò a sinistra, poi a destra. Non c'era niente. O meglio, non c'era più.

Rabbrividì. Il cuore le batteva forte. Aveva detto agli altri di chiudere la porta a chiave, ma alla fine l'avevano fatto? Chi era la persona alla finestra? Stava facendo il giro della casa per entrare dalla porta sul retro?

Cara si mise i leggings in tutta fretta, inciampando. Si tirò il cappuccio della felpa sulla testa e prese la candela dal comodino. L'accese, poi aprì la porta e tese l'orecchio. Silenzio. Non si sentiva nemmeno russare dalla stanza di Ferdia e Sorcha. Uscì di soppiatto. Come la notte precedente, il rumore dei suoi passi era un frastuono cacofonico, il suo respiro assordante.

Raggiunse la porta e provò ad abbassare la maniglia. Chiusa a chiave, per fortuna. Proseguì verso la cucina. Aprì lentamente la porta. Nel camino, una fiammella proiettava un filo di luce nella stanza. Cara si guardò intorno. Le sembrava tutto a posto. Nessuno seduto sulla poltrona che potesse spaventarla. Guardò in cucina.

La porta sul retro era aperta.

Di uno spiraglio. Ma decisamente aperta.

Si girò a guardarsi di nuovo intorno. La corrente faceva tremolare la fiamma della candela. Si fermò. Lì non c'era nessuno. Si avvicinò alla porta sul retro. Il vento gelido trapassava il tessuto dei leggings, aveva la pelle d'oca.

Sentì prima una voce, poi un'altra.

Smorzate, frettolose e urgenti. Arrabbiate. Parlavano in irlandese. Tese l'orecchio. Chi c'era là fuori? Cosa stava succedendo? Poi tre parole che anche una studentessa del primo anno avrebbe capito: «*Le do thoil*». "Per favore". Di nuovo. "Per favore". Questa volta più forte. Qualcuno stava supplicando un assassino di risparmiargli la vita? Cara si precipitò verso la porta, ma non fece in tempo ad arrivare che si spalancò da sola. Balzò all'indietro per non farsi colpire. Un'improvvisa folata d'aria gelida le schiaffeggiò il viso, spegnendo la candela. La cera calda le colò sulle dita.

«Gesù!», ruggì una voce a pochi centimetri da lei. Rischiò quasi di travolgerla. Cara barcollò all'indietro, sbattendo contro il bancone. All'improvviso, si ritrovò una torcia puntata in faccia. Alzò la mano per proteggersi.

«Smettila di aggirarti furtivamente nel buio, Cara!», urlò qualcuno. Era Seamus. Le passò accanto e Cara vide la sua sagoma sfocata che usciva dalla cucina sbattendosi la porta alle spalle.

Il cuore le rimbombava forte nel petto, come se volesse fuggire. Cara si piegò, appoggiando le mani sulle ginocchia per cercare di calmare i battiti. Fece un respiro profondo, si alzò e si costrinse a raggiungere la porta. Trovò un paio di stivali sulla soglia e se li infilò.

Guardò fuori.

Chi c'era?

Un bagliore rosso, una spilla di luce nell'oscurità – come i fari sulle boe che in quel momento oscillavano violentemente nel porto – le indicò il punto in cui qualcuno stava fumando. L'estremità infuocata della sigaretta si accendeva e divampava a ogni boccata. L'odore di marijuana aleggiava nell'aria gelida. Cara uscì. La temperatura non era poi tanto diversa rispetto a dentro.

«Chi è?», disse, infastidita dal tremolio della sua voce. La sagoma si mosse.

«Cara, ehi. Che ci fai sveglia?».

Ferdia.

Era solo Ferdia.

«Sono sveglia perché qualcuno mi stava fissando dalla finestra».

«Cosa? Sul serio?»

«Sei stato tu o Seamus?»

«No, assolutamente no. Siamo usciti solo per fumarci questa».

Spense la canna.

«E per litigare, a quanto pare. Più tardi ti chiederò che è successo, ma ora devo andare a controllare. Potrebbe esserci qualcuno qui». Cara si voltò verso l'angolo della casa.

«Aspetta, vengo con te. Non ho le forze per gestire un altro omicidio».

Ferdia tirò fuori il telefono e accese la torcia. La puntò sul sentiero davanti a sé. *La canna lo ha sicuramente tirato su*, si disse Cara guardandosi attorno, in cerca di qualche segno di vita. Non sapeva bene cosa pensare. Il buonumore di Ferdia le sembrava volgare, irrispettoso. Un atteggiamento imbronciato e scontroso era più appropriato alla situazione. E invece Ferdia era sereno, nemmeno la discussione con Seamus sembrava averlo turbato.

Si diressero verso l'ingresso, arrancando nella neve. Una volta girato l'angolo, il vento li travolse e Cara si strinse i lacci del cappuccio. Ferdia si rannicchiò accanto a lei.

«Di cosa stavi discutendo con Seamus?»

«Discutendo…?», rispose lui, digrignando i denti.

«Non prendermi in giro, Ferdia. Stavate discutendo, vi ho sentiti».

«È una lunga storia».

«Immagino».

«È una cosa che riguarda me e lui. Non è niente».

«Niente?»

«Magari ora è meglio se pensi a cercare l'assassino a piede libero che ti guardava dalla finestra, Cara».

La voce di Ferdia si era fatta più ansiosa. Cara lasciò perdere.

Per ora.

Superarono la porta d'ingresso e si incamminarono lungo il viale guardandosi attorno, in cerca di qualsiasi cosa che potesse risultare sospetto nella notte nera.

«Cara, mi dispiace, ma così è impossibile», disse Ferdia. «È come essere ciechi».

«Lo so», ribatté lei. Tornarono verso la porta.

«Forse il cervello ti ha solo giocato un brutto scherzo. Hai visto il mostro sotto al letto e cose del genere».

«Forse», rispose Cara, con voce incerta, senza smettere di guardarsi attorno. Rabbrividì.

«Hai passato una giornata di merda e sei esausta».

Lo guardò. Forse aveva ragione, era tutto frutto della sua mente esausta, nient'altro. Forse erano state le voci di Ferdia e Seamus a disturbarla nel sonno?

«Forza, si gela, torniamo dentro», disse Ferdia.

Cara guardò la parte anteriore della casa, dove c'era la finestra della camera di Cillian.

Invece di seguire Ferdia, andò dritta in quella direzione.
«Santo cielo, Cara», piagnucolò Ferdia. Ma la seguì.
Cara arrivò davanti alla sua camera e si girò.
«Puoi puntare la torcia qua, per favore?». Indicò un punto nel terreno. Ferdia obbedì. Guardarono in basso. Inconfondibili, profonde, nitide e fresche: due impronte nella neve.

Diciassette

«Sei riuscita a riaddormentarti ieri sera?», chiese Ferdia, in piedi davanti al bancone della cucina, pallido e con gli occhi rossi come se non avesse chiuso occhio.

«Sì, dopo un po'», disse Cara, infilandosi il cappotto.

Sorcha era inginocchiata davanti al fuoco e stava imburrando del pane che aveva abbrustolito. Posò il coltello e alzò la testa.

«È successo qualcosa?», chiese, spostando lo sguardo dall'uno all'altra.

«C'era qualcuno davanti alla finestra di Cara stanotte», rispose Ferdia in tono piatto. Ma Cara percepì comunque una nota di ansia nella sua voce. Scosse la testa, irritata. Sarebbe stato meglio non far preoccupare Sorcha.

«C'era qualcuno qua fuori stanotte?», chiese, con una voce che era diventata molto più acuta. «Davvero?»

«Potrei essermi sbagliata...», disse Cara.

«Non credo che le impronte fuori dalla finestra della tua camera siano apparse per magia», disse Ferdia.

«O Dio», sussultò Sorcha.

«Ferdia!», sbottò Cara. Ma in cambio ottenne solo un'alzata di spalle. Sorcha si alzò in piedi.

«Dobbiamo andare via da qui», disse rapidamente, mangiandosi le parole. «Prendo le mie cose, ce ne andiamo, andiamo a casa, ce ne andiamo da questo posto. Non saremmo mai dovuti tornare».

«Non c'è davvero modo di lasciare l'isola, tesoro», sogghignò Ferdia.

«*Deve* esserci! Cara, ci deve essere un elicottero di emergenza, qualcosa. Non possiamo restare qui ad aspettare che qualcuno ci uccida nel sonno!».

«Cristo, calmati», disse Ferdia.

Cara scosse la testa. «Mi dispiace, Sorcha, c'è un tempo tremendo. È troppo pericoloso per le barche e per gli aerei».

«Ma se dici che là fuori c'è qualcuno che cerca di ucciderci...».

«La smetti di fare l'isterica? Sei un cliché vivente. Nessuno sta cercando di ucciderci», disse Ferdia.

«Non sono isterica, Ferdia! È normale essere terrorizzati. Chi c'era alla finestra? E come fai a sapere che non vuole ucciderci? Stava cercando un modo per entrare? Per ammazzare la prossima vittima?»

«Santo cielo. Mi dispiace solo che non ci sia riuscito con te».

«Ferdia!», sbottò Cara. «Non sei per niente d'aiuto». Si girò. «Sorcha, temo che resteremo sull'isola fino a quando la tempesta non sarà passata. Ma passerà molto presto».

«Presto quando?», chiese Ferdia. Anche se aveva liquidato le paure della moglie, non riusciva a nascondere del tutto le sue.

«Domani sera tardi. La notte di Capodanno. Così dicono le previsioni ufficiali». Cara guardò la neve e il vento fuori dalla finestra. Sembrava impensabile che potessero placarsi entro la fine del giorno successivo.

«Ma manca troppo! Ferdy, voglio andare a casa adesso». Sorcha guardò il marito con le lacrime agli occhi. Lui si limitò a scuotere la testa. Si rivolse di nuovo a Cara. «Forse uno dei pescatori se la sente di rischiare? Potrei chiedergli di...».

«Ti farai ammazzare, tu e il pazzo che accetterà di farlo. Ed è quello che vuoi evitare, no? Resta qui, tieni le porte chiuse e non andare in giro da sola. È il meglio che possiamo fare al momento».

«Non è molto», disse Sorcha.

In quel momento la porta si aprì, e Sorcha sobbalzò. Ferdia alzò gli occhi al cielo. Era Seamus. Come tutti gli altri, sembrava invecchiato alla luce del mattino. Era pallido, nonostante l'abbronzatura californiana, e aveva le occhiaie. Nemmeno lui sembrava aver dormito granché.

«Anche tu sai dell'assassino?», chiese Sorcha.

«Cosa?», rispose Seamus, confuso e mezzo addormentato.

«Era davanti alla finestra di Cara! Stanotte!».

«Scusa, come?». Seamus guardò Cara.

«C'era qualcuno qua fuori stanotte. Ma non so se era l'assassino, Sorcha. Ho visto che mi guardava e c'erano delle impronte nella neve davanti alla finestra».

«Maledizione», disse Seamus passandosi una mano tra i capelli. Ormai era completamente sveglio. «Sei seria?»

«Purtroppo sì».

«State tutti bene?», chiese Seamus, osservando gli amici. Cara notò che lui e Ferdia non si guardavano negli occhi. Non sembrava che si fossero chiariti dopo la discussione della sera prima – anche se ora il litigio era oscurato da sviluppi più allarmanti.

«No, non sto bene», si lamentò Sorcha, «voglio solo andare a casa!». Seamus le si avvicinò e la abbracciò. Le accarezzò i capelli.

«Andrà tutto bene», disse dolcemente. «Andrà tutto bene». Poi si rivolse a Cara senza lasciarla andare. «Perché hai il cappotto?»

«Sto uscendo. Voglio ripercorrere il tragitto che ha fatto Maura e andare da Patrick Kelly, chiedergli spiegazioni sul suo strano comportamento».

«Non puoi uscire da sola, soprattutto se devi parlare con quel tipo».

«Me la caverò».

«Ieri sera c'era qualcuno che ti fissava dalla finestra e una nostra amica è stata uccisa meno di quarantotto ore fa. Non hai modo di essere sicura che te la caverai. Faccio colazione e vengo con te».

«Non ce n'è bisogno, Seamus».

«Non sono d'accordo».

«Potete portare anche Sua Altezza?», disse Ferdia, indicando la moglie con un cenno. «Io vado a Kilronan. Devo fare alcune telefonate per lavoro e mi serve il Wi-Fi di Derrane. Quindi non potrò impedire all'assassino dell'isola di ucciderla. Purtroppo».

«O Dio, no, non lasciatemi qui da sola». Sorcha guardò Cara con aria supplichevole.

«Ok, va bene, va bene, potete venire tutti e due».

«Allora, che si fa?», chiese Seamus, battendo i guanti per riscaldarsi. «Mi ripeti perché stiamo andando a piedi?».

La bufera si era presa una pausa, ma tutto era ancora cosparso di neve. Il vento sollevava i fiocchi a terra e li faceva danzare nell'aria. Cara si calcò il cappello di lana rossa sulla testa. Ora che non c'erano macchine in giro, le strade erano solo un manto di neve alta fino alle ginocchia. E sull'isola non c'erano mezzi moderni come uno spazzaneve. Cara rise al solo pensiero.

Nei punti in cui il vento si era riuscito a insinuare, la neve si era ammucchiata da un lato, formando delle mini piste da sci. I monumenti commemorativi – dei piccoli pilastri in pietra con sopra delle semplici croci, posti dietro dei muretti – si vedevano solo per metà. Le braccia spinose dei rovi spuntavano in cima ad alcuni cumuli bianchi, rivelando i punti in cui i campi finivano.

«Stiamo ripercorrendo il tragitto che ha fatto Maura. O almeno, quello che credo sia stato il tragitto. E niente macchina perché voglio guardarmi bene attorno. Ok?».

Seamus e Sorcha annuirono.

«Daithí l'ha vista intorno alle 10:30 di mattina, quando è passata in bicicletta davanti al pub», disse Cara, affondando nella neve a ogni passo. «Si è fermata da me e ha parlato con *mamó* verso le 11:00. Io e Daithí siamo passati da casa sua ieri e la sua bicicletta c'è… Questo mi fa pensare che sia tornata a casa, dopo. Forse l'assassino l'ha raggiunta lì».

Cara si voltò verso un mucchio di neve alto fino alla vita, e fece un buco al centro. Guardò Seamus e Sorcha.

«Derrane», disse. Poi tracciò una linea e fece un secondo buco. «Casa mia». Un'altra linea e un altro buco. «Casa di Maura. È un linea abbastanza retta. Voglio percorrerla a piedi per vedere se c'è qualcosa che mi salta all'occhio. Potrei bussare a qualche porta e chiedere se qualcuno l'ha vista. Potrebbe essere utile».

Cara fece un altro buco a una certa distanza dall'ultimo.

«E questo?», chiese Sorcha.

«Casa di Patrick Kelly», rispose, ricominciando ad arrancare nella neve. Gli altri la seguirono.

«Paddy Kelly? Quell'uomo orribile che vive nel cottage vicino casa mia?», domandò Seamus.

A volte Cara dimenticava che Seamus era stato per tanto, tanto tempo lontano dall'isola. Per lei era l'incarnazione vivente di tutto ciò che rappresentava Inis Mór, e a volte le capitava di scordare che l'aveva lasciata e che l'isola era andata avanti senza di lui. Quando Seamus era partito per gli Stati Uniti, il Patrick Kelly confuso che aveva trovato in mezzo alla strada il giorno prima era un bambino di circa undici anni.

Cara annuì. «Sì, parlo del figlio di Paddy Kelly».

«Oh, quel povero ragazzino che la madre ha abbandonato?», fece Sorcha, raggiungendoli. «Quello strano, tranquillo?»

«Sì, lui. Ma non è più così piccolo».

«È ancora strano?»

«Un po', credo, sì».

«Perché vuoi parlargli?», chiese Seamus da dietro, a qualche passo di distanza. La neve ai lati della strada aveva ristretto il passaggio.

Cara gli raccontò dell'avvistamento in cima alla scogliera e dell'incontro in mezzo alla strada. Seamus si fermò. Cara si girò a guardarlo.

«Perché me lo dici soltanto ora? Mi pare parecchio sospetto, no?».

Anche Sorcha guardò Cara.

«È vero, sono d'accordo con Seamus». Cara riprese a camminare.

«No?», incalzò Seamus, raggiungendola.

«Sto cercando di tenere la mente aperta».

«E chiudere le porte, spero! Casa dei Kelly non è molto lontana dalla mia».

Cara non disse nulla. Fare supposizioni, saltare a conclusioni affrettate... Non era da lei. Il ragazzo era po' strano, ma non bastava questo a includerlo nella lista dei sospettati.

«Vediamo quanto ci sembrerà pericoloso dopo qualche domanda. Forza, sbrighiamoci o moriremo di freddo».

Diciotto

Uscirono dal villaggio percorrendo Cottage Road e si diressero verso il centro dell'isola. Cara continuava a riflettere. Da che parte poteva essere andata Maura? Dove aveva guardato? Che indizi aveva potuto lasciare?

Ma, fatta eccezione per le rovine sparse, l'isola era arida e priva di caratteristiche. C'era soltanto un muretto di pietra dopo l'altro. E comunque, anche se Maura si era lasciata qualche indizio alle spalle, per il momento la neve custodiva i suoi segreti.

Arrivarono davanti a una fila di case a schiera.

«Voglio bussare là e chiedere se qualcuno ha visto qualcosa».

«Se non ti dispiace, io aspetto vicino al cancello», disse Sorcha. «Quella è la casa della signora Joyce e io non sono mai stata una sua fan».

«Non preoccuparti, ci metto poco».

Cara risalì il vialetto e bussò. Seamus la seguì a metà strada, lanciando un'occhiata a Sorcha.

La porta si aprì di uno spiraglio.

«Salve, signora Joyce, mi scusi se la disturbo», esordì Cara. La signora Joyce non aprì ulteriormente. Il muso minuscolo di un cane agitato le ringhiò contro dalla fessura in basso. L'animale graffiava il corridoio, dimenandosi per aggredire la nuova arrivata.

«Volevo solo fare una domanda», disse Cara a voce alta, cercando di sovrastare i guaiti del cane.

«Fa troppo freddo, sergente. Torni quanto la tempesta sarà passata».

La porta incominciò a chiudersi.
«Salve, signora Joyce». Era la voce di Seamus. Raggiunse Cara.
La signora Joyce riapparve sulla soglia. Seamus le sorrise.
«Salve, signora Joyce, come sta? Sono qui con il sergente Folan, stiamo parlando con un po' di gente».
«Seamie Flaherty! Sei proprio tu?».
La porta si spalancò. La signora Joyce si abbassò e prese in braccio il cane agitato. Con la mano libera, si lisciò il tweed verde muschio della gonna. Poi si scansò i capelli grigi dalla fronte. Sulle sue guance pallide tornò un po' di colore. Sorrise a Seamus mentre il cane lottava furiosamente per liberarsi dalla presa.
Seamus tese la mano per accarezzarlo.
«Sono proprio io, signora Joyce». Il cagnolino provò a mordergli un dito.
«Ah, come stai? Non sapevo che fossi tornato! Com'è Hollywood?»
«Non è nulla in confronto a Inis Mór».
«Oh, non ci credo. Vedrai un sacco di grandi star del cinema! Deve essere così emozionante!». La signora Joyce fece una risatina.
«Posso chiederle...». Cara ci riprovò. Ma ottenne solo un'occhiataccia irritata.
«Signora Joyce», disse Seamus, incrociando lo sguardo di Cara, «posso chiederle se ha visto per caso Maura Conneely passare di qui, in bicicletta, mercoledì mattina? Era la sera in cui ha iniziato a nevicare».
«Mmh», rifletté la signora Joyce. Strinse le labbra, sollevando il mento. «Fammi pensare».
Cara alzò gli occhi al cielo e incrociò le braccia.
«No... no, mi dispiace. Non credo proprio».
«Quella mattina ha notato qualcosa di insolito? Ha visto passare qualcuno che non conosceva?».
La signora Joyce scosse la testa.
«Temo di no».

«Non si preoccupi, signora Joyce», disse Seamus. «Ci saluti Proinsias».

«Certo». Gli sorrise. «È stato bello vederti». Seamus e Cara salutarono e tornarono indietro.

Passarono alla casa accanto. Sorcha aspettò di nuovo vicino al cancello e questa volta Seamus non si fermò a metà strada, ma andò subito alla porta. Ci fu una variante dell'incontro con la signora Joyce. E lo stesso accadde anche alla casa successiva.

Alla fine, si fermarono davanti l'abitazione di Cáit Óg O'Riordan e Cara bussò.

«Sergente Flaherty», disse, «lascio a lei il compito».

«È solo la fama, Cara. Sai, il ragazzo che ha fatto successo, questo genere di cose. Lo sai».

«Seamus, non farmi la paternale. Se fossi venuta da sola, non mi avrebbero aperto. A te sì, a prescindere dalla fama. Ma non preoccuparti, ci sono abituata».

«Mi dispiace. Non dovresti».

Cara fece spallucce.

La porta si aprì.

«Salve, signora O'Riordan, stiamo facendo il giro del vicinato per fare qualche domanda. Dovrei chiederle un paio di cose», disse Cara. Con sua grande sorpresa, la signora O' Riordan non chiuse.

«Mi chiedevo se avesse visto Maura Conneely passare di qui, mercoledì mattina. Probabilmente era in bicicletta».

«Sì», rispose, senza aprire del tutto la porta. «È passata in bicicletta. Di corsa, come al solito».

«Sa dirmi qualcos'altro?»

«Tipo cosa? Stavo pulendo la sala come faccio tutti i mercoledì. Mi sono affacciata e lei è passata. La vedevo spesso in bicicletta. Niente di strano».

«Ha notato qualcun altro in giro?»

«Stava per scatenarsi la bufera, non c'era nessuno in giro», disse. Dal suo tono, Cara capì che la riteneva una domanda davvero stupida. «Perché? Le è successo qualcosa?»

«Per il momento, non sono autorizzata a dire niente».

«Ah, sì? Non è "autorizzata"?». Pronunciò la parola "autorizzata" con riluttanza, come se fosse una brutta parolaccia. Solo a quel punto si accorse di Seamus.

«Ma... è davvero Seamus Flaherty?». Lo osservò cercando conferma sotto il cappello e la sciarpa.

«Ciao, Cáit, sì, sono io». Seamus sfoderò un sorriso smagliante.

«Ecco, bene, ora che sei tornato: casa tua è in certe condizioni... hai intenzione di dare una sistemata? È un pugno in un occhio».

«Ah. Sì... Mi dispiace. Sì, me ne occuperò...».

«Ok, grazie, signora O'Riordan», disse Cara, sorridendo a Seamus. «Se ricorda qualcos'altro...». La porta si chiuse prima che avesse finito la frase.

Cara scosse la testa e cercò di non badarci, come al solito. Scesero il viale, per ricongiungersi a Sorcha. Quindi proseguirono verso nord, tenendosi al centro della strada, dove la curvatura rendeva la neve leggermente meno profonda.

«Mi dispiace che ti trattino così», disse Seamus, con le spalle inarcate per ripararsi dal vento. Cara guardò il suo respiro che si disperdeva nell'aria.

«Qualcuno ha trattato male Cara?», chiese Sorcha.

«Un po'», disse Seamus.

«Come ho già detto», rispose Cara. «Ci sono abituata».

«Ma è ingiusto».

«Lo so... A volte penso che il problema non sia il fatto che sono un'estranea, ma un'estranea che ha sposato Cillian e gliel'ha portato via. Prima a Galway e poi... Tu credi di essere famoso, eh? La gente stravedeva per tuo fratello».

«Ma come è possibile che ti incolpino per quello che è successo?», chiese Sorcha. «Non ha senso».

«Già», disse Seamus. «Se vogliono incolpare qualcuno, dovrebbero incolpare me. C'ero io quella sera».

«La logica non conta».

Continuarono a camminare. Dopo un po', sentirono delle

urla di gioia, gli strilli di alcuni bambini. Girarono l'angolo. Era la strada di casa di Cara. Nel giardino anteriore, infagottati in cappelli, guanti e sciarpe, c'erano Saoirse e Cathal. Stavano costruendo un pupazzo di neve sotto lo sguardo vigile della nonna.

Cathal fu il primo a notare Cara.

«Mamma!». Agitò un guanto incrostato di neve.

«Ciao, tesoro. Ciao, Saoirse!». Cara si avvicinò a *mamó*, che era rimasta all'angolo a guardare i nipoti. La abbracciò. Si voltò verso Seamus e Sorcha, e gli fece cenno di avvicinarsi.

«*Mamó*, guarda chi c'è qui».

Sorcha sorrise e salutò timidamente. Seamus si fece avanti e tese la mano. «Áine, quanto tempo. Troppo».

Mamó gliela strinse. «L'ultima volta che ti abbiamo visto era circa una settimana dopo il funerale. Oltre che in televisione, s'intende».

Si girò verso Sorcha e aprì le braccia.

«Sorcha McDonough, è bello vederti, cara. Sei bella come sempre».

«Oh, grazie, *mamó*».

«Dovresti tornare più spesso».

«Lo so, lo so».

«Allora, come vi va la vita?»

«Non posso lamentarmi», disse Sorcha.

«Nemmeno io», fece Seamus.

«Che cosa terribile, povera Maura...». *Mamó* corrugò la fronte e scosse la testa. «Non la vedevate da molto tempo?».

Per un attimo, Seamus non disse nulla. Poi rispose: «Già. È terribile, eravamo così legati una volta».

«È vero», concordò *mamó*.

«Seamus», disse Cara, «vieni a salutare i bambini. Credo li troverai un po' cresciuti. Sorcha, perché non vieni anche tu?».

Cara fece le presentazioni. Mentre Cathal e Saoirse costringevano Seamus e Sorcha a fare un pupazzo di neve con loro, Cara tornò dalla nonna. Per un po', rimase a guardare gli amici e i figli che giocavano e ridevano insieme.

«Come vanno le cose da Flaherty?», chiese *mamó*.

«Sono tutti un po' emotivi».

«Immagino. E tu come stai?». La nonna le si avvicinò e le scansò delicatamente un capello ramato dalla guancia, nascondendoglielo dietro l'orecchio. Poi le sistemò il cappello di lana rossa sulla testa. Cara sorrise.

«Sto bene, non ho molta scelta. Sto indagando».

«Sta' attenta».

«Sì, non preoccuparti».

Cara guardò Saoirse. Stava infilando una carota nella testa dell'omino di neve dalla parte della punta. Cathal scoppiò a ridere, obiettando bonariamente all'approccio poco convenzionale della sorella. Seamus rise e strinse la sciarpa intorno al collo del pupazzo di neve. Madra, la gatta, se ne stava seduta al sicuro nel davanzale della finestra del soggiorno e li osservava tutti. Sorcha rivolse un sorrisetto a Cara, indicò Saoirse e disse: «Una mini-me!». Cara annuì, alzando il pollice.

«È andato tutto bene anche senza corrente?», chiese Cara.

«Certo. Un tempo su quest'isola non c'era mica l'elettricità».

«Avete tenuto le porte chiuse a chiave?»

«Sì, e non è successo niente, non preoccuparti. C'erano anche Maurice e Conor. Resteranno finché avremo bisogno di loro. E io avrò anche settantotto anni, ma sono un'isolana. Sono di un'altra pasta. Una vecchia dura, come direbbe quella Courtney».

«Certo. E ha ragione».

«Resta dai Flaherty per tutto il tempo che ti serve. Ci penso io qui».

«Non lo so... Sull'isola si aggira una persona che ha fatto una cosa tremenda. Non mi piace l'idea che tu e i bambini restiate soli, anche se ci sono Maurice e Conor».

«Conor è grande e grosso. È un pescatore forte, sono contenta di averlo qui. Non preoccuparti».

«Scusa, *mamó*, ma non riesco a non preoccuparmi».

«Oh, tesoro, ti capisco benissimo».
«È il caso di avviarci».
«Ok. In bocca al lupo, spero davvero che tu riesca a capire chi è stato».
Cara salutò i bambini, scansando una palla di neve che Cathal le aveva lanciato ridacchiando.
«Andiamo, Seamus, Sorcha». Cara chiamò gli amici, che avevano le guance arrossate e sorridevano.
Seamus salutò i nipotini e corse verso Cara, che lo aspettava alla fine del viale. Sorcha fece una deviazione per abbracciare *mamó* e li raggiunse. Ripresero il viaggio, sulla strada che attraversava il centro dell'isola. Erano circa le 11:00 del mattino e invece che fare più caldo faceva sempre più freddo. Quando raggiunsero casa di Maura, le nuvole si erano abbassate sotto il peso della neve imminente.
Sorcha si fermò e fissò la casa silenziosa. I suoi occhi si riempirono di lacrime. Seamus le mise un braccio intorno alle spalle e la tirò a sé.
«Oh, è così… così…». Non riuscì a finire la frase.
Cara li guardò.
«Lo so. Ed è per questo che scoprirò chi è stato. Per lei».
Sorcha annuì, tirando su col naso. Si strofinò gli occhi.
«Aspettate qui. Non c'è bisogno che veniate, do solo un'occhiata veloce. Io e Daithí siamo già venuti ieri. Voglio solo assicurarmi che non ci sia sfuggito nulla».
Cara girò intorno all'edificio. Controllò le porte e le finestre. Si spostò sul retro. Osservò più da vicino la bicicletta, ancora appoggiata al muro. Era caduta altra neve dal giorno precedente, ma Cara riuscì comunque a vedere che il cestino era vuoto. E non c'era nulla di strano. Si voltò verso la porta sul retro, fece qualche passo e si fermò.
Quindi tornò svelta dagli altri e li chiamò.
«Che succede?», chiese Seamus.
Cara gli fece cenno di avvicinarsi. Indicò la porta.
Era aperta.
«Qualcuno è stato qui».

Diciannove

«Non allontanatevi, ok?»

«Che succede?», disse Seamus.

«Non lo so, ma dopo che sono stata qui ieri qualcuno ha forzato la serratura. Restate dove posso vedervi».

Cara aprì la porta facendo forza con il gomito. Il cuore le rimbombava nel petto. Seamus le afferrò il braccio e lei si girò.

«Che pensi di fare?», chiese, con gli occhi spalancati.

«Voglio capire cosa sta succedendo», rispose, guardando la sua mano che la stringeva.

«Scusa», disse Seamus, lasciando la presa. «Mi sono spaventato. Non entrare. Potrebbe esserci qualcuno di pericoloso, non credi?»

«Se non andiamo a vedere non lo sapremo mai». Entrò, ma come il giorno prima, fece solo un passo e si fermò sulla soglia.

«Cosa vedi?», domandò Sorcha.

Cara controllò l'open space dall'ingresso. Ora non aveva più dubbi. Qualcuno era entrato a casa di Maura. Non era stata messa a soqquadro, ma notò comunque dei piccoli cambiamenti. I volumi non erano più allineati perfettamente nella libreria. I cuscini sul divano non erano in ordine. Allungò il collo e vide che la porta della camera da letto in fondo al corridoio era aperta. Il giorno prima era chiusa.

«Qualcuno ha perlustrato casa di Maura».

«Potrebbe essere ancora qui?». Seamus cercò di sbirciare dentro.

«Non lo so». Cara si girò verso di lui. «Perché non fai un giro veloce intorno alla casa e non ti affacci alle finestre? Io e Sorcha aspettiamo qui».

«Ok». Seamus si voltò e si incamminò, avvicinandosi alle finestre e schermandosi gli occhi con le mani.

Cara si girò a sinistra. Sul davanzale della finestra, la palla di neve era ancora appoggiata sulla pila di giornali e lettere. Aveva i guanti bagnati, quindi non la toccò. Guardò le due figure che ridevano all'interno, sollevata che fossero ancora sane e salve. Era sempre più sicura che Maura avesse cercato di dirle qualcosa. Aveva usato il globo innevato per mandarle un messaggio, invece del telefono. Ma non riusciva proprio a capire di cosa potesse trattarsi.

Dopo un po', Seamus le raggiunse.

«Niente. Sembra tutto deserto».

«Allora se n'è andato, chiunque fosse».

«Secondo te cosa voleva?»

«Il pacco, temo».

«Che pacco?», chiese Sorcha.

«Mi sa che stavi dormendo quando ne abbiamo parlato», rispose Seamus.

«Maura ha fatto vedere un pacco misterioso a *mamó*. Era qualcosa che la preoccupava», spiegò Cara.

«Perciò credi che qualcuno sia entrato a cercarlo?», chiese Seamus.

«Penso proprio di sì. Lo sto cercando anche io. Voglio sapere cos'è. Maura voleva mostrarmelo e forse questa persona non vuole che io lo veda. Non mi sorprenderebbe».

«Allora probabilmente lo ha preso». Seamus guardò dentro da sopra la spalla di Cara.

«Io non penso. Credo se la sia filata a mani vuote».

«Cosa te lo fa pensare?».

Cara indicò un vaso distrutto poco lontano. La pianta era caduta, e sul pavimento il terriccio si mescolava a frammenti di ceramica di un arancione brillante. Maura lo teneva per terra, non in alto su una mensola. Impossibile che fosse caduto per sbaglio. Forse qualcuno gli aveva tirato un calcio prima di andarsene in preda alla frustrazione?

«Potrei sbagliarmi, ma a me sembra che fosse piuttosto insoddisfatto quando è uscito. Secondo me il pacco è ancora là fuori da qualche parte».

Si allontanarono da casa di Maura, più silenziosi di prima. Si lasciarono alle spalle il piccolo cottage mentre il fantasma dell'amica li inseguiva. Con i pugni infilati nelle tasche e la testa bassa, Seamus fu il primo a rompere il silenzio.

«Chi è stato, Cara? Hai qualche idea?».

Lei scosse la testa. «Non lo so. Se vogliamo tirare in ballo le statistiche, la maggior parte delle donne viene uccisa dal partner».

«Allora chi era l'uomo misterioso di Maura? Forse è questo che devi scoprire, no?»

«Sarebbe utile, sì. Non sono sicura che fosse uno di qui, però. Maura andava spesso in Irlanda».

«Perché non ti ha mai detto niente?», chiese Sorcha, socchiudendo gli occhi. «Eravate così legate».

Cara sostenne il suo sguardo. Nel tono di Sorcha era ancora percepibile il risentimento che provava nei confronti di Maura.

«Senti, lasciamo stare, va bene?».

Sorcha alzò le mani guantate. «Non volevo fare strane insinuazioni, eh. Dico sul serio. Sono solo curiosa. Lei ti diceva tutto. Perché ti ha tenuto segreto il suo uomo?»

«Forse non pensava che avrei approvato. È l'unica cosa che mi viene in mente. Non ve l'ho detto l'altra sera, ma mi ha confessato che voleva chiudere la storia una volta per tutte. Era venuta a sapere delle cose di lui che non le piacevano per niente».

«Perciò voleva lasciarlo?», domandò Sorcha.

«Così mi ha detto la settimana scorsa. Pensava che tra loro non potesse funzionare. Ma non so, magari poi ha cambiato idea».

«Chissà cosa era venuta a sapere», disse Seamus. «Forse non era una brava persona. Potrebbe essere stato lui».

«Già».

Si fermarono e Cara osservò i campi. In lontananza, vide la piccola roulotte fatiscente di Patrick Kelly. Seamus seguì il suo sguardo.

«E poi c'è quello svitato... Forse era strafatto e l'ha uccisa».

«Non dargli dello svitato, ok? È un ragazzo vulnerabile», rispose Cara.

«Ok, ma se ha fatto del male a Maura non mi interessa se è vulnerabile o meno».

Cara non disse nulla e riprese ad arrancare nella neve. Seguirono la strada che scendeva dolcemente verso il basso, con il mare grigio e rabbioso alla loro sinistra. Poco lontano, si vedeva anche casa Flaherty.

Si fermarono davanti l'abitazione dei Kelly. I vetri rotti delle finestre erano invasi dall'edera. Il muschio faceva capolino dalla neve sopra ciò che restava del tetto. Alcune pecore scappate dal campo vicino si rifugiavano in quella che un tempo era stata la cucina. La casa era uno scheletro vuoto. Era rimasto solo Patrick, che da tempo preferiva la piccola roulotte verde e bianca che si trovava in fondo al giardino. Un albero scheletrico, piegato e distrutto dalle incessanti tempeste, incombeva sopra al tettuccio. I rami spogliati dall'inverno assomigliavano a una mano ossuta, chiusa ad artiglio.

«Volete tornare a casa? È vicina. E fa freddissimo. Starete congelando».

«Non voglio lasciarti da sola con quel tizio, potrebbe essere pericoloso. Forse è stato proprio lui a intrufolarsi a casa di Maura».

«Non credo, Seamus, non ce lo vedo proprio. Non penso sia stato lui, ma magari ha visto qualcosa».

Seamus fissò Sorcha. «Io preferirei restare, ok? Comunque non voglio lasciare Cara da sola».

«A me va bene tutto», fece lei. «Basta che non mi lasciate sola».

«Bene», disse Cara. «Restate alle mie spalle e cercate di non spaventarlo. Una delegazione di estranei che gli bussa alla porta potrebbe intimorirlo un bel po'».

«Saremo silenziosi come topi, vero, Sorcha?»

«Assolutamente sì», sussurrò lei.

«Bene, ok. Da questa parte, allora».

Cara li guidò oltre la facciata. L'intonaco color crema, pieno di crepe e scheggiato, lasciava intravedere i blocchi di calcestruzzo sottostanti. Seguirono un sentiero ricoperto di neve fino alla porta della roulotte.

Cara bussò. Seamus e Sorcha si tennero a debita distanza.

Dietro alla piccola, sudicia finestra della roulotte, qualcuno si fermò. Poi il merletto logoro e scolorito di una tenda si scostò appena.

Cara bussò di nuovo. La porta si aprì di uno spiraglio.

«Ciao, Patrick. Sono il sergente Folan. Vorrei fare una chiacchierata con te riguardo a ieri».

«Ieri?», chiese una voce flebile da dentro.

«Quando ti ho quasi investito... Ricordi?».

La porta si aprì un altro po'. Cara ora vedeva il volto pallido di Patrick. Sembrava confuso.

«Eri in mezzo alla strada, ho frenato all'improvviso... Non te lo ricordi? Puoi aprire un po' di più, per favore?».

Il ragazzo obbedì. Anche se era in casa sua, indossava un lungo cappotto di lana nera che doveva aver visto giorni migliori. Cara immaginò che un tempo appartenesse al padre. I capelli scuri erano disordinati, sembrava se li fosse tagliati da solo.

Cara non riusciva a vedere bene l'interno della casa, ma capì che non era meno disordinata. L'odore che sprigionava non prometteva nulla di buono.

«Forse non se lo ricorda perché era fatto», mormorò Seamus, cercando di farsi sentire solo da Cara. Ma Patrick spalancò la porta e si affacciò oltre il telaio ricurvo. Quando vide Seamus, lo fulminò con un'intensità che Cara trovò inquietante. Seamus indietreggiò e Sorcha si riparò dietro di lui.

«Cara?», disse, lanciandole occhiate nervose. Lei scosse la testa.

A quel punto, Patrick si precipitò fuori, scansò Cara e avanzò. Sorcha si tirò indietro di corsa, ma Patrick non ce l'aveva con lei: aveva occhi solo per Seamus. Era più alto di lui e, anche se la sua corporatura esile non poteva competere con il fisico da palestrato del suo obiettivo, emanava una potenza, una carica particolare. Seamus si fece piccolo piccolo.

«Ti ho visto», disse Patrick, senza mai staccargli gli occhi di dosso. Alzava la voce a ogni parola, sputava schizzi di saliva e tremava. Sembrava posseduto da una rabbia incontenibile che partiva dai piedi e attraversava tutto il corpo. Cara riusciva quasi a percepire le onde della sua furia che si irradiavano verso l'esterno.

Patrick gli puntò un dito al petto.

«Ti ho visto! So cosa hai fatto!». Un altro colpetto. Seamus fece un altro passo indietro.

«Di cosa stai parlando?». Seamus lanciò un'occhiata a Cara e Sorcha e poi di nuovo al suo accusatore. Alzò le mani per difendersi. «Non ho fatto nulla».

«Ti ho visto!», ringhiò Patrick. «Come hai potuto? Come hai potuto fare una cosa del genere alla signorina Conneely?».

Venti

«Ehi, smettila!», protestò Seamus. Si preparò al contrattacco, gonfiando il petto e serrando i pugni. «Non so di che parli!».

«Patrick, allontanati», scattò Cara, mettendosi in mezzo. Ma Patrick la spinse via e si scagliò contro Seamus.

Seamus, preso alla sprovvista, cadde a terra. Patrick gli si lanciò sopra, agitando i pugni. Sorcha, terrorizzata, si mise a urlare.

«Ti ho visto, ti ho visto, bastardo!», gridava Patrick. Lui e Seamus rotolarono a terra in un groviglio di gambe e braccia, mentre Patrick cercava di colpirlo e Seamus cercava di proteggersi.

«Smettila!», urlò Cara. Saltò sulla schiena del ragazzo, gli afferrò un braccio e lo tirò indietro. Lui gridò di dolore e Seamus ne approfittò per spingerlo via. Patrick ruzzolò di lato. Cara riuscì ad afferragli anche l'altro braccio e Seamus saltò in piedi, senza fiato, con il cappello di lana tutto spostato e i capelli bagnati dal terreno. Sorcha, spaventata, lo tirò a sé. Seamus si scrollò di dosso la neve e si tamponò il cappotto e i pantaloni, senza mai distogliere lo sguardo dal suo assalitore. Patrick tentava di scrollarsi Cara di dosso, ma lei non lo lasciava andare.

«CALMATI! Adesso calmati», urlò. «Non ti lascerò finché non ti sarai calmato!».

«È un pazzo!», ansimò Seamus, con le guance rosse per lo sforzo e per il freddo. «Sta vaneggiando! Io non c'entro niente!».

Patrick fece un altro tentativo per liberarsi e quando non

ci riuscì, Cara lo sentì abbandonarsi. Ma vedeva ancora le scintille di rabbia che bruciavano nei suoi occhi.

«Ti lascio andare se prometti di non aggredire più il signor Flaherty».

Patrick non disse nulla.

«Oppure posso portarti in centrale e denunciarti per aggressione. Preferisci?»

«No», mormorò lui.

«Ora ti lascio andare. Non fare scherzi». Cara allentò la presa e si alzò in piedi. Sentiva la neve gelida e bagnata anche sotto ai vestiti. Aveva la pelle d'oca. Patrick si alzò, massaggiandosi la spalla. Seamus fece un altro passo indietro.

«Che succede, Patrick, cosa hai visto?», chiese Cara.

Seamus le lanciò un'occhiata furiosa. «Stai scherzando?», balbettò. «Gli credi anche?»

«Dammi un momento, Seamus, per favore». Cara sollevò la mano, senza mai distogliere lo sguardo dal ragazzo ancora in preda a una cieca collera. «Dai, Patrick, dimmi...».

«Ho visto questo tizio», ripeté Patrick, «al villaggio, con una donna».

Cara e Seamus si guardarono, perplessi. Sorcha, altrettanto confusa, si avvicinò e chiese all'orecchio di Cara: «Di cosa sta parlando?»

«Che intendi, Patrick?».

Il giovane la fissò irritato.

«Con una donna che non era la signorina Conneely», ripeté Patrick lentamente, come se stesse parlando con dei bambini un po' lenti di comprendonio. «Li ho visti che si baciavano». Guardò Seamus. «Forse la signorina Conneely non lo sa, ma glielo dirò quando la vedrò».

Cara lo invitò a calmarsi posandogli una mano sul braccio.

«Glielo dirò! Non potete impedirmelo!».

«Patrick». Cara parlò lentamente, scandendo bene le sillabe. «Quello che Seamus fa nella sua vita privata non è affare della signorina Conneely».

«Ma quale vita privata!», ribatté Seamus. «Non ho baciato

nessuna donna nel villaggio, di cosa stai parlando? Te l'ho detto che era fatto, Cara».

«Bugiardo», sputò Patrick.

Cara si fermò a guardarli tutti, uno per uno. Patrick si tratteneva per non scagliarsi di nuovo contro Seamus, che gli lanciava occhiate di fuoco e si strofinava il braccio con aria dolorante mentre Sorcha gli accarezzava dolcemente la schiena.

«Cosa hai visto, Patrick?»

«Dai!». Seamus era furioso. «Non dare corda a questo pazzo!».

Cara alzò di nuovo la mano.

«Dimmi».

«Ho visto lui», fece Patrick, indicando Seamus, «da Derrane, con una ragazza. Erano in gruppo ed erano molto vicini. Li ho visti baciarsi. Proprio lì, nel pub!».

«C'era un ragazzo con la barba e un cappellino da baseball insieme a loro?».

Patrick la osservò con aria un po' sorpresa.

«Sì».

«E la ragazza aveva i capelli rossi come me? Ma era abbronzata, come Seamus? Era molto magra, molto carina?»

«Sì», rispose Patrick, in tono più calmo.

Cara si girò verso Seamus. «Ho capito cos'è successo. Credo che Patrick abbia visto Aiden, il tuo sosia. Ho notato che lui e Lexi si tenevano per mano quando ci siamo incontrati. Non ho dato troppo peso alla cosa, ma ti assomiglia parecchio. Non è difficile fare confusione».

«Aah!», fece Seamus. «Ma certo!». Abbassò di colpo le spalle e si rilassò.

Cara si rivolse al ragazzo. «Probabilmente hai visto un attore che assomiglia molto a Seamus, in compagnia della sua ragazza. Seamus ha fatto venire una troupe in città per girare un film sulla sua vita».

«Un attore?»

«Sì, è identico a lui. È facile sbagliarsi».

«Ma perché pensavi che io e Maura stessimo insieme?», chiese Seamus, guardando Patrick. «Perché ti sei convinto che la stessi tradendo?».

Patrick si limitò a fissarlo senza dire niente.

Cara fece cenno agli amici di allontanarsi di qualche passo.

«Sentite, perché non tornate a casa? Io lo faccio entrare e mi siedo a fare una chiacchierata con lui. È ovviamente molto ansioso e stressato. E devo ancora parlargli di ieri, è il motivo per cui siamo venuti qui».

«Non voglio lasciarti da sola con lui», disse Seamus.

«Apprezzo la tua premura, ma non credo che mi dirà qualcosa con te qui. Forse sono riuscita a convincerlo che si sbagliava, ma è ancora agitato».

Seamus rifletté. «Ti aspettiamo lungo la strada. Va bene come compromesso?».

Cara guardò i pilastri innevati alla fine del sentiero.

«Morirete di freddo».

«Ma no, staremo bene, vero Sorcha?»

«Sì, certo». Non sembrava convinta.

Cara sospirò. «Ok».

Patrick entrò nella roulotte, lasciando la porta aperta.

Cara lo seguì.

L'interno era piccolo e compatto, con un letto a un'estremità e un tavolo fissato a terra con delle minuscole panche dall'altra parte. Oggetti ovunque, non c'era neanche un centimetro libero. Rifiuti. Vestiti, libri, carta, cibo. Avanzi di ogni genere. L'odore era mitigato solo in parte dall'aria che entrava dalla porta. Nonostante il freddo, Cara non andò a chiuderla.

Patrick si sedette sul letto sfatto. La guardò con aria diffidente.

Cara studiò il tessuto della panca. Era macchiato e strappato. Si sedette suo malgrado e appoggiò il gomito sul tavolo, ma anche sotto il cappotto pesante sentì che la superficie era appiccicosa. Lo sollevò. Tenne i gomiti vicini al corpo e le braccia appoggiate in grembo.

«Stai bene, Patrick?», chiese con dolcezza. «C'è qualcuno che si prende cura di te?»

«Io mi prendo cura di me. Non sono mica un bambino».

«Lo so bene, mi dispiace. Ma abiti qui, tutto solo. Intendevo questo».

Lui non disse nulla.

«A quanto sembra ti preoccupi molto per la signorina Conneely».

«La signorina Conneely è una brava persona, non merita di essere trattata male».

Cara fece un respiro profondo.

«Già». Quel verbo al presente le provocò una fitta di dolore. «È meravigliosa. È la mia migliore amica».

«È l'unica a cui...». Patrick si interruppe e le lanciò un'occhiataccia. Sembrava irritato di essere stato quasi spinto ad aprirsi.

«È l'unica che...? Continua, Patrick».

Lui si limitò a guardarla.

«Pensi che Maura sia l'unica a cui sia mai importato di te?». Cara immaginava che fosse quello il seguito naturale della frase. Patrick fece un piccolo cenno d'assenso, con aria triste.

«Mi ha parlato di te. Ricordi quando ti sei cacciato nei guai e ho dovuto arrestarti? Lei mi ha chiesto di andarci piano. Diceva che non avevi avuto una vita facile e che dovevo essere gentile».

Si guardò attorno. In fondo al letto di Patrick, c'era un maglione verde. Lo riconobbe subito. Lo aveva regalato lei a Maura l'anno precedente per il suo compleanno. Poi era scomparso e Cara se l'era un po' presa, si era detta che l'amica avrebbe dovuto starci attenta. Notò anche un piccolo gufo in pietra che avrebbe dovuto trovarsi nel giardino di Maura. Forse il ragazzo aveva apprezzato fin troppo la sua gentilezza.

«Lei è così buona». Patrick aveva iniziato a dondolare, avanti e indietro, piccoli movimenti delicati e confortanti, come una madre che allatta su una sedia a dondolo o una nonna accanto al fuoco. «Non si arrabbia mai. Trova sempre il tempo per darmi retta. Sull'isola è l'unica che è gentile con me».

«Sì, è meravigliosa. Io e te la conosciamo bene. Sappiamo quanto è generosa e adorabile».

Patrick sorrise per la prima volta. Solo un piccolo sorriso, ma Cara vide un cambiamento in lui. Poi si voltò a guardare la casa in cui aveva trascorso l'infanzia fuori dalla finestra. Trascurata, abbandonata, proprio come lui. Aveva sentito le storie che giravano. E aveva anche visto in giro Paddy Kelly, il padre, prima che morisse. Sapeva della moglie che era fuggita a Londra e non era tornata mai più. Lasciandosi alle spalle un marito che beveva e un figlio con il cuore spezzato. Tutto questo era accaduto prima che Cara arrivasse sull'isola. Dopo l'incidente si era trasferita lì in modo definitivo e qualche volta era passata a casa dei Kelly. All'epoca, Patrick aveva già undici o dodici anni. Era un bambino silenzioso che la guardava riluttante quando lei gli faceva delle domande. Dietro richiesta di Maura, Cara aveva fatto delle segnalazioni ufficiali. Ma a volte, anche con tutta la buona volontà del mondo, niente cambia, niente si muove. All'epoca anche Cara era giovane, stava imparando. Era appena rimasta vedova e cercava di non sprofondare nel baratro, anche per il bene dei figli. E poi non era l'unica ad averci provato e ad aver fallito. Nemmeno Maura e la dottoressa De Barra erano riuscite ad aiutare i Kelly. Sull'isola vivevano molte famiglie felici, unite da legami forti. Ma ce n'erano altre tutt'altro che felici, con legami tutt'altro che forti. Seamus e Cillian avevano vissuto quella realtà. E anche Patrick Kelly.

Almeno Maura si era presa cura di lui. Ma ora Patrick non aveva più quella protezione, e Cara si sentì invadere da una fitta di dolore. Si rese conto che aveva più cose in comune con Patrick di quanto avesse immaginato. Avevano beneficiato entrambi delle attenzioni e della gentilezza di Maura quando gli altri non li guardavano nemmeno. Due emarginati, sia all'interno della comunità che in casa propria.

«Maura si è presa cura anche di me, Patrick».

Il ragazzo cambiò leggermente espressione. Non distolse lo sguardo con la stessa rapidità di prima. «Ma non credo che sarebbe molto contenta se tu andassi a picchiare Seamus Flaherty».

«Si chiama così?»

«Sì. Viveva qui quando tu eri piccolo».

Patrick annuì. Strinse le lenzuola nel pugno e iniziò a tirarle e torcerle.

«Però la sua era una buona domanda», disse Cara. «Perché pensi che a Maura interessi della vita sentimentale di Seamus? Non sono più una coppia, da molto molto tempo».

«Non è vero».

«Invece sì».

«Ma io l'ho visto con la signorina Conneely».

«Non credo».

«Li ho visti in quella casa, in fondo alla strada. Quella che di solito è vuota».

Patrick si agitò e si alzò in piedi. La sua testa sfiorava il tetto della roulotte. Camminò avanti e indietro davanti al letto. Cara sentiva il pavimento vibrare. Con un sussurro sommesso, Patrick ripeteva: «L'ho visto, l'ho visto, l'ho visto».

«Quella è casa di Seamus».

«Ecco, vedi, era lui allora! Ho ragione!».

Cara scosse la testa.

«Non credo proprio. I ragazzi si sono riuniti a casa di Seamus per l'anniversario della morte di mio marito. Ecco perché hai visto Maura».

«Non sono stupido. So bene cosa ho visto».

«Ma Patrick, come fai a pensare che stiano insieme? Seamus vive in America da quasi dieci anni. E Maura è sempre stata qui. In tutto questo tempo, non si sono più incontrati».

«Lei va via spesso dall'isola. Forse lo ha visto in quelle occasioni».

Aveva ragione, pensò Cara. Maura lasciava spesso l'isola, soprattutto da quando l'uomo misterioso era apparso nella sua vita. Dubitava però che fosse Seamus… Possibile che lui si sobbarcasse tutto il viaggio dalla California solo per un fine settimana di sesso? Le sembrava un po' troppo. Maura di sicuro incontrava l'uomo misterioso a Dublino o a Galway, non solo perché gli aeroporti principali erano lì, ma anche per stare lontana da occhi indiscreti. Qualunque fosse il motivo… gli spostamenti di Maura non erano rimasti inosservati.

«Patrick, l'hai spiata?». Cara guardò il maglione in fondo al letto. Fino a che punto si era spinto il suo interesse per lei?

Patrick le lanciò un'occhiata e si girò dall'altra parte. Un'espressione colpevole gli si dipinse sul viso.

«Non puoi spiarla, Patrick».

«Voglio solo assicurarmi che stia bene».

Cara scosse la testa.

«Se ti comporti così, ti metterai nei guai».

«Voglio solo assicurarmi che con lui sia al sicuro. Non mi piace quell'uomo».

Lei sospirò. Stava iniziando a farle perdere la pazienza.

«Non devi preoccuparti di Seamus, e comunque, come ho detto, non hanno nemmeno una relazione».

«Allora vuol dire che ne so più di te. Li ho visti. Insieme».

Cara scosse la testa.

«Li ho visti! Due giorni fa. Era mattina presto. Lei stava uscendo da casa sua. I vestiti… erano gli stessi che indossava da Derrane la sera prima. Non sono stupido, sergente! So cosa significa». Cara non disse nulla.

Sembrava lo stesso avvistamento di cui aveva parlato *mamó*. E, in effetti, la conclusione era la stessa a cui era arrivata *mamó*.

Seamus aveva detto che non era mai successo…

Cara lo guardò dalla finestra sudicia. Era in piedi davanti al pilastro del cancello e batteva i piedi a terra per riscaldarsi.

Seamus le aveva mentito.

Ventuno

«Va bene, calmati, Patrick. Mi dispiace».

Lui la fulminò con lo sguardo.

«Ti credo», ripeté Cara.

Era seria, gli credeva davvero. Era Seamus quello che stava mentendo. Aveva categoricamente negato di averla vista quella mattina. Lo guardò un'altra volta dalla finestra. Chiacchierava con Sorcha con le mani infilate in tasca e salterellava sul posto per scaldarsi un po'. Perché aveva detto una bugia su una cosa del genere? Tutti sarebbero stati felicissimi di sapere che lui e Maura stavano di nuovo insieme. Nessuno dei due era sposato o aveva un partner da tradire. O meglio, Maura non tradiva nessuno *se* l'uomo misterioso era davvero Seamus. All'improvviso, Cara sentì un'indesiderata fitta di rabbia nei confronti dell'amica. *Perché tutti questi segreti, Maura? Perché mi hai abbandonato e ti sei lasciata alle spalle questo rompicapo? Non ti fidavi di me?*

Patrick si rimise a sedere.

Cara lo guardò. Il poveretto aveva sviluppato un'ossessione per l'unica persona della sua vita che gli aveva mostrato un po' di gentilezza.

Sapeva che avrebbe dovuto diffidare di lui. Aveva tutte quelle cose di Maura nella sua roulotte, l'aveva pedinata, sapeva cosa indossava e che era stata al pub la sera prima della sua morte. Ma era difficile non vederlo come un anatroccolo smarrito che si era fatto ipnotizzare dal primo volto gentile che aveva visto. L'aveva seguita, traendo un po' di conforto dalle sue cose. E forse sarebbe stato in grado di ripagare la gentilezza di Maura fornendo a Cara le informazioni di cui aveva bisogno. Per esempio, quella notizia su Seamus le aveva fatto capire parecchie cose – non solo che il suo amico stava mentendo. Due giorni prima, Patrick aveva seguito Maura. Cosa poteva aver visto? Cos'altro sapeva quel ragazzo?

Si sporse in avanti.

«Patrick, posso chiederti una cosa?». Lui la guardò, ma rimase in silenzio.

«Ti sei preoccupato molto per la signorina Conneely. Diciamo che l'hai tenuta d'occhio in giro per l'isola». Suonava molto meglio rispetto a "l'hai pedinata".

«Sì, a volte».

«E la stavi tenendo d'occhio anche ieri mattina?»

«Avevo intenzione di farlo, ma sarei andato a casa sua, non pensavo fosse in quel posto lì. Ci sono passato davanti solo perché è in fondo alla strada. L'avevo vista rientrare, dopo essere stata al pub la sera prima. Forse lo ha raggiunto dopo che io me n'ero già andato».

Aveva senso, pensò Cara, se volevano mantenere segreta la loro relazione. Dopo che se n'era andata dal pub, nulla le avrebbe impedito di tornare dai Flaherty con la banda. E comunque quando Daithí le aveva detto che invece era andata a casa, le era sembrato strano. Ora tutto aveva più senso. «Ma quando l'ho vista...», proseguì Patrick, «mi sono trovato davanti una bella sorpresa. E mi sono nascosto dietro a un muretto mentre loro erano lì, sulla porta. Non credo che sarebbe contenta se mi vedesse, anche se lo faccio solo per assicurarmi che stia bene».

«Ma certo. L'hai seguita anche dopo che se n'è andata da casa Flaherty?»

«Soltanto per un po'. Era in bicicletta e andava troppo veloce».

«Perciò non sai dov'è andata dopo?».

Forse era quello il momento in cui Maura era passata da *mamó*.

«No, non lo so. Quando è in bici non riesco a starle dietro. Sono andato via e... ho fatto altro».

Cara aveva la sensazione di intuire cosa faceva Patrick quando non seguiva la sua amata Maura.

«Stavi facendo uso di droghe, Patrick? Pensavo che avessi smesso. Negli ultimi anni non ti ho mai beccato».

Il giovane emise un lungo sospiro.

«Ieri, quando ti sono quasi venuta addosso con la macchina, non sembravi in te. Eri sotto l'effetto di sostanze, vero?»

«Non dirlo alla signorina Conneely, per favore». Patrick era angosciato.

Cara abbassò la testa. Il suo cuore, già spezzato, si ridusse in polvere. Dire alla banda che Maura se n'era andata era stato terribile. Ma dare la notizia a quel ragazzo – anche se era un vero e proprio parassita, uno stalker – sarebbe stato persino peggio. Maura era l'unica al mondo che si prendeva ancora cura di lui.

Ma Cara non glielo avrebbe detto subito. L'unica gentilezza che poteva fare a quella povera creatura era rimandare di qualche giorno.

«Ti prego, non dirle niente. È solo che… non è stata colpa mia. Non volevo vederli».

«Patrick, non mi interessa sapere di chi è la colpa. Mi interessa di più sapere a che ti riferivi. Ieri, quando sono scesa dalla macchina. Ti ricordi cosa mi hai detto?».

Il ragazzo scosse la testa. Strinse le lenzuola nel pugno e ricominciò a torcerle.

«Hai detto "sibila". Te lo ricordi?».

La mano si fermò. La sua espressione era vuota. Poi, ancora una volta, fece di no con la testa.

«C'è stato un incidente sull'isola, Patrick. Una persona è finita nella Tana del Serpente. Ed è morta. È una cosa seria. Non so cos'è successo, ma devo scoprirlo. E ieri mattina ho intravisto qualcuno sulla scogliera. E forse questo qualcuno sa dirmi qualcosa in più su quello che è successo. Ritengo che quel qualcuno potresti essere tu. Ora hai capito?».

Fuori il vento si stava alzando di nuovo. All'improvviso, la piccola roulotte prese a oscillare. Le folate entravano dalle fessure, emettendo una melodia cupa. In un attimo Cara si ritrovò di nuovo in cima alla scogliera, a guardare il corpo dell'amica dall'alto, mentre il vento la cullava. In uno stato di beata ignoranza. Un'innocenza che di lì a poco avrebbe perduto per sempre. Aveva visto Patrick Kelly sulla scogliera? Era uno spione, ormai l'aveva capito.

«Eri tu là sopra, Patrick?»

«Mmm», mormorò lui. Ricominciò a dondolare e a tambureliare i polpastrelli sul letto. Una sorta di codice morse con l'indice, in preda al panico.

«Non sono stato io! Non sono stato io...!».

«Non eri tu sulla scogliera, Patrick?»

«No. Non quello. Non sono stato io».

Cara si pietrificò.

Scandì bene le seguenti parole.

«A fare cosa?».

Il ragazzo cercò di prendere aria, ma riuscì solo a fare dei respiri corti, spezzati.

«Il cadavere... Non l'ho buttato io... ho solo visto qualcuno che lo buttava». Iniziò a piangere. «L'ho solo visto... non sono stato io».

Cara si alzò in piedi. Patrick aveva assistito al momento in cui il corpo di Maura era stato gettato nella Tana del Serpente? Significava che era un testimone oculare.

Attraversò la roulotte che sotto le sferzate del vento tremava come il suo proprietario. Quindi si accovacciò e gli toccò il ginocchio. Guardò il suo volto angosciato.

«Chi hai visto, Patrick?»

«Non lo so. Non lo so. Avevo preso delle p-p-pasticche, non pensavo che fosse reale. Ero dietro le rocce. M-m-mi sono svegliato... Ero dietro le rocce. Sono tornato indietro, pensavo fosse solo l'effetto delle pillole. E poi ho guardato giù... Era difficile vedere qualcosa, c'era troppa neve e troppo vento e avevo paura di cadere. Ma poi sono riuscito a dare un'occhiata. E ho visto una gamba in mezzo al mare. Solo allora ho capito che quello che avevo visto era reale, che qualcuno aveva veramente buttato una persona giù dalla scogliera...». Metà delle parole successive vennero soffocate dai singhiozzi.

Cara si sedette al suo fianco sul letto sporco. Lo abbracciò per calmarlo, mentre guardava il maglione sgualcito di Maura. Patrick non si rendeva conto della portata di ciò che aveva visto... di *chi* aveva visto. Forse, nei recessi della sua mente, i pezzi di quel puzzle dell'orrore aspettavano solo di essere rimessi insieme. In ogni caso, al momento era ancora al riparo dallo shock.

«Patrick», disse con dolcezza. «È davvero importante. Sai dirmi qualcosa su chi è stato? Chi hai visto?».

Lui scosse la testa.

«Era un uomo o una donna?»

«Era troppo buio. Mi dispiace».

«Una persona sola? O più di una?»

«Una. Ho visto la sagoma di una persona sola».

«Grazie, Patrick. Sei stato molto utile».

Il ragazzo si passò la manica sul viso per asciugarsi il moccio. Tremava e singhiozzava.

«Ma io ho chiamato, non ho fatto finta di niente». Guardò Cara con gli occhi rossi.

«Hai chiamato?»

«Sì, il 999. Ho detto che c'era un corpo e ho riattaccato. Non ho detto che ero io perché altrimenti nessuno mi avrebbe creduto. E i soccorsi non sarebbero arrivati. Sono rimasto finché non siete venuti voi. Mi sono nascosto. Volevo controllare che arrivassi davvero».

«E quando ci hai visti, te ne sei andato?».

Patrick annuì con forza.

«Non volevo farmi vedere. Avevo paura che potessi pensare che ero stato io. Se avessi detto che volevo solo dare una mano, non mi avrebbe creduto nessuno. Dopo sono andato a casa della signorina Conneely e ho bussato alla porta. Non busso mai, so che non le piacerebbe. Ma ho pensato che stavolta era diverso. Era una cosa seria. Ma lei non c'era. Non c'era nessuno a cui dirlo. Nessuno che mi ascoltasse. Sono tornato qui».

«E poi sei uscito di nuovo? Quando ti ho quasi investito».

«Non me lo ricordo».

«Hai preso altre droghe? È per questo che non ricordi?».

Annuì. Chiuse gli occhi.

«Non volevo vedere, non volevo sentire i suoni nella mia testa. Il corpo che cadeva. Il rumore all'impatto con l'acqua. Volevo che smettessero».

Ventidue

Cara si incamminò lungo il sentiero, superando il muro pieno di crepe. Seamus alzò lo sguardo.

«Grazie a Dio sei tornata. Per poco non morivamo congelati».

«Vi avevo detto che potevate tornare a casa». Cara non riuscì a nascondere il nervosismo che le incrinava la voce. Si sentiva inquieta. Era davvero sciocco che Seamus e Maura gli avessero mentito. Si sentiva un po' delusa. C'erano alcune cose nella vita che riteneva sicure, delle pietre su cui fare affidamento. E invece si erano rivelate molto meno salde del previsto.

Seamus guardò Sorcha e inarcò le sopracciglia. Cara si incamminò e loro la raggiunsero, affiancandola.

«Non c'è bisogno di rispondere così», disse Sorcha. «Siamo rimasti perché non volevamo lasciarti da sola con quel tipo strambo».

Cara li guardò. «Mi dispiace», disse. «Mi dispiace, ragazzi. È solo che... Patrick ha visto il corpo che cadeva in acqua. Ha sentito l'impatto».

«Cosa?». Seamus spalancò gli occhi. «Era lì?»

«Sì. Ma aveva preso della roba».

«Cristo», disse Seamus. «Era lì... E cosa ha visto? Sa chi è stato?»

«No, purtroppo era strafatto».

«A me sembra solo una scusa», disse Sorcha. «Dev'essere stato lui, Cars! Per forza».

«Onestamente non credo. È solo.... un'anima persa. Non mi sembra capace di una cosa del genere».

«Ma potrebbe mentire, no? Perché dovrebbe dire la verità a te? Sei una Garda. Pensaci».

«Non riesce nemmeno a tenere pulita la sua roulotte, Sorcha. Non vedo come possa fare quello che l'assassino ha fatto al cadavere».

«A noi non hai detto i dettagli», disse Seamus.

Cara lo guardò.

«Non posso dirveli. Non ora».

«Capisco». Seamus annuì con aria solenne. «Ma cos'altro ti ha detto? Ti ha dato qualche informazione utile?».

Lei scosse la testa.

«A malapena si rendeva conto di dove si trovava. Ha visto quello che è successo, ma in un primo momento non ha nemmeno creduto che fosse reale. È tornato dopo un po', mentre l'effetto delle droghe svaniva, per controllare se fosse vero. È stato allora che ha visto Maura. E ci ha chiamato».

«È stato lui a fare la telefonata anonima?», chiese Seamus.

«Esatto».

«Io continuo a pensare che sia sospetto», fece Sorcha. «Ha chiamato per depistarti. Per sembrare innocente. E pare che funzioni, dato che tu non lo ritieni colpevole».

«Non lo so, Sorcha».

«Chi altro potrebbe essere stato?», chiese lei, con voce acuta, ansiosa. «Qualcuno deve pur averla uccisa. E quel ragazzo è palesemente disturbato, lo vedi. Allora qual è il problema?»

«Il problema è che io non salto a conclusioni affrettate! Lavoro con prove concrete». Cara strinse le labbra in una linea decisa.

Sorcha si accigliò, ma non aggiunse altro.

Camminarono in silenzio, ciascuno perso nei propri pensieri. In lontananza, le onde si infrangevano sulla costa. Sentirono il vento che solcava l'isola con fischi demoniaci. Cara si alzò il bavero del cappotto, pentendosi di aver intrapreso quel lugubre pellegrinaggio a piedi. Alzò lo sguardo verso il cielo. Altra neve in arrivo.

«Dai, torniamo a casa», disse Seamus, mettendole un braccio intorno alle spalle. «Non dimenticare che non sei sola. Hai sempre noi».

«Grazie, Seamus», disse Cara, appoggiandosi a lui. Era difficile resistere alla tentazione: Seamus, il fratellino di Cillian, che conosceva da quando era bambino. Suo cognato. Faceva parte della famiglia. Qualunque cosa le stesse nascondendo, be', era sempre Seamus. Probabilmente aveva le sue ragioni. E comunque gli voleva bene.

Sorcha le strinse la mano. Un timido sorriso si dipinse sulle labbra di Cara.

«Hai sempre noi», ripeté.

Sorcha aprì la porta sul retro e il trio entrò nella cucina fredda e vuota. Cara appoggiò la mano sul piano di lavoro in marmo. Era gelido.

«Forza, accendiamo il fuoco. Questa diavolo di casa è un disastro».

Seamus si sfilò gli stivali e attraversò la stanza, sfregandosi le mani. Cominciò a preparare il fuoco. Cara e Sorcha si tolsero cappotti e cappelli. Ma forse non era una mossa saggia, dato che a ogni respiro piccole nuvole di vapore si alzavano in aria. Cara guardò l'inutile bollitore. Cosa non avrebbe dato per una tazza di tè caldo in quel momento. Accese e spense il pulsante, nella speranza che l'elettricità fosse tornata. Ma no, niente da fare. Daithí aveva detto che avrebbe portato una stufa a gas del pub. Cara sperava che tornasse presto. Rabbrividì.

Sorcha recuperò una coperta dal divano, se la avvolse attorno e si sistemò su una poltrona.

«Allora, non abbiamo scoperto molte cose nuove, vero?», le chiese, guardandola. «Quello stramboide di Kelly ha visto qualcosa, ma non ci ha detto niente di utile. E nessun altro sa nulla. Abbiamo freddo, siamo devastati e non sappiamo niente di nuovo. Direi di restare seduti qui finché quello psicopatico non verrà a prenderci! Almeno la smetteremo di congelare».

«Tieni duro, Sorcha», disse Cara. Prese anche lei una coperta e si sistemò sul divano. Seamus, in ginocchio davanti al fuoco, si voltò a guardarle.

«È un po' preoccupante, Cara. Un'isola così piccola e non abbiamo idea di chi abbia fatto una cosa del genere? Cioè, in teoria dovrebbe essere lampante, no?».

Cara fece spallucce.

«Non ci sono tutte queste persone a Inis Mór», disse Sorcha. Sembrava le fosse venuta un'idea. Si alzò dalla poltrona. «Non potresti, non so, interrogarle tutte? A quel punto sarà facile capire chi è stato, no? Potremmo aiutarti noi!».

«Se sarà necessario lo farò. Ma in realtà non dovrei indagare, mi hanno detto di aspettare. E non hanno tutti i torti. L'assassino non lascerà l'isola. È bloccato qui, come noi. I soccorsi arriveranno non appena sarà passata la tempesta…».

«Quindi dobbiamo solo cercare di non farci uccidere fino ad allora, giusto?», chiese Sorcha. «Ottimo piano». Seamus allungò la mano e le accarezzò il braccio.

«Va tutto bene, Sorcha, non preoccuparti, ci siamo noi».

«E c'è anche l'assassino, che ieri sera ci fissava dalla finestra. Gesù, Seamus. E se decidesse di colpire ancora? Ferdia non si prenderà di certo la briga di salvarmi!».

«Respiri profondi, Sorcha, respiri profondi. Nessuno sta venendo a prenderti, nessuno ti aggredirà. Siamo tutti qui, e se Ferdia non ti difende, ci penseremo noi. Giusto, Cara?»

«Certo».

La porta sul retro si aprì. Seamus, Sorcha e Cara si voltarono di scatto. Daithí e Ferdia, carichi di bottiglie e vassoi ricoperti di carta stagnola, entrarono di corsa. L'odore di pancetta e salsicce riempì la stanza. Nemmeno il profumo francese più raffinato avrebbe potuto risollevare il morale della banda così in fretta.

«Siamo tornati», fece Daithí. «Portiamo doni dalla cucina di Derrane».

«Tempismo perfetto, ragazzi», disse Cara. «Dai, Sorcha, hai fame e freddo. Mangiare ti farà sentire meglio».

Cara prese i piatti e le tazze, Daithí le posate e gli altri si sedettero a tavola. Daithí tolse la carta stagnola dai vassoi, che sprigionarono nell'aria un delizioso odore di cibo fritto. Cara percepì un calo della tensione generale. Tutti si riempirono i piatti e si avventarono sul cibo come se non mangiassero da mesi.

Cara diede un morso a una salsiccia unta e calda, e tutti i recettori del piacere del suo cervello si attivarono in contemporanea. Si sentì subito un po' meglio.

«Grazie per averci portato tutta questa roba, Daithí, ne avevamo davvero bisogno», disse, avvicinandosi la tazza di tè fumante alle labbra. Anche se era ancora troppo caldo, bevve un lungo sorso con gratitudine.

«Sono felice. Ho preso anche il fornelletto e qualche torcia decente».

«Fantastico», disse Cara. «Possiamo ricominciare a prenderci cura di noi stessi da soli. Grazie. Anche se mi dispiacerà non ricevere cibo del genere tutti i giorni».

«Non vorrei viziarti», sogghignò Daithí.

«Dio ce ne scampi e liberi!».

«Allora, Ferdia mi ha detto che qualcuno vi ha fatto visita stanotte». Il sorriso di Daithí svanì. «Non mi piace per niente».

«Già», disse Cara, con la salsiccia a mezz'aria. «Nemmeno a me. Dobbiamo assicurarci di tenere le porte chiuse a chiave. E nessuno deve restare da solo. State attenti. Al momento non possiamo fare molto altro».

«Com'è andata la mattinata? Ferdia ha detto che sei andata in giro a indagare».

«Sì, hai scoperto qualcosa?», chiese lui.

«Non molto, purtroppo».

«Be', non è del tutto così, Cara», rispose Sorcha. «Abbiamo scoperto che quel ragazzo, Patrick Kelly, era alla scogliera!».

«Cosa?», chiese Daithí, posando la forchetta.

«Sì. Ha accidentalmente visto il corpo di Maura che cadeva nella Tana del Serpente», disse Cara.

«Cristo», fu l'unico commento di Daithí.

«Eh già. Ma era fatto, quindi non si rendeva conto di cosa stava succedendo».

«Cara non lo ritiene un sospettato. Ma ha aggredito Seamus. Secondo me, invece, è il sospettato numero uno», fece Sorcha.

«Ha aggredito Seamus?», chiese Ferdia, con una luce divertita negli occhi. «Che cosa è successo?»

«Per qualche strano motivo si era messo in testa che avessi una relazione con Maura, e che la stessi anche tradendo». Seamus scosse la testa. «Così ha deciso di difendere il suo onore aggredendomi».

«Davvero?», disse Ferdia, ora un po' meno divertito. «Che strano. E perché si era fatto quest'idea? È vero?»

«Cosa?», rispose Seamus, confuso. «È vero cosa?»

«Stavi frequentando e tradendo Maura...?».

Seamus si fermò con un pezzo di pane tostato a metà strada verso la bocca.

«Che domande, Ferdia. Ovvio che no».

«Ha visto Aiden con Lexi», disse Cara. «Pare l'incomprensione sia nata da qui». Tralasciò la piccola parte relativa all'incontro sulla soglia di casa Flaherty.

Ferdia guardò Cara e poi di nuovo Seamus. Il guizzo divertito era riapparso sul suo volto.

«È esilarante», disse, ridendo.

«No, non lo è», rispose Seamus, bevendo un sorso di caffè. «Mi ha aggredito».

Cara si versò un'altra tazza di tè caldo e fumante. Aggiunse un goccio di latte dal cartone aperto sul tavolo. Le sue dita stavano riprendendo vita grazie al calore della tazza. Ci soffiò sopra. Gambe e braccia iniziarono a scongelarsi, a pulsare e a formicolare. Il ghiaccio piano piano abbandonava le sue ossa.

«Comunque, non correvi certo chissà quale pericolo, Seamus. È solo un giovane triste e confuso, e l'unica che gli stava vicino era Maura. Tipico di lei».

Sorcha si alzò.

«Ho i calzini bagnati. Vado a cambiarli. Torno tra un attimo». Uscì nel corridoio, chiudendosi la porta alle spalle.

Ricomparve pochi istanti dopo.

«Hai fatto presto», disse Seamus, sollevando lo sguardo dal piatto.

Anche Cara la guardò. Notò il suo viso pallido, l'espressione terrorizzata. Teneva qualcosa tra le mani.

«Che cosa sono?», chiese Ferdia.

«Non… non lo so», rispose lei, spalancando gli occhi. «Ma ce n'è una per ciascuno di noi». Seamus si alzò.

«Eh? Cosa sono?»

«Lettere», disse Sorcha. «Le ho trovate sul tappetino d'ingresso, sotto la cassetta». Cara guardò le buste che oscillavano tra le mani tremanti di Sorcha. Andò da lei.

«Fammi vedere», disse. Sorcha gliele passò senza protestare. Cinque buste. Tutte con dei nomi sopra. I *loro* nomi.

A tavola, Ferdia, Daithí e Seamus posarono forchetta e tazze.

«Che facciamo?», chiese Sorcha.

«Le leggiamo?», suggerì Ferdia. Si alzò e prese una busta con sopra scritto, in una grafia precisa, FERDIA.

«Forse è meglio di no», disse Cara.

«Ma dai», ribatté lui. «Io la mia la apro. Tu fa' quello che vuoi».

Cara appoggiò le altre lettere sul tavolo. Piano piano, tutti presero quella con il proprio nome, e si voltarono a guardare Cara. Ferdia girò la sua. Infilò il dito sotto il bordo e strappò la parte superiore. Tirò fuori un unico foglio di carta ripiegato.

Corrugò la fronte. Lo aprì.

«Oh», disse, con espressione sorpresa.
«Che cos'è? Cosa c'è scritto, Ferdy?», sussurrò Sorcha.
Lui girò il foglio per farlo vedere a tutti.
In caratteri enormi, in grassetto e in maiuscolo, c'era una sola parola.

RIDAMMELO.

Ventitré

Seamus, Daithí e Sorcha presero le loro lettere, infilarono i pollici sotto il bordo e strapparono le buste. Sorcha lanciò un'occhiata ansiosa a Cara, poi abbassò lo sguardo. Cara studiò le mani nervose degli amici che estraevano i fogli dalla busta e li spiegavano. Trattenne il respiro, senza nemmeno sbattere le palpebre.

Dopo un attimo di riflessione, come giudici in una gara, tutti mostrarono le proprie lettere.

RIDAMMELO.

La stessa frase per ciascuno. La stessa grafia. Lo stesso senso di minaccia.

Posarono i fogli al centro del tavolo. Il cibo, su cui poco prima si erano avventati con tanta foga, fu messo da parte, dimenticato. Tutti fissavano quella sinistra pila di fogli. Seamus si alzò e andò alla finestra. Ma chiunque aveva messo lì quelle lettere era di sicuro lontano. Da quanto tempo erano sul tappetino? Nessuno poteva saperlo.

Lentamente Cara aprì la sua. Tirò fuori il foglio. Lo dispiegò e lo fissò.

RIDAMMELO.

La stessa parola anche per lei.

Gettò la lettera nel mucchio. Seamus tornò al tavolo e si sedette. Tutti guardarono Cara.

Daithí fu il primo a parlare. «Eh? Ma a che cavolo si riferiscono?».

Cara posò lo sguardo sull'amico e poi di nuovo sulle lettere.

«A quanto pare, è un messaggio da parte del nostro assassino».

«O Cristo», disse Seamus, con gli occhi spalancati.

«Avevi detto che non se la sarebbe presa con noi, Cara, o sbaglio?», disse Sorcha. «Dicevi che ce l'aveva solo con Maura!».

«Be', mi sbagliavo, immagino».

«Che cos'è che dobbiamo ridare?», chiese Daithí, fissando una delle lettere.

«Sospetto che si riferisca al pacco. È al centro di tutta questa storia. Qualcuno lo vuole a tutti i costi e credo che sia il motivo per cui Maura è stata assassinata. A quanto pare, l'assassino non è riuscito a metterci le mani sopra né prima né dopo, quando ha perquisito la casa. Forse questo è il suo ultimo tentativo».

«Gesù», disse Sorcha.

«Perché pensa che ce l'abbia uno di noi?», chiese Daithí.

«Io non ho niente!», gridò Sorcha, balzando in piedi. Si strinse le braccia attorno al corpo e cominciò a camminare avanti e indietro per la stanza. «Perché mi ha mandato una lettera? Io non ho c'entro in questa storia».

«Finiscila, Sorcha, stai facendo venire il mal di testa a tutti», disse Ferdia con aria esasperata. «Anche se, per la cronaca, nemmeno io ho qualche pacco misterioso».

«Nemmeno io», disse Seamus.

«E Daithí, immagino che nemmeno tu ce l'abbia…», disse Cara.

«Immagini bene», rispose lui. Abbassò lo sguardo sulla lettera, tracciando la parola con il dito.

«Be', allora facciamo poker, perché nemmeno io ce l'ho. E mi dispiace. Perché ovviamente è la chiave per capire cosa sta succedendo».

«Cara», disse Daithí, girando e rigirando la lettera.

«Sì?»

«In che modo?»

«Eh?»

«In che modo dovremmo restituirlo? Nell'eventualità che ce l'avesse uno di noi... Lo so, lo so, non ce l'ha nessuno, ma... In che modo dovremmo restituirlo? Non ci ha lasciato istruzioni».

«Mmh», disse Cara. Si sedette di nuovo al tavolo. Guardò i volti pallidi e sconvolti degli amici. Sollevò i fogli e li ispezionò. Erano tutti scritti a mano, ma sembravano identici. Li girò e li rigirò, ma non c'era nient'altro. Li alzò sotto la luce della finestra, ma non vide alcun messaggio nascosto.

«Mi viene da pensare», disse Cara, parlando lentamente, con lo stomaco attorcigliato, «che chiunque ce l'abbia, saprà come restituirlo».

La banda si prese un momento per digerire l'informazione. Come una polaroid che si sviluppa lentamente, piano piano il quadro completo divenne chiaro a tutti.

«Significa che uno di noi... conosce l'assassino?», sussurrò Sorcha, ancora più pallida.

«Be', forse», disse Cara. «La mia ipotesi è che, se hai il pacco, ne sai quanto basta per ridarglielo».

«Quindi qualcuno a questo tavolo», disse Ferdia, «sa più di quanto sta dicendo? È così? E queste», indicò le lettere, «significano che questa persona nasconde qualcosa?»

«E l'assassino non sa chi è tra noi», disse Seamus. «Gesù. Siamo tutti in pericolo».

I ragazzi, già silenziosi, si ammutolirono. Qualcuno si scambiò un'occhiata, qualcun altro distolse lo sguardo. Qualcuno si agitò sulla sedia.

«Potrebbe essere un giochetto psicologico, Cara», disse Daithí. «Un tentativo di farci innervosire. Vedi? Non riusciamo nemmeno a guardarci negli occhi. Sono passati due minuti e già ci comportiamo in modo diverso».

«Sì, è una possibilità», disse Cara, spostando gli occhi su ciascuno di loro e sostenendo ogni sguardo, un piccolo atto di ribellione contro quella forza insidiosa che era entrata in casa senza chiedere il permesso. «Ma perché l'assassino dovrebbe farci innervosire? Cos'ha da guadagnarci?»

«Cosa aveva da guadagnare uccidendo Maura?», chiese Daithí.

«Vero. La risposta è in quel pacco. Qualunque cosa sia».

«Potrebbe trattarsi di uno scherzo?», intervenne Seamus. «Qualcuno con un senso dell'umorismo malato?».

Cara scosse la testa.

«Non credo che qualcun altro sull'isola sappia cosa sta succedendo. Anche se iniziano a circolare voci… Nessuno ne sa abbastanza per fare una cosa del genere, a parte noi e l'assassino».

«Stanotte hai visto qualcuno che ti guardava dalla finestra e ora queste lettere… Le ha lasciate ieri sera? È per questo che era qui?», farfugliò Sorcha, lanciando occhiate furtive agli altri.

«Ce ne saremmo accorti stamattina, tesoro», disse Seamus in tono pacato. «Dai, rimettiti a sedere. Mangia qualcosa. Dobbiamo tenerci in forze. Non servirà a nulla morire di fame e ammalarci». Si alzò e le tese la mano.

Sorcha si ritirò di scatto.

«Non mi toccare! Se voglio stare in piedi, resto in piedi!».

«Oh, per l'amor del cielo, Sorcha, calmati», sospirò Ferdia.

«Smettila! Smettila! Smettila subito, Ferdia Hennessy. Non farmi passare per pazza! Uno di voi sa qualcosa, non è vero? E tu, Ferdy, che continui a sparire per fare "telefonate di lavoro". Cos'è questa storia, eh? Sei in vacanza, è Natale, le tue band e i tuoi concertini non hanno bisogno di te, non sei così importante. Non starai tramando qualcosa?».

Ferdia si alzò in piedi e la fissò con i suoi occhi scuri come buchi neri.

«Qualcosa tipo?», chiese con un ringhio basso, lento e minaccioso. Daithí lo guardò.

«Siediti, Ferdia. È solo in ansia. Siamo tutti nervosi».

Ferdia puntò il suo sguardo glaciale verso Daithí.

«Quindi tu saresti contento se ti accusassi di omicidio?».

Daithí si alzò in piedi e ricambiò il suo sguardo dall'altra parte del tavolo.

«Sedetevi. Tutti quanti», disse Cara, con il tono pacato ma fermo che aveva acquisito grazie a quindici anni di lavoro come sergente e a dodici anni da madre. Gli altri obbedirono.

«Bene. A questo punto mi vedo costretta a chiedere...». Cara guardò gli amici e fece un respiro profondo. Non riusciva a credere che stesse per fare davvero quella domanda. «Qualcuno qui deve dirmi qualcosa?»

«No», sbottò Sorcha.

«No», disse Ferdia.

«No», disse Seamus.

Daithí scosse la testa.

«È un no anche da parte mia», concluse Cara.

Ventiquattro

Il rumore di un'auto che si fermava nel vialetto distolse tutti quanti dai propri pensieri. Cara si alzò con la tazza in mano e si avvicinò alla finestra. Il calore del tè appannò il vetro, lo pulì con la mano. Erano solo le due, ma la luce fuori stava già cominciando ad affievolirsi. La portiera dell'auto sbatté.

Una figura incappucciata scese e si avvicinò all'ingresso. Aveva ricominciato a nevicare. Presto sarebbe stato impossibile distinguere l'auto dalle siepi e dai muri. Una piccola raffica di neve danzò intorno ai piedi del nuovo arrivato.

«Chi è?», chiese Sorcha, allarmata. Il campanello squillò.

«Non lo so», disse Cara, voltandosi a guardarla. «Ma gli assassini di solito non suonano il campanello».

«Vado io», disse Daithí. Ferdia fece per alzarsi, ma lui si bloccò e lo guardò.

«Non c'è bisogno che mi accompagni. Non ucciderò nessuno e nessuno mi ucciderà nel tragitto». Uscì dalla stanza e Ferdia si rimise a sedere. Nonostante le rassicurazioni di Cara, Sorcha guardava con ansia la porta, mordendosi le pellicine delle unghie.

Cara tornò al tavolo e raccolse le lettere.

«Le metto via». Le nascose in un cassetto della cucina.

Sentirono delle voci smorzate dalla porta, e dopo un po' Daithí rientrò con l'ospite. La tensione si poteva tagliare con un coltello. Sembrava ricoprire qualsiasi cosa, come la neve all'esterno. Il visitatore si tolse il cappuccio. Era il capo di Maura, il preside della scuola, Cormac Mullen.

Sulla sessantina, aveva capelli bianchi e una calvizie incipiente. Si guardò attorno con un sorriso sul volto, che svanì quando notò le facce tese che lo fissavano.

«Scusate», disse, «ho interrotto qualcosa?».

Seamus fu il primo a riprendersi.

«No, no, niente affatto, *máistir*», disse d'istinto, alzandosi in piedi. L'aveva chiamato "maestro". Il signor Mullen insegnava nella scuola del villaggio da quasi quarant'anni. A un certo punto aveva insegnato sia a Saoirse che a Cathal. Aveva insegnato anche a Daithí, Seamus, Sorcha e Ferdia, prima che Ferdia tornasse a Dublino. Maura aveva sempre detto che era un capo meraviglioso.

«Chiamami Cormac, Seamie. Siediti e rilassati, non sei più a scuola».

«Vecchie abitudini». Seamus sorrise, accomodandosi.

«Sorcha McDonough e Ferdia Hennessy. È da un po' che non vi vedo sull'isola».

Ferdia grugnì e prese a spiluccare delle patate fritte tiepide.

«Signor Mullen», disse Sorcha. «È qui per Maura?». Cara le lanciò un'occhiata di avvertimento. Lei non se ne accorse neppure.

«Per la signorina Conneely? No, perché? Siamo a Natale, è in vacanza». Sorrise, un po' perplesso.

«Come possiamo aiutarla, allora?», chiese Seamus.

Guardò Cara. «Sono qui per il sergente».

«Davvero?», disse Cara. «Che succede?». Gli andò incontro. Forse, dopotutto, c'entrava comunque qualcosa con Maura…

«Sembra ci sia stata un'effrazione a scuola».

«Un'effrazione? Oh, cielo. Mi dica di più». Cara si rilassò. Probabilmente aveva solo pochi giorni, forse addirittura poche ore, prima che la morte di Maura diventasse una notizia di dominio pubblico. E a quel punto la tempesta fuori non sarebbe stata nulla in confronto a quella che si sarebbe scatenata tra gli isolani.

«Abbiamo ricevuto un avviso dal nostro responsabile del sistema di allarme ieri. Avrebbero dovuto chiamarci il giorno precedente, quando si è verificato il fatto, a quanto sembra. Ma tra la tempesta, l'elettricità ballerina e le vacanze di Natale sono riusciti a contattarmi solo ieri».

«Hanno rubato qualcosa?»

«No, non mi pare. Il che è un po' strano. Sembra tutto a posto», disse Cormac. «Non hanno toccato nulla, a parte la porta. Presumo che si tratti di qualche adolescente annoiato, ma ho pensato di avvertirti lo stesso».

«Ha fatto bene. Andiamo a controllare».

Cara seguì la Ford malconcia e vecchia di quindici anni del preside fino al paese. Era felice di allontanarsi dall'atmosfera tesa che si respirava in casa. Si fermarono davanti alla scuola elementare, la Green School, che ospitava tre aule. Bianco, con il tetto spiovente e finestre grandi come porte, l'edificio sembrava insolitamente spento e vuoto, cupo come il cielo che andava oscurandosi. Di solito la scuola pullulava di gente, di attività. Ma la tempesta e i giorni di festa l'avevano privata di qualsiasi segno di vita. Il vento, che a differenza della neve non si prendeva mai una pausa, sferzava le bandiere nel cortile. Le corde lottavano e lottavano contro le aste, producendo un continuo schiocco ritmico e un clangore piatto.

Con il cappuccio alzato, Cormac guidò Cara verso il retro dell'edificio. Si fermarono davanti a una porta con una vetrata nella metà superiore. Era quella che usavano i bambini per uscire in cortile durante l'intervallo. In alto, una tettoia di cemento li proteggeva dalla neve, che ora aveva ripreso a cadere sempre più forte.

Cara esaminò la serratura. Era danneggiata. L'attrezzo di scasso incriminato, un sasso, giaceva abbandonato sul gradino.

«Entriamo?», chiese Cormac.

«Sì, entriamo».

Le fece strada in un corridoio immerso nel buio. Senza le luci – *e senza i bambini*, pensò Cara – la scuola era cupa in modo quasi innaturale.

«Lei è sicuro che non abbiano rubato nulla?», disse Cara. La sua voce riecheggiava nel corridoio deserto.

«Ho controllato gli iPad, i computer portatili e la cassetta dei soldi. C'è tutto. Non ci sono altre cose di valore. Non manca nulla, a meno che qualcuno non stesse cercando carta e pastelli. Per questo presumo che sia stato qualche adolescente annoiato».

«Sì, ha senso», concordò Cara. «Provo a vedere se c'è qualcosa che mi salta all'occhio. Ma sospetto che lei abbia ragione. Peccato che a Inis Mór non ci sia molto bisogno di avere telecamere a circuito chiuso».

«Be'. È buffo. A dire il vero, sull'allarme c'è una telecamera con il sensore di movimento. Non è una telecamera di sicurezza, registra solo pochi secondi e in un raggio limitato. Ma forse ha ripreso qualcosa».

«Potrebbe essermi utile».

«Ho chiesto alla ditta di inviarmi tutti i filmati che hanno».

«Quando li manderanno?»

«Presto, spero».

«Per favore, me li invii non appena li riceve. Ora le dispiace se do un'occhiata in giro?»

«Nessun problema».

Cara guardò le tre aule a destra e a sinistra. Sapeva che la prima era quella di Maura. Insegnava ai bambini più piccoli, dai quattro fino a sette anni.

«Possiamo iniziare dall'aula di Maura?», chiese, e solo con un vero sforzo di volontà riuscì a pronunciare quelle parole. Sapeva che l'amica non sarebbe mai tornata in quell'aula. In futuro, sarebbe stata l'aula di qualcun altro. Abbassò lo sguardo per nascondersi dal preside.

«Certo», disse Cormac. Aprì la porta ed entrarono in una stanza con dodici piccole scrivanie. Le pareti erano tappezzate di lavoretti di Natale. Pupazzi di neve in cotone e renne dal naso rosso. C'erano fiocchi di neve di carta appesi ovunque. Libri colorati sugli scaffali. Tazze piene di pastelli e bastoncini di lecca-lecca multicolori, scovolini e tutti gli accessori per il fai-da-te. Quell'aula era la perfetta incarnazione della gioia che Maura portava con sé.

Cara dovette forzarsi per varcare la soglia. Era un vero strazio.

Cormac si diresse verso la lavagna interattiva.

«Questa è la cosa più costosa che c'è qua dentro. E sembra intatta. La signorina Conneely ha lasciato il portatile qui, sulla scrivania – non so quante volte le ho chiesto di non farlo. A ogni modo, è ancora qui. Non c'è nulla fuori posto».

«Le dispiace se mi guardo attorno?»

«Fai pure», disse Cormac. «Ma credo che non sarà particolarmente illuminante».

Cara aveva iniziato a riflettere. In realtà, erano state le lettere a farla pensare. Era chiaro che l'assassino voleva disperatamente mettere le mani su quel pacco. Ed era sempre più ansioso, al punto che aveva corso il rischio di lasciare quelle buste. Maura aveva nascosto il pacco da qualche parte sull'isola. Chi aveva fatto irruzione a scuola non aveva portato via niente... Forse invece aveva *lasciato* qualcosa? La presunta tempistica dell'effrazione coincideva con il momento in cui Maura era andata a cercare Cara in giro per l'isola. Con il pacco in mano. E se si fosse fermata a scuola? Forse era passata là davanti e aveva deciso di nasconderlo proprio lì. Probabilmente non aveva le chiavi, ed ecco spiegato il bisogno di forzare la serratura.

Cara si guardò attorno, come se potesse vedere attraverso le decorazioni e capire dove Maura potesse averlo nascosto – sempre che la sua ipotesi fosse corretta. Controllò i ripiani sotto le finestre. Aprì gli armadietti in fondo alla stanza. Ma, come aveva detto Cormac, sembrava tutto a posto.

«Non posso fare a meno di notare», disse Cormac, che la osservava con attenzione, «che hai l'aria di una che sta cercando qualcosa».

Cara lo fissò, soppesando la risposta da dargli. Forse avrebbe solo dovuto dirgli la verità e basta.

«Ho una teoria», disse infine.

«Ah».

Puntò verso la cattedra dall'altra parte della stanza. Si lasciò cadere sulla sedia. Scansionò rapidamente il ripiano, ma non vide nulla di sospetto.

«Posso chiederti di che teoria si tratta?», domandò Cormac, avvicinandosi. Cara alzò lo sguardo.

«In questo momento stanno accadendo delle cose sull'isola, Cormac, cose di cui non posso parlare. Per ora posso dire che… forse, invece di rubare, qualcuno ha lasciato qualcosa qui».

«Capisco, interessante», disse lui. Ci pensò su e aprì la bocca come per dire qualcos'altro, poi si fermò. Cara aspettò.

«Posso chiederti un'altra cosa?», disse dopo un attimo. «Non amo i pettegolezzi. Ma sai com'è la vita sull'isola, non succede nulla e se ne parla lo stesso».

«Già».

«Mi è arrivata una voce, ieri. Ho sentito che è stato trovato un cadavere sull'isola».

Cara guardò il volto aperto e curioso di Cormac. Non era del tutto sorpresa che l'avesse sentito dire. Sull'isola non si muoveva foglia senza che qualcuno lo venisse a sapere, anche con tutta la buona volontà del mondo. Cara avrebbe solo voluto che la notizia rimanesse un po' circoscritta, almeno finché erano tagliati fuori dal mondo. Non voleva scatenare il panico mentre erano tutti bloccati lì.

«Temo di non poter ancora dire niente, Cormac», rispose. Non riuscì a sostenere lo sguardo del preside. Se solo avesse saputo che si trattava di una sua dipendente… Ne avrebbe sofferto molto, e non solo a livello personale. Quella non era una grande scuola di città, dove, per quanto tragica, la notizia della morte di un'insegnante per molti era appunto solo una notizia. La scuola elementare dell'isola contava una cinquantina di alunni. Tre aule. Tre insegnanti, tra cui Cormac Mullen. Cara non voleva pensare a come avrebbe affrontato la situazione.

«Mi dispiace», gli disse. Le dispiaceva per tante cose.

«Non c'è problema. Ci tenevo a chiedertelo… sai, mi è sembrato un pettegolezzo un po' meno campato in aria rispetto ad altri che si sentono. E hai appena detto che sull'isola stanno accadendo delle cose...».

Cara annuì. Poi tornò a guardare la cattedra. Voleva tirarsi fuori da quella conversazione. Fuggire il più lontano possibile.

Aprì il primo cassetto e sbirciò dentro. Penne, post-it, righelli e giocattoli, caramelle – la scia che un'insegnante di scuola elementare si porta dietro. Aprì il secondo. Tirò fuori cartelle e libri. Li sfogliò tutti. Niente che corrispondesse a quanto descritto da *mamó*.

«Le solite cose che ci si aspetterebbe di trovare qua dentro», disse Cormac.

Cara aprì l'ultimo cassetto, quello più basso. Altri libri, altre cartelle con documenti. Ma a differenza di quello precedente, il mucchio non era piatto. Un po' come la storia della principessa sul pisello: c'era qualcosa sotto che creava una protuberanza. Tirò fuori i documenti e si trovò di fronte a una scatola di latta. Sopra, c'era il disegno di un cane con i vortici al posto degli occhi e un motivo di foglie di cannabis e segni di pace. Non sembrava per niente il pacco descritto da *mamó*. E c'era qualcosa di sbagliato: non era assolutamente un oggetto che si potesse tenere in un'aula piena di bambini piccoli. Cara si sentì divorare dall'ansia. Si infilò i guanti di pelle nuovi. Sollevò la scatola.

«Stavi cercando questa, sergente?», chiese Cormac, chinandosi su di lei, incuriosito da quella piccola scatola sospetta.

«No», disse Cara, accigliata. «Per niente».

Aprì con cautela il coperchio.

E per poco non fece cadere la scatola.

Dentro c'erano una decina di pillole multicolori. Tutte con sopra impresse delle facce sorridenti. E nel caso ci fossero ancora dubbi, vicino c'erano anche tre spinelli dalle estremità affusolate.

Venticinque

«Questa non è sua», sbottò Cara.

«Me lo auguro, perché comporterebbe una sospensione con effetto immediato, un'azione disciplinare, e così via».

Cara lanciò un'occhiata a Cormac.

«Le sarei molto grata se per il momento non diffondesse quest'informazione».

«A dire il vero, sergente, non dovrei ritardare un'azione disciplinare. Sostanze illecite in cattedra... è una grave violazione. E dovrei far finta di niente? No, no, no».

«Si fidi di me, Cormac, non sarà un problema. Non finirà nei guai. Ma per ora non dica nulla. Se sarà necessario, la sosterrò al cento per cento».

«Che sta succedendo?»

«Non posso dire niente, ma questa scatola non è sua. Mi creda. La Maura che conosce farebbe una cosa del genere? Lascerebbe qui le sue cose in modo che chiunque possa trovarle?»

«No».

«Esatto. Non sarebbe tanto sbadata. I suoi allievi significano tutto per lei. Ci pensi e rifletta sulla sua reputazione». Droghe che assomigliavano a dolcetti, dentro un cassetto aperto, in un'aula piena di bambini piccoli. Se si fosse venuto a sapere, la reputazione di Maura si sarebbe macchiata per sempre. Non era stata lei a entrare di nascosto a scuola. Non aveva messo il pacco lì. Si trattava solo dell'ennesimo tentativo di distruggerla. Distruggere la sua vita, la sua reputazione... Perché qualcuno voleva punirla fino a quel punto? Cosa aveva fatto per meritarselo?

Cara prese un fazzoletto di carta dalla cattedra e lo usò per avvolgere la scatolina. Poi se la infilò nella tasca interna della giacca.

«Mi conceda un paio di giorni, poi potrà prendere una decisione, ok?»

«Giusto un paio».

«Non mi serve altro. Be', in realtà ho bisogno anche del filmato della videocamera. Per favore, me lo invii non appena lo riceve, a prescindere dalla qualità. So che è difficile mandare e-mail con l'elettricità che va e viene, ma è di vitale importanza».

«Certo. Te lo manderò subito».

«Potrei essere a casa di Seamus Flaherty, e lì non c'è campo né Wi-Fi. Ma può lasciare un messaggio da Derrane».

«Va bene».

«Grazie, Cormac».

«Ora cosa hai intenzione di fare?»

«Vado a parlare con una persona. Potrebbe sapere da dove viene la droga».

Parcheggiò. Spense il motore. Quando i tergicristalli si fermarono, i fiocchi ricoprirono tutti gli spazi vuoti sul parabrezza. Rimase seduta mentre la neve avvolgeva la macchina e la luce del giorno assumeva un bagliore inquietante. Non riusciva a capire cosa stava succedendo sulla sua isola. Erano dieci anni che viveva lì, dieci anni che faceva un lavoro lento, ripetitivo. E ora... Un omicidio? Un'effrazione? Manomissione di prove, lettere sinistre...?

Non poteva affermare con assoluta certezza che fosse stata un'altra persona a piazzare le droghe nella cattedra, ma la riteneva l'unica ipotesi sensata. Doveva scoprire chi spacciava droga sull'isola. Forse così sarebbe riuscita a capirci qualcosa in più. Guardò fuori dal finestrino dal lato del passeggero. Osservò il sentiero che portava alla piccola roulotte verde e bianca. Scese.

Si tirò su il cappuccio. Durante il breve tragitto dall'auto alla porta della piccola roulotte di Patrick Kelly aveva iniziato a nevicare più forte. I rami dell'albero a forma di artiglio che si estendeva sopra la roulotte raccoglievano i fiocchi, mentre quelli più piccoli si piegavano sotto il loro peso.

Bussò. Un suono metallico riverberò all'interno. Sentì un rumore da dentro, ma la porta non si aprì.

«Patrick, sono io, il sergente Folan. Scusa se ti disturbo ancora».

Niente.

«Sono tornata giusto un momento, non c'è nulla di cui preoccuparsi. Ho solo una domanda per te».

Bussò ancora. E ancora.

«Non me ne andrò finché non aprirai».

La roulotte era così vecchia e fragile che valutò l'ipotesi di entrare con la forza. Non sarebbe stato difficile. Bussò di nuovo.

Altri rumori da dentro.

«Ti prego, Patrick». La porta si aprì di uno spiraglio. Cara vide quei due occhi familiari che la fissavano.

«Cosa vuoi?»

«Fammi entrare, per favore. Ci vorrà poco».

La porta si aprì e Patrick tornò dentro senza dire una parola. Cara lo seguì, felice di potersi mettere al riparo. Si guardò velocemente attorno – non riuscì a farne a meno – in cerca di qualche indizio che le indicasse che era stato lui a scrivere le lettere. Ma non trovò niente e l'attimo di dubbio passò. Si concentrò sul vero motivo per cui era lì. Patrick si era messo a letto. A giudicare dalle coperte sgualcite, era chiaro che si era rintanato là sotto per scaldarsi. Cara doveva assolutamente fare qualcosa per lui. Una volta risolto quel pasticcio, avrebbe fatto in modo che ricevesse aiuto. E stavolta, doveva assicurarsi che succedesse davvero.

«Devo farti una domanda. E se mi dirai la verità, ti prometto che non ci saranno conseguenze. Mi aiuterai, perciò stringeremo un accordo. Che ne pensi?».

Patrick la guardò dal letto, il viso una maschera di diffidenza.

«Dipende».
«Devo sapere dove ti procuri le pasticche. Ultimamente non hai più avuto problemi, era tempo che non facevi uso di sostanze. Cosa è successo? Da dove vengono le droghe che hai preso?».
Patrick guardò fuori dalla finestra in fondo. Sul tetto, si udì un tonfo improvviso. Entrambi guardarono in alto. La neve era caduta dai rami. Patrick non parlava.
Cara sospirò.
«È vero che ha ricominciato da poco?».
Annuì.
Cara frugò nella tasca interna della giacca e tirò fuori la scatola. La aprì senza toccarla, usando il fazzoletto in cui era avvolta. Si avvicinò a Patrick e gli mostrò il contenuto. «Queste le riconosci?».
Un altro cenno.
Cara avvolse di nuovo la scatola nella carta e se la rimise in tasca.
Era un'informazione molto utile. Dunque lo spacciatore era lo stesso. Patrick poteva dirle di chi si trattava.
«Volevo solo dimenticarmi di tutto», disse infine il ragazzo.
«Lo so, Patrick. Ti prometto che non finirai nei guai se mi dirai chi te le ha date. Mi saresti di grande aiuto».
«Sono andato da lui, mi ha dato altre pillole e le ho prese». Si accasciò, abbassando la testa. Un sospiro. «Mi dispiace».
«Va tutto bene, lo capisco». Cara si sedette in fondo al letto. «Chi è "lui"? Chi ti ha dato la droga?»
«Non so… non credo che vorrebbe che te lo dicessi…».
«Patrick, non devi avere paura. Io sono dalla tua parte…».
«Non so come si chiama».
«Puoi descriverlo?».
Sul volto di Patrick, insieme al dolore, si dipinse un'espressione impaurita. Non riusciva a guardarla. Abbassò gli occhi sulla parte di linoleum sbeccata accanto al letto.
«Il tuo amico», mormorò.
«Come?», rispose Cara, confusa. «Il mio amico?»

«Uh-uh».
«Sei sicuro?».
Patrick annuì.
Cara aveva pochissimi amici. E senza Maura, ancora meno. Daithí? Mai.
«Quale, Patrick?»
«Quello che parla tutto snob».
Ferdia.

Ventisei

Parcheggiò nel viale dei Flaherty. Noah era davanti alla casa con alcuni attori, nonostante il vento, la neve e le temperature gelide. Era accanto a un cameraman, che girava intorno al gruppo con una telecamera attaccata al corpo con un qualche aggeggio. Un membro della troupe teneva un'asta sopra le loro teste. Noah, il cameramen e il tecnico scomparivano sotto strati di lana, cappelli, cappotti e sciarpe. Gli attori, meno fortunati, mettevano alla prova la loro dedizione al mestiere con vestiti molto più leggeri.

Cara scese e sbatté la portiera. Noah si voltò e urlò «STOP!», con qualcosa di più di una punta di irritazione nella voce.

«Mi dispiace aver interrotto le riprese», disse Cara, e nel *suo* tono non c'era nemmeno l'ombra del pentimento. Quella gente stava giocando con la sua vita e con quella dei suoi amici. Lei invece doveva affrontare la realtà e non poteva gridare "stop" quando le cose si mettevano male.

Passò in mezzo alla troupe e fece il giro della casa fino alla porta sul retro. Entrò in cucina e trovò Seamus, Ferdia e Daithí ancora al tavolo, con una bottiglia di whisky aperta. Guardavano fuori dalla finestra. Eccoli lì. Un bugiardo, uno spacciatore e Daithí. I suoi amici.

«Che è successo a scuola?», le chiese Daithí.

«Pare fosse solo qualche adolescente annoiato. Il signor Mullen aveva ragione». Tenne gli occhi puntati su Ferdia, alla ricerca di una qualsiasi reazione. Niente. Continuava a fissare gli attori fuori dalla finestra.

«È già qualcosa», disse Daithí. «Altra carne sul fuoco… A

proposito di carne, te ne abbiamo lasciata un po'. Temo che a quest'ora si sarà raffreddata».

Cara sollevò il foglio di alluminio dal piatto. Il grasso si era rappreso intorno alla pancetta e alle salsicce, prima appetitose. Arricciò il naso e lo spinse via.

«Ehi», disse Seamus, guardandola da sopra la spalla. Sollevò il bicchiere. «Ti unisci a noi?».

Controllò l'ora. Erano le tre e dieci del pomeriggio.

«Un po' presto, no?»

«Da qualche parte del mondo sono le otto», disse Ferdia senza voltarsi.

«Avevamo bisogno di rilassarci un po'», spiegò Seamus.

«*Tu quoque*, Daithí», disse Cara, sorpresa.

«Se vai con lo zoppo...».

Cara si sedette a tavola, ma rifiutò l'offerta.

«Scusami», disse Daithí. «Era una battuta sciocca. È che siamo tutti un po' scossi».

«Siamo bloccati qui e là fuori da qualche parte c'è uno psicopatico...», disse Seamus.

«Forse è proprio in mezzo a loro», suggerì Ferdia, indicando con il bicchiere la troupe fuori.

Daithí scosse la testa.

«Non credo. Erano tutti a Derrane al momento della scomparsa. O dormivano per il jet lag o bevevano al pub».

«Non è impossibile, però», disse Ferdia.

«Vero, non è impossibile».

Tutti gli sguardi si spostarono sulla troupe fuori. Gli attori, quasi lividi per il freddo, stavano tornando ai loro posti per ricominciare a girare la scena che Cara aveva interrotto.

«Vorrei che il mio attore fosse più bello», disse Ferdia. Si rivolse a Seamus. «L'hai fatto apposta? Scommetto proprio di sì».

Seamus sospirò.

«No, Ferdia, non l'ho fatto apposta».

Cara osservò i loro visi di profilo, gli occhi incollati sugli avatar in giardino. Di tanto in tanto, si portavano il bicchiere alle labbra e sorseggiavano.

Quando avevano ripreso i contatti, le era sembrato tutto così semplice. Si erano scambiati messaggi impregnati del sole e del profumo di quelle spensierate giornate del passato. La promessa di tempi più semplici, più felici. Quando erano giovani, e non era ancora successo nulla di brutto. Quando Ferdia era solo un marmocchio spocchioso. Non uno spacciatore di veleno. Cara non riusciva ancora a capire che cosa stesse succedendo. Era vero, l'altra sera, quando ci aveva parlato, stava fumando una canna. Ma se avesse dovuto arrestare tutti quelli che fumavano erba… non avrebbe smesso più. Proprio come il whisky che avevano davanti, l'erba poteva anche non essere un problema, se finiva nelle mani giuste. Ma purtroppo non sempre le droghe finivano nelle mani giuste. Bastava pensare al povero Patrick.

«Come procede l'indagine?», chiese Daithí. «Stavamo cercando di stilare una lista di sospetti. Chi potrebbe aver inviato le lettere, cosa c'era nel pacco, cose così».

«E siete arrivati a qualcosa?».

Daithí scosse la testa.

«No, non ci è venuto in mente nulla».

«Seamus ha delle teorie stravaganti», disse Ferdia.

«No, non è vero, erano solo ipotesi».

«Mi sorprende che i tuoi film guadagnino qualcosa, visto il modo in cui ragioni. La sua teoria migliore è che un tizio a caso sia venuto sull'isola per divertirsi. E che poi se ne sia andato a nuoto. Qualcosa del genere».

«Non stavo dicendo che è andata così, stavo solo buttando giù delle idee!».

«No, eri serio», fece Ferdia con un ghigno.

«Non ero serio, idiota!».

Ferdia spinse indietro la sedia e si girò completamente verso Seamus.

«A chi hai dato dell'idiota? A me?», chiese, senza la minima traccia di umorismo.

Seamus divenne paonazzo, tremando in tutto il corpo per trattenere la rabbia. Ma non disse né fece nulla.

«Bravo cagnolino. Seduto». Ferdia gli diede un buffetto sulla guancia e tornò a guardare la troupe e a sorseggiare il whisky.

«Ragazzi. Potete darci un taglio?», disse Daithí. «So che siamo tutti un po' nervosi per quelle lettere, ma non è il caso di prendercela gli uni con gli altri».

Ferdia lo ignorò. Seamus, ancora rosso in viso per l'umiliazione, si limitò a gettargli un'occhiataccia.

«Ora che hai intenzione di fare?», domandò Daithí a Cara, facendo finta di niente. *Bella domanda*, pensò Cara. Guardò furtivamente Ferdia.

«Devo tornare in centrale a controllare un paio di cose». Verificare i trascorsi di Ferdia nel database…

«Stai indagando su quel ragazzo svitato? Questa era la mia teoria preferita. Hai detto che non è in grado di far male a una mosca ma non sono d'accordo. E domattina avrò i lividi a dimostrarlo», dichiarò Seamus.

«Lo sto tenendo d'occhio».

«Bene».

«Ma non credo che sia un tipo da lettere».

«L'apparenza inganna, Cara».

«È strano guardare i nostri *doppelgänger*», disse Ferdia, sempre fissando fuori, ignorando l'atmosfera e la conversazione che lo circondavano. «Stanno recitando le nostre vite… Di solito è una cosa che succede quando muori, no? Ti passa tutta la vita davanti agli occhi».

«Non sono *doppelgänger*», disse Seamus con un ghigno.

«Doppi, sosia, sai cosa intendo. Non fare lo scrittore sofisticato con noi. Ti credi sempre più intelligente degli altri».

«Un *doppelgänger* è la versione malvagia di una persona, non è solo un sosia. La gente si confonde sempre».

Ferdia bevve un sorso di whisky mentre osservava il cameramen fuori. «L'attrice che fa Sorcha è carina», disse.

«Dov'è Sorcha?», chiese Cara. Iniziò a guardarsi attorno, come se la sua amica fosse stata lì per tutto il tempo e non se ne fosse accorta.

«Ha preso un'altra pillola. È tornata a letto», rispose Ferdia.

«Un'altra? Forse non la sta gestendo molto bene».

Ferdia alzò le spalle.

«Nessuno la sta gestendo bene», disse Daithí, alzando il bicchiere.

«No», disse Seamus, sollevando il suo e facendolo tintinnare contro quello dell'amico.

Il debole «...e azione!» del regista penetrò i vetri sottili delle finestre.

«Qualcuno è passato a vedere come sta?», chiese Cara.

«È tutto a posto, non ti preoccupare», disse Ferdia.

«Vado io».

«Se proprio insisti».

Cara uscì nel corridoio e chiuse a chiave la porta d'ingresso, che era rimasta aperta. Sentì dei passi alle sue spalle, dalla cucina. Daithí uscì e accostò delicatamente la porta.

«Che succede?», chiese Cara.

Daithí si passò una mano tra i capelli. Poi si sfregò il viso e sospirò.

«C'è stato qualche progresso?», chiese a bassa voce. «Ti sei fatta un'idea più precisa di quello che sta succedendo?».

Cara gli si avvicinò.

«Per ora temo di no. Tu stai bene?». Allungò una mano e gli accarezzò il braccio. «Stai iniziando a innervosirti, vero?»

«Già. Siamo tutti nervosi. È da quando sono arrivate le lettere che quei due non fanno che aggredirsi. Volevo andare da Maura per riparare la serratura della porta sul retro, ma non me la sentivo di lasciarli da soli. Chiunque abbia scritto quelle lettere aveva intenzione di farci saltare i nervi. E ci è riuscito, direi».

«Già», disse Cara. «Se ti senti nervoso anche tu, ci è decisamente riuscito».

«Pensi davvero che uno di noi sappia qualcosa sul pacco?», chiese Daithí.

«Pare che l'assassino ne sia convinto». Quei due in cucina nascondevano qualcos'altro, Cara ne era certa. Incontri segreti con Maura. Spaccio. Cara guardò il volto aperto e stanco di Daithí. Per un attimo fu tentata di condividere con lui quello che aveva appena saputo. Ma si bloccò. Non sarebbe servito a niente. E amico o no, Daithí non era un Garda.

«Va' a casa di Maura, resto io qui con quei due. Non succederà niente, specie ora che ci sono Noah e gli altri. Penso che ti farà bene uscire un po' da questa casa».

«Forse hai ragione».

«Presto farà buio, non ti conviene andare troppo tardi. Non mi piace immaginarti là tutto solo senza luce. Magari potresti portarti dietro Seamus o Ferdia? Ti darebbero una mano, e la smetterebbero di starsi col fiato sul collo».

«È una buona idea. Ferdia ha detto che vorrebbe tornare di nuovo al pub per il Wi-Fi. Potremmo fare un unico giro».

«Perfetto. E grazie, Daithí».

«Di cosa?»

«Be' sai… di essere come sei».

«Ah, sì? Se devi ringraziarmi per una cosa del genere la situazione è grave». Le sorrise. Cara gli si avvicinò e lo abbracciò. Solo perché era la persona più stoica e forte che conoscesse, non significava che aveva sempre tutto sotto controllo. A volte se lo dimenticava anche lei.

Daithí tornò in cucina.

Cara proseguì lungo il corridoio. Si tolse le scarpe davanti alla porta della camera da letto di Ferdia e Sorcha. In silenzio, abbassò la maniglia ed entrò. Le tende erano tirate quasi del tutto e la luce del giorno si stava affievolendo, perciò la stanza era immersa nella penombra. Sorcha dormiva tranquilla sotto le vecchie coperte. I suoi respiri morbidi salivano e scendevano con un ritmo costante. Cara la guardò. I capelli biondi erano ancora raccolti in uno chignon disordinato. Tra tutti, Sorcha era quella che stava affrontando peggio la situazione, o almeno così sembrava. Ma Cara aveva la sensazione che il suo stress derivasse da qualcosa che era successo a Londra, più che dagli avvenimenti di Inis Mór. Per un momento, si sedette ai piedi del letto e guardò la sua vecchia amica. Le sue parole su Maura l'avevano ferita. Aveva detto che non era stata affatto una buona amica, ma Cara non era d'accordo. Ovviamente, Sorcha stava soffrendo, era vulnerabile.

Le dispiaceva per lei. Sperava che Stace e Lucy, le persone che aveva nominato il giorno prima, fossero buone amiche. Perché era ovvio che in quel momento riceveva ben poco amore da Ferdia. Cara le rimise sui piedi la coperta che aveva calciato via e gliene mise sopra un'altra. Si gelava lì dentro.

Poi si alzò di nuovo. Si guardò intorno. Ai lati del letto c'erano due comodini di laminato bianco che si abbinavano alle quattro ante dell'armadio sulla parete in fondo. Si avvicinò alle tende color pesca e crema – probabilmente all'ultima moda tanto tempo prima – e le scostò appena. Dietro, si vedeva soltanto la distesa bianca dell'isola. Le parole smorzate degli attori fluttuavano indistinte fino a lì.

Cara andò verso l'armadio. Guardando Sorcha, aprì con cura la prima anta. Le grucce in fil di ferro erano arrugginite, punteggiate di piccole macchie ramate dello stesso colore dei suoi capelli. Sorcha non si mosse. Cara le voltò le spalle e fissò il buio all'interno.

Toccò i vestiti. Guardò in mezzo alle scarpe afflosciate sul fondo. Nulla che fosse fuori posto. Controllò il ripiano superiore. Un cappello di paglia viola tarlato. Lo prese, sollevando una pioggia di polvere che la fece tossire. Sorcha si mosse. Cara si paralizzò e trattenne il fiato. Subito dopo, i respiri tornarono regolari. Cara buttò fuori il fiato e rimise il cappello al suo posto.

Passò all'anta successiva. Stavolta erano solo abiti da uomo. Sapeva che Ferdia aveva frugato là dentro per prendere in prestito i vestiti ridicoli che aveva indossato. Ma anche lì, nulla di strano. Richiuse in silenzio. Guardò di nuovo Sorcha per controllare che dormisse.

Si fermò.

Il suo sguardo si spostò sotto al letto. Gli angoli delle valigie avevano attirato la sua attenzione. Valigie nuove, senza nulla di storico o antico. Inginocchiandosi, Cara pensò che i coniugi Flaherty non ce le avevano nemmeno, delle valigie. Non avevano mai passato tanto tempo lontani dall'isola. Tirò fuori la prima e la aprì. I vestiti di Sorcha. Leggeri, poco pratici, per niente adatti alle temperature dell'isola. Sembrava che avesse dimenticato di aver vissuto lì per ventiquattro anni. Cara chiuse la valigia e la rimise a posto con cura. La seconda doveva essere di Ferdia. La tirò fuori e la aprì. Vestiti più pratici, ma altrettanto alla moda. Erano indubbiamente del suo amico. Ma c'erano solo vestiti, nient'altro.

Cara richiuse la valigia e si sedette sui talloni. Forse si sbagliava. Il suo intuito si era confuso. Si guardò intorno, ma anche nella penombra capì che non c'erano molti altri posti dove cercare. Spinse di nuovo la valigia di Ferdia sotto il letto. Qualcosa fece una leggera resistenza. La tirò fuori, si sdraiò sulla pancia e guardò sotto. C'era un'altra borsa. Più piccola. Si allungò per prenderla, arricciando il naso per la polvere, cercando di soffocare i conati di vomito. Toccò il tessuto. Afferrò e tirò, silenziosa come un topo. Non voleva svegliare la bella addormentata sul letto.

Riemerse, si mise a sedere e guardò la borsetta nera che aveva tra le mani.

Tirò la cerniera. Aprendosi, ogni dentino ruggiva come un leone alle sue orecchie.

Sbirciò e…

Una grotta di Aladino di narcotici.

Talmente tanti da stordire tutta la popolazione dell'isola, e non solo una volta.

E delle pillole, proprio come quelle che aveva trovato dentro la cattedra di Maura.

Ventisette

Cara spinse le valigie più grandi sotto il letto. Sorcha si rigirò, gemette. *Fai bene*, pensò Cara. Spinse via anche la borsa della droga. Nel punto esatto in cui l'aveva trovata. Uscì e tornò in cucina.

Ora a tavola c'era solo Seamus.

«Daithí e Ferdia sono andati da Maura?»

«Sì, hanno detto che torneranno più tardi», rispose Seamus. «Come sta Sorcha?»

«Dorme».

Cara si sedette.

«Tu cosa sai sul lavoro di Ferdia a Londra?»

«Non molto», disse Seamus. «Solo quello che ti ho detto l'altra sera. Concerti, musica, gruppi, quel genere di cose. Perché me lo chiedi?».

Cara fece spallucce.

«Ho sentito una cosa… Secondo te fa altro oltre alle band e al resto?»

«Tipo?», chiese Seamus, stringendo gli occhi in due fessure.

Cara rifletté a lungo su cosa dire. *Credo che Ferdia sia uno spacciatore*.

«Qualcosa di illegale…».

«Davvero?»

«Probabilmente non è niente. Devo solo tenere in considerazione ogni possibile elemento, sai».

«Se può aiutarti, a me non è arrivata nessuna voce del genere».

«Nessun problema». Cara si alzò. «Ok, devo fare un salto in centrale. Tornerò il prima possibile. Puoi tenere d'occhio

Sorcha? E so che è difficile, con la troupe e tutto, ma cerca di tenere le porte chiuse».

«Sicura di voler andare in centrale da sola?»

«Non abbiamo molta scelta, siamo dispari, non possiamo muoverci in coppie. E preferirei che ci fosse qualcuno a badare a Sorcha che dorme. Comunque, me la caverò. È il mio lavoro, dopotutto».

«Vero, ma insomma... Sta' attenta, Cars, non correre rischi. Io terrò d'occhio Sorcha».

«Grazie, Seamus, e non preoccuparti. Bene. Prima vado, prima torno».

Fece il giro del ripiano della cucina, chiudendosi la zip del cappotto. La neve la assalì nel momento in cui mise piede fuori. Nonostante tutto, le riprese proseguivano. Non che a Cara importasse: le sembrava una cosa così frivola in quel momento. Passò in mezzo agli attori senza dire una parola. Noah Jackson urlò: «Taglia» e le lanciò un'occhiata affilata, ma tenne la bocca chiusa. Cara passò davanti a Lexi, l'attrice che la interpretava, e la guardò. Teneva tra le mani una tazza di caffè per scaldarsi.

«Spoiler», le mormorò, «non finisce bene».

Nella cupa centrale dei Garda, lo schermo del computer proiettava un bagliore fioco. Il sole era quasi tramontato e la stanza sembrava essersi ristretta intorno a Cara. Il generatore di riserva aveva fatto il suo dovere e si era azionato, ma lei aveva deciso di non accendere le luci. Non voleva rivelare la sua presenza in centrale. Aveva bisogno di concentrarsi senza interruzioni.

Poter caricare il telefono era un sollievo. Non appena si collegò al Wi-Fi, lo schermo si riempì di messaggi e notifiche, come un flipper impazzito.

«La tempesta Susan sta causando il caos in tutto il Paese», dicevano diversi notiziari. Cara si lasciò sfuggire una risatina amara. *Davvero? Non l'avevo notato.* Secondo le previsioni, ne avevano per altre ventiquattro ore. L'indomani sera, la notte di Capodanno, la tempesta sarebbe passata. E a quel punto? Cosa sarebbe successo? Cosa le sarebbe rimasto? Non aveva bisogno di guardare la donna dai capelli rossi allo specchio per capire che la aspettava un anno difficile.

Inserì il nome di Ferdia nel sistema e lesse lentamente i risultati che le restituì. Una fedina penale non indifferente. Sei mesi a Mountjoy, quando aveva vent'anni, per possesso e spaccio. Quei sei mesi in cui aveva detto di essere stato all'estero, in Francia, per la laurea. Erano tutti così gelosi di lui. Se solo avessero saputo… E non sembrava che avesse imparato la lezione. Altri episodi, a intervalli regolari. Sempre più gravi. Accessi di violenza, una condanna per aggressione. Altri periodi dietro le sbarre di cui loro non avevano mai saputo nulla, nascosti durante i mesi non estivi passati a Dublino. Cara scosse la testa. Aveva imparato a farsi piacere l'arrogante e sarcastico Ferdia, ma non aveva mai pensato che fosse capace di violenza. Non aveva mai avuto paura di lui. Ma il giorno prima, quando era tornato, dopo la sfuriata, quando l'avevano sentito perdere la calma con Sorcha, aveva avuto un assaggio della persona che era veramente dietro quella maschera ben studiata. Se si fosse rivolta ai suoi colleghi a Londra… Cosa sarebbe emerso dagli ultimi dieci anni di Ferdia?

Qualcuno bussò. Cara si alzò. Il trucco delle luci spente non aveva funzionato. Aprì la porta e un volto familiare apparve sulla soglia. Daithí. Con un sorriso di sollievo, Cara si sedette di nuovo.

«Ciao. Posso entrare?».

Lei annuì. «Siediti», disse.

Daithí prese una sedia e si lasciò cadere di fronte a lei. Posò qualcosa sulla scrivania. Una chiave.

«Ho riparato la serratura, ci ho messo poco. Ho pensato che questa potesse servirti».

«Ah, perfetto. Grazie». Cara la prese e se la mise in tasca. «Com'è andata? Spero che nessun altro abbia cercato di entrare in casa».

«Sembrava proprio che fosse tutto come l'hai descritto tu, quindi penso di no».

«Bene».

«Cosa stai facendo?». Daithí indicò lo schermo con un cenno. «Se posso».

Anche se Cara era determinata a tenere la cosa segreta, in quel momento vacillò. «Sembra che il nostro vecchio amico Ferdia si sia dilettato nello spaccio di droga nel corso degli anni».

«Droga?», disse Daithí. «Davvero? Ah. Sono sorpreso».

«Lo so, anch'io. Comincio a chiedermi se Sorcha non avesse ragione», disse. «Forse è passato troppo tempo. Come si dice: "Mai guardarsi indietro"? Forse dovevamo limitarci a ricordare i vecchi tempi invece di cercare di riviverli».

«Già. Non so. È tutto diverso, sono d'accordo con te».

«Non dire a nessuno di Ferdia. Probabilmente non avrei dovuto dirlo nemmeno a te».

«Terrò la bocca chiusa, non preoccuparti». Daithí finse di chiudersi le labbra con una cerniera e si alzò.

«Ora vado. Ho lasciato il narcotrafficante a fare le sue telefonate di lavoro al pub, cosa che a dire il vero adesso mi fa un po' riflettere. Gli ho detto che sarei tornato con lui dai Flaherty. Ci vediamo lì più tardi?»

«Sì. Finisco qui e poi torno».

«Fantastico. Ci vediamo presto. E fa' attenzione».

«Certo».

Daithí uscì dalla centrale. Cara tornò a guardare lo schermo del computer, riflettendo sulla sua prossima mossa. Cosa poteva fare con quelle informazioni? E con la scorta di droga che aveva trovato sotto il letto?

Mentre rifletteva, il telefono squillò. Era un messaggio di Cormac Mullen, il preside. Il filmato era arrivato.

Aprì la posta elettronica e guardò un mucchio di e-mail in arrivo. L'ultima – mittente *Mullen, Cormac* – conteneva un allegato.

Cliccò, impaziente. Il file si scaricava lentamente, kilobyte dopo kilobyte. Il telefono squillò, ma Cara lo ignorò. Aveva occhi solo per lo schermo del computer.

Aveva il file video ora. Premette play. Si avvicinò per guardare meglio. A differenza del download, lentissimo, il suo cuore galoppava. Un'inquadratura ravvicinata della porta sul retro della scuola. Una macchia nera che non rivelava nulla, poi un individuo che indietreggiava e che il video coglieva solo di profilo. Un loop di due o tre secondi.

Non era Ferdia.

E nemmeno Maura, come aveva ipotizzato all'inizio.

La qualità era bassa, ma non poteva essere nessun altro. E nella tasca posteriore dei jeans? Un rigonfiamento familiare. Grande quanto una scatolina di latta. Una scatolina che poteva contenere erba e pillole.

Si portava il dito alle labbra, mordendosi le pellicine attorno alle unghie.

Uno chignon biondo disordinato.

Sorcha.

Ventotto

Cara fissò lo schermo. Sorcha? *Ma che diavolo…?*

Il cellulare, che per un attimo si era zittito, ricominciò a squillare. Cara lo prese senza guardare, gli occhi ancora fissi sullo schermo del pc. A cosa gioco stava giocando Sorcha?

Aveva così tante domande che non sapeva da dove cominciare. Il telefono continuava a vibrare con insistenza. Abbassò lo sguardo per vedere chi era.

Sullo schermo lampeggiava il nome di *mamó*.

Cara rispose. «Ehi, *mamó*».

«Cara», sussurrò lei. «Oh, grazie a Dio mi hai risposto».

«Che succede, *mamó*?», disse, alzandosi in piedi. «Perché parli a voce bassa?»

«Credo che ci sia qualcuno in casa».

«Cosa?». Il cuore di Cara fece un balzo, come se si fosse beccato la scossa delle piastre di un defibrillatore.

«Non temere, i bambini sono da Bríd. Ci sono solo io. Mi sto nascondendo nella stanza della TV. Ho spinto il divano contro la porta. Ho troppa paura per provare a scappare».

«*Mamó*, sto arrivando!». Cara aggirò di corsa la scrivania e uscì, infilandosi il cappotto alla svelta. Si chiuse la porta della centrale alle spalle, armeggiando per chiuderla con una chiave che sembrava essere raddoppiata di dimensioni in un istante. Rallentò un attimo, chiuse e corse verso la macchina. Casa sua non distava più di cinque minuti, ma in quel momento le sembravano cinque ore. Mise la retro e imboccò la strada con uno stridio di gomme. Accese gli abbaglianti: La strada era più buia del solito per colpa del blackout.

Passò davanti a Derrane, e intravide con la coda dell'occhio Daithí e Ferdia davanti alla porta. Schiacciò il freno, e i fari illuminarono un labirinto di strade completamente bianche. L'auto sbandò, scivolando su uno strato di fango e neve fresca. Cara aveva il terrore di distruggere la macchina, di schiantarsi e non arrivare in tempo da *mamó*. Di non riuscire a salvarla. Rallentò, lanciando un grido di frustrazione.

Fece una svolta brusca all'ultima curva, avvicinandosi troppo al muro di pietra. Si fermò davanti casa e scese in fretta e furia, ma perse l'equilibrio su una lastra ghiacciata del vialetto e fu costretta ad aggrapparsi alla portiera per non cadere. Il pupazzo di neve di quella mattina, con la sciarpa troppo stretta e la carota dal verso sbagliato, era ancora lì. Il sole era tramontato quasi del tutto, e le ombre creavano forme maligne ovunque, trasformando il gioviale e rotondo pupazzo di neve in un demone delle ombre.

Non chiuse la portiera per paura che l'intruso sentisse il rumore. Voleva che uscisse di casa, che si allontanasse da sua nonna. Ma prima doveva capire chi era. Aprì il bagagliaio dell'auto, più silenziosamente e velocemente che poté. Tirò fuori una grande torcia pesante come un mattone.

Si avvicinò alla porta d'ingresso. Infilò delicatamente la chiave nella toppa. Per fortuna, il vento si era un po' calmato. Sgattaiolò dentro. Le lampade da campeggio a batteria con le luci a LED bianche illuminavano alcune zone del corridoio, creando almeno qualche piccola pozza di luce nell'oscurità totale. Tese l'orecchio, fermandosi davanti allo specchio del corridoio. Una luce più tenue sul tavolo dell'ingresso proiettava un bagliore arancione verso l'alto, illuminandole grottescamente il collo e il mento. Sembrava un'adolescente che puntava la torcia dal basso verso l'alto per raccontare le storie di fantasmi agli amici. Invece quella era la vita vera.

Rimase immobile ad ascoltare, lanciando un rapido sguardo in direzione della sala della TV: sapeva che *mamó* si era nascosta lì. Sentiva i battiti impazziti del suo cuore nelle orecchie e cercò di calmarsi. Contò i respiri, trattenne il fiato, poi lo buttò fuori. I suoi battiti rallentarono un po'. Provò ad ascoltare.

Niente.

Fece un passo nel corridoio che portava alla parte posteriore della casa. Niente.

Un altro passo.

E poi lo sentì.

Dalla sua stanza. Il rumore dell'anta di un armadio che si apriva. Pianissimo. Chiunque fosse... sperava di non farsi sentire. La stanza si trovava sul retro della casa, e Cara era arrivata in macchina dalla strada del paese, quindi probabilmente non l'aveva sentita arrivare.

Fece un altro paio di passi lungo il corridoio, evitando le mattonelle che scricchiolavano. Per fortuna aveva una mappa istintiva a mente – erano anni che doveva fare attenzione, per non svegliare i bambini. Altri rumori dalla sua stanza. Nel punto in cui si trovava ora, poteva contare solo sul fascio di luce della torcia, niente lampade da campeggio. La puntò in fondo al corridoio vicino alla porta. La scheggia di luce catturò un ghigno demoniaco, denti grondanti sangue, occhi folli. Cara urlò. Solo dopo si rese conto di ciò che aveva visto. Era il giocattolo del clown malvagio che Cathal aveva voluto a tutti i costi a Natale. Lasciato lì per terra.

«Gesù», piagnucolò. E ora, dalla camera da letto, silenzio. Impossibile che l'intruso non si fosse accorto della sua presenza.

Sentì *mamó* aprire la porta in fondo al corridoio. Poi le arrivò la sua voce terrorizzata: «Cara? O mio Dio, Cara!».

«Sto bene, *mamó*! Non preoccuparti! Torna dentro!». Uno scalpiccio dall'interno. Il rumore di una finestra che si apriva.

Cara si precipitò alla porta. Ma l'esplosione di aria gelida e le tende che volavano bastarono a farle capire che l'intruso era fuggito. Corse alla finestra. Si lanciò fuori, nell'oscurità, e atterrò sulla neve. Rotolò e poi si rimise in piedi, afferrando di nuovo la torcia. La agitò a destra e a sinistra in preda alla disperazione. Era stata così vicina ad avere una risposta, a capire chi c'era dietro quell'incubo. Ma l'intruso era sparito. Corse verso il muro del giardino, inciampando in ostacoli invisibili. Barcollò, si rimise in piedi. Il fascio di luce della torcia si muoveva qua e là senza soffermarsi su nulla, facendole venire il mal di mare.

Si precipitò fuori, in strada. Ansimando, con il fiato congelato che le usciva di bocca, continuò a guardare, a cercare. C'era quel buio tipico del crepuscolo, non della notte, ma era sufficiente a togliere la patina di realtà dal mondo, a trasformarlo in idee e ricordi vaghi. Oltre i muretti di pietra, il mondo poteva aver schierato il suo esercito più terribile, e lei non poteva saperlo. Non vedeva niente.

Corse nel vuoto. Urlò di rabbia, tristezza, frustrazione. Gridò affinché la creatura, il demone responsabile di quell'incubo, sentisse il dolore, in qualsiasi angolo dell'inferno si fosse nascosto. Era lì, era vicino. E sarebbe tornato a prenderli. In un modo o nell'altro.

Ventinove

Cara entrò nella sua camera da letto e si guardò attorno. Anche se era piuttosto buia – le lanterne a batteria facevano davvero poca luce – se ne accorse all'istante. Sembrava che lì dentro si fosse abbattuta una tempesta in miniatura.

«E da nessun'altra parte?». Si girò verso la nonna.

«No, ho controllato dappertutto. Mi sembra che non abbiano toccato nient'altro. È buio e forse domani mattina riusciremo a vedere meglio, però non credo».

Cara annuì.

«E tu stai bene? Deve essere stato terrificante».

«Non ho passato una bella mezz'ora, devo ammetterlo. Ma mi riprenderò».

«Lo spero. Non avrei mai immaginato che potesse succedere, altrimenti…».

«Non potevi assolutamente prevederlo. Mi dispiace solo essermi nascosta dietro il divano per tutto il tempo: non so dirti nulla di utile».

«Smettila subito, *mamó*. Grazie a Dio sei rimasta al sicuro. Scoprirò chi è stato, non preoccuparti». Cara abbracciò di nuovo la nonna. Erano tutte e due molto scosse.

«Puoi passare la notte da Bríd? Ha una stanza degli ospiti? Non voglio che restiate qui da soli. Anche con Maurice e Conor. Farò avanti e indietro per le indagini, soprattutto adesso che la questione è ancora più personale. Non riuscirei a concentrarmi sapendo che sei qui».

«Sospetto che chiunque sia stato non tornerà, ma sono d'accordo, meglio non correre il rischio. Sono sicura che Bríd sarebbe felice di ospitarci e so che ai bambini piace rimanere lì».

«Ok, puoi chiamare Bríd mentre io preparo uno zaino per loro?»

«Certo».

Mamó si diresse verso la cucina e il telefono fisso, che per fortuna funzionava indipendentemente dall'elettricità e dal Wi-Fi. Cara non voleva pensare a cosa sarebbe potuto accadere se *mamó* non fosse riuscita a tirare il lungo cavo della cornetta fino alla sala TV e chiamarla.

Anche se il resto della casa era intonso, e l'epicentro del terremoto era stato camera sua, Cara rabbrividì. L'intruso avrebbe potuto fare qualsiasi cosa, una volta capito che quello che cercava non era lì. Perché era ovvio che cercava qualcosa. L'introvabile pacco. Forse a quel punto avrebbe iniziato a perlustrare il resto della casa e avrebbe trovato la nonna rannicchiata nella sala TV. Maura era stata uccisa. L'assassino faceva sul serio. Aveva mandato delle lettere minatorie proprio quella mattina, ma non se ne sarebbe rimasto con le mani in mano ad aspettare che qualcuno gli consegnasse il pacco. E di sicuro sapeva che, se il pacco ce l'aveva Cara, non glielo avrebbe restituito tanto facilmente.

Sentì la voce smorzata della nonna dalla cucina e fu travolta da un impulso intensissimo di scoppiare in singhiozzi. Di liberare quella terribile angoscia, quel terribile dolore. Invece chiuse gli occhi e prese un respiro così profondo che lo sentì persino nelle piante dei piedi. Doveva andare avanti. Non poteva fermarsi a piangere. Non ancora.

Andò in camera dei bambini e preparò un pigiama e un cambio di vestiti per ciascuno. E fu in quel momento che l'ondata del senso di colpa la invase. Avrebbe voluto preparare le valigie anche lei.

Aveva pensato che far rimanere Maurice e Conor fosse sufficiente. Ma non aveva protetto la nonna. Solo la fortuna aveva impedito che le accadesse qualcosa di brutto. Non riusciva a liberarsi da quel peso. E se ci fossero stati anche i bambini con lei? E se *mamó* non fosse riuscita a raggiungere il telefono fisso? E se Cara non si fosse trovata nell'unico posto con il Wi-Fi funzionante, l'unico posto in cui aveva potuto ricevere la telefonata? Quanti "e se". Cara non voleva che la sicurezza della sua famiglia fosse appesa a dei "se".

Sentì un'auto fermarsi fuori. Andò alla finestra e scostò la tenda. Erano Bríd e Maurice a bordo della loro vecchia auto. La luce era accesa all'interno e poteva vedere Saoirse e Cathal sui sedili posteriori.

Cara e *mamó* si incontrarono nel corridoio, ciascuna con uno zaino in mano.

«I bambini sono in macchina», disse Cara.

«Sì, Bríd ha detto che volevano vederti di persona, hanno sentito la nostra conversazione al telefono».

«Oh, no».

«Hanno solo scoperto che c'è stata un'effrazione, niente di più».

«Ok, be', esco con te».

Cara chiuse la porta, poi lei e *mamó* si misero a correre, cercando di resistere all'urto del vento. Una volta raggiunta l'auto, *mamó* la abbracciò velocemente e le diede un bacio sulla guancia. «*Bí cúramach*», le sussurrò all'orecchio. Una frase che Cara le aveva sentito dire tante volte ai bambini. Quando si avvicinavano troppo al fuoco, quando con i loro ditini si chiudevano una porta alle spalle senza guardare, quando facevano penzolare un gomitolo di lana davanti a un gatto troppo esaltato: fa' attenzione.

«Sì», rispose Cara in un sussurro.

La nonna fece il giro della macchina e salì dall'altro lato.

Cathal abbassò il finestrino.

«Mamma, stai bene?», chiese. Saoirse si appoggiò a lui e la guardò con due occhioni azzurri che nascondevano la stessa domanda del fratello.

Cara si piegò, si appoggiò al finestrino e si allungò nell'abitacolo per stringerli in uno scomodo abbraccio. Inspirò il loro profumo innocente e confortante. Fu quasi sopraffatta dal dolore.

«Sto bene, amori miei». Guardò prima Cathal, poi la sorella. «Va tutto bene».

«Sei sicura?», chiese Saoirse.

«Certo. Va tutto bene. E in caso contrario, sono comunque la migliore Garda di Inis Mór, quindi non avete nulla di cui preoccuparvi».

«Mamma», disse Cathal, «non sei l'unica Garda di Inis Mór?»

«Mi hai fregato, ragazzo!». Gli diede un pizzicotto sulla guancia e gli sorrise. Fu ricompensata da un ampio sorriso.

«Ora andate, e vi prometto che quando la tempesta sarà passata le cose saranno un po' più normali da queste parti. State con la nonna, fate i bravi e divertitevi a casa di Bríd. Ci vediamo domattina».

«Va bene, mamma», risposero i bambini, rassicurati dal suo buonumore.

Cara ringraziò Bríd e Maurice e li salutò. Si avviò verso casa, entrò e chiuse la porta. A chiave. Prese due luci a batteria dal corridoio e si diresse verso la sua camera da letto. Raccolse il terrificante pagliaccio giocattolo e lo mise nella stanza vuota e silenziosa di Cathal.

Una volta entrata in camera, posizionò una luce sopra la cassettiera e l'altra sul comodino e iniziò a guardarsi intorno. Sarebbe sembrata accogliente, persino romantica, se non fosse stato per i vestiti e gli scatoloni tirati fuori dall'armadio, i libri sparsi sul pavimento e tutti i cassetti rovesciati a terra. L'intruso aveva rovistato in ogni angolo. Più che una camera da letto, sembrava l'epicentro di un'esplosione.

Cara cominciò a riordinare e a indagare, alla ricerca di qualche oggetto rubato. Ma sapeva che l'intruso non aveva preso nulla. Chiunque era stato, cercava solo il pacco. Conosceva Maura abbastanza bene da sapere che avrebbe potuto darlo a Cara e chiederle di nasconderlo.

E quando era saltato dalla finestra, nell'oscurità, doveva essersi sentito più frustrato che mai.

Piegò e rimise i vestiti nei cassetti, i libri sulle mensole.

Raccolse le scatole di abiti estivi che erano state tirate giù dallo scaffale più alto dell'armadio, e le rimise al loro posto.

Nella penombra, il suo sguardo si soffermò su una scatola. Vecchi album di fotografie. Di quelle estati. Si sedette sul tappeto, accavallò le gambe e aprì il primo. Era troppo buio per distinguere le facce, ma sapeva che il passato le stava restituendo lo sguardo. Quei volti freschi e innocenti. Avrebbe potuto prendere il telefono e accendere la torcia. Ma avrebbe sprecato batteria. O almeno fu quello che si disse. Forse la verità era che non sopportava il pensiero di guardare davvero. Cosa avrebbe visto? Solo l'ombra di persone che un tempo conosceva. Chi erano adesso? Ferdia e Sorcha, invischiati nella droga. Seamus e Maura, con i loro segreti. Era difficile non sentirsi soli. Credeva che il mondo fosse pieno di persone che amava e che conosceva. Invece, adesso, era popolato da estranei.

Mise a posto gli album. Non le risollevavano il morale, né l'aiutavano con le indagini. Raccolse anche i gingilli e i cimeli di gioventù che aveva conservato nella stessa scatola e che si erano sparpagliati sul pavimento. Là dentro doveva esserci anche la sua palla di vetro con neve, la stessa che aveva Maura. Al contrario dell'amica, Cara non era così stravagante da esporla in casa. Ma di certo non se ne sarebbe mai sbarazzata. Prese la torcia e si guardò attorno. Si girò, si mise in ginocchio e la puntò sotto il letto. La luce rimbalzò su un globo di vetro. Per la seconda volta quel giorno, Cara si sdraiò sulla pancia e recuperò qualcosa da sotto il letto. Stavolta però era un ritrovamento felice. La sfera doveva essere rotolata sul pavimento. Si mise a sedere e la agitò. Anche nella semioscurità, i fiocchi di neve turbinavano e scintillavano. Due amiche felici. Cara la agitò ancora, guardò la neve brillare e depositarsi. E poi di nuovo. Guardò e riguardò la neve finta. Sapeva che Maura aveva voluto dirle qualcosa quando l'aveva lasciata là. Se solo fosse riuscita a capire cosa…

Un suono in corridoio. Il telefono che squillava. Si alzò e prese una delle lampade. Si diresse verso la cucina. La sagoma dell'albero di Natale alla finestra, appena visibile nell'ultimo raggio di luce, sembrava un mostro con i tentacoli. L'eco del telefono che squillava nella stanza buia e vuota era un grido alieno. Cara si avvicinò. Si rese conto che aveva ancora la palla di neve in mano. La posò e rispose.

«Pronto?», disse. Era strano non sapere chi ci fosse all'altro capo del telefono.

«Cara, sono Daithí. Va tutto bene?». Sembrava affaticato. «Io e Ferdia ti abbiamo visto passare in macchina, ma non sei tornata dai Flaherty».

«Ora è tutto a posto, ma ho ricevuto una telefonata da *mamó*. Qualcuno è entrato a casa mia, e ha messo a soqquadro la mia stanza con la nonna qui».

«Ma è terribile. Lei come sta?»

«È sconvolta, ma per il resto sta bene, grazie al cielo».

«È tutto collegato, vero?»

«Sì. Stava cercando il pacco, per forza. Che ovviamente non è in casa mia».

«Che diavolo c'era in questo pacco? È tutto così strano».

«Lo so, Daithí. L'assassino non è l'unico a volerci metterci le mani sopra. Vorrei riuscire a capire dove l'ha messo Maura. Ho ripercorso il suo itinerario, mi sono fermata a ogni casa sul tragitto. Nessuno ha visto niente o sa niente. Nessun indizio. Non ho potuto perquisire casa di Maura, ma sembra che il responsabile l'abbia fatto al posto mio. Non sarebbe venuto qui se l'avesse trovato. Ho interrogato lo stalker di Maura e dice di averla persa di vista dopo averla rintracciata quella mattina presto. Quindi non è stato d'aiuto. E credo che Maura mi abbia lasciato un indizio, ma non riesco a capire cosa volesse dire». Cara guardò il globo. L'aveva appoggiato sopra un mucchietto di oggetti sparsi accanto al telefono. Era la classica pila di cose che si creava in tutte le case, fatta eccezione forse per quelle più ordinate. Ce n'era una anche da Maura. Lettere e giornali e via dicendo. E la sua amica ci aveva messo sopra la palla di neve.

«Qual è l'indizio?», chiese Daithí. «Forse posso aiutarti».

Cara fissò la sfera. Si sentì avvolgere da un'ondata di calore. Un'idea si stava formando nella sua testa.

«Sai, non ce n'è bisogno», disse, con il cuore che accelerava i battiti. «Credo di aver capito. Devo andare».

Riattaccò, prese le chiavi della macchina e corse fuori. La piccola sfera di vetro rimase sul bancone della cucina, sopra i giornali e i volantini. Il bagliore fioco della lampada da campeggio lì accanto la attraversava, illuminando gli ultimi fiocchi sintetici, che cadevano con dolcezza intorno alle due amiche.

Trenta

Saltò in macchina e partì. La parte posteriore dell'auto slittò sul ghiaccio, e dallo stridore del metallo intuì che aveva centrato il paletto alla fine del viale. Rallentò, frustrata per l'inconveniente. Le era venuta in mente una cosa mentre era in cucina a guardare la sfera di vetro e a parlare con Daithí. La pila di fogli sotto. Era quella la chiave. Non la sfera in sé, ma quello che c'era sotto. Doveva essere così. Maura sapeva che Cara ci avrebbe fatto caso e avrebbe capito che non era al solito posto.

Anche prendendosela con calma, arrivò a casa dell'amica in tre minuti. Afferrò l'ingombrante torcia dal sedile del passeggero e si precipitò alla porta posteriore, attraversando il sentiero che aveva scavato in precedenza nella neve. Il suo candore rifletteva il bagliore della torcia, come le luci guida di una pista d'atterraggio. Cercò in tasca la chiave che le aveva dato Daithí. Pur con i guanti di pelle nuovi, Cara aveva le dita fredde e intorpidite. La parte del viso lasciata scoperta sopra la sciarpa e sotto il cappuccio era congelata. Non erano ancora le 18, ma dovette aiutarsi con la torcia per inserire la nuova chiave nella serratura. Puntò la luce oltre la finestra posteriore e illuminò la palla di neve. Era ancora al suo posto, dietro la porta, in cima alla pila di fogli. Quali segreti nascondeva?

Cara aprì e fece un passo. Puntò la torcia in giro. Era tutto identico a quella mattina. Fortunatamente non c'erano state altre effrazioni. Con le mani guantate, sollevò con cautela la palla di neve e la mise da parte. Puntò la luce sul mucchio sottostante. Lettere e giornali, come pensava. Appoggiò la torcia sul davanzale, inclinandola in modo da poter controllare il mucchietto. Sfogliò rapidamente, alla ricerca di un biglietto. Ma non c'era niente. Quindi prese a esaminare con cura ogni singolo foglio. Due lettere. Una bolletta della luce e un estratto conto bancario. Controllò qualsiasi cosa, cercando di capire se ci fosse un messaggio nascosto. Niente. Trovò un bollettino parrocchiale e lo sfogliò in cerca di qualche indizio. Nient'altro che notizie. Poi aprì il giornale. Era piegato sul cruciverba che Maura aveva iniziato. C'era una risposta compilata, ma nient'altro. Cara lo spiegò e controllò ogni pagina. Ancora niente. Lo rimise come l'aveva trovato, sempre più frustrata e sempre meno sicura che il suo lampo di ispirazione fosse giusto.

Raccolse il mucchio di fogli. Forse le serviva solo una luce migliore. Forse c'era davvero qualcosa, solo che non riusciva a vederla. Uscì, chiudendosi la porta alle spalle. Mentre si voltava, la torcia le scivolò dalle dita e cadde a terra con un rumore sordo. Sentì le pile che rotolavano via. Tenendo il mucchio di fogli in alto con una mano, si accovacciò nell'oscurità, annaspando alla ricerca delle batterie. Ma le sue dita toccavano solo cumuli di neve fredda, in cui scomparivano come dentro castelli di sabbia. Non voleva rischiare di bagnare i fogli, perché se c'era davvero un indizio là in mezzo l'avrebbe rovinato. Doveva appoggiarli in macchina e tornare a cercare.

Con cautela, un piede dopo l'altro, guidata dalla poca luce che rimbalzava sulla neve bianca, raggiunse l'auto. Posò tutto sul sedile del passeggero e chiuse. Il rumore della portiera che sbatteva sembrò riverberare per chilometri, riecheggiando nella solitudine. Alzò lo sguardo verso casa di Maura. La linea del tetto si vedeva a malapena contro il cielo scuro. Un uccello doveva essersi rannicchiato vicino alla canna fumaria per ripararsi dal vento. Fu attraversata da un brivido. Ma stavolta il freddo non c'entrava niente.

Ripercorse il tragitto al contrario, camminando a passo lento, costante, misurato. Raggiunse la parte posteriore. Lì era ancora più buio. Si accovacciò e tese le braccia, alla ricerca delle pile. Si portò una mano guantata al viso, scostò una ciocca di capelli sciolta, lasciando una scia umida sulla guancia. Trovò la prima batteria. Poi la seconda.

All'improvviso sentì un suono. Ma non era il vento che fischiava attraverso i bassi muri di pietra. Non era la neve pesante che cadeva dai tetti. Non era il verso di un animale. Era qualcosa di diverso. Si girò a destra e a sinistra. Tese l'orecchio, cercando di capire da dove provenisse. Si alzò lentamente, anche se non aveva ancora recuperato tutti i pezzi che erano saltati via dalla torcia. Fece qualche passo verso il lato dell'edificio. Almeno lì poteva vedere qualcosa. Si fermò. Immobile come una statua.

Alla sua sinistra.

Si girò. Il capanno.

Una sagoma uscì da dietro. Ma Cara non riuscì a distinguerne i tratti.

«Chi va là?», urlò. Nessuna risposta.

Cara non si mosse.

«Chi sei?», gridò ancora una volta.

Nell'oscurità sentì qualcuno che scoppiava a piangere. Stupita, si diresse in quella direzione. Le lacrime avevano dissolto ogni paura. Vide un volto.

«Patrick», disse, notando il viso angosciato di Kelly.

«Sono giorni che non la vedo», ansimò lui. «Di solito… di solito se la perdo riesco a ritrovarla. Dov'è? Dov'è la signorina Conneely?»

«Vieni qui». Cara lo raggiunse e gli prese la mano. Era così fredda che per poco non la lasciò andare di scatto. «Patrick, sei congelato. Da quanto tempo sei qui fuori?»

«Stavo solo aspettando… lei». Ricominciò a singhiozzare. Cara gli prese delicatamente il braccio e lo guidò lungo il vialetto, fino alla sua auto. Aprì la portiera del lato passeggero, sollevò i fogli e la posta che aveva messo lì un minuto prima, posò la pila con cura sul cruscotto e gli fece cenno di sedersi. Chiuse la portiera, andò al bagagliaio e tirò fuori una vecchia coperta che teneva lì dentro. Tornò da Patrick e gli disse di mettersela addosso.

Salì in macchina, inserì la chiave e mise in moto. Alzò il riscaldamento al massimo e accese la piccola luce. Il poveretto era bianco come un lenzuolo.

«Non puoi restare fuori con questo freddo, Patrick. Ti ammalerai».

Lui annuì, ma non disse nulla.

«Posso accompagnarti a casa?», chiese. Patrick scosse la testa. In realtà, Cara non era nemmeno sicura che fosse una buona idea. Non sembrava che nella sua minuscola roulotte ci fosse il riscaldamento. Cara decise di non muoversi per il momento, di farlo restare in macchina per scaldarlo almeno un po'.

«Puoi passarmi quelli?», chiese, indicando la pila di fogli. Li avrebbe guardati di nuovo, ora, sotto la luce a forma di V capovolta della macchina. Così Patrick avrebbe avuto un po' di tempo per scongelarsi, senza sentirsi l'obbligo di dover parlare con lei.

Lui glieli passò. Cara lasciò il giornale appoggiato alla leva del cambio e sfogliò di nuovo le lettere. Ora ci vedeva meglio, ma comunque non notava nulla di strano. Controllò se ci fosse scritto qualcosa all'interno delle buste. Ma anche lì, niente. Rimase seduta per un momento, guardando il buio, alla ricerca di forme riconoscibili all'interno di quel confuso mantello di oscurità e neve.

Probabilmente si era sbagliata. Si era fatta prendere dall'emozione. Posò le lettere davanti al foglio, vicino alla leva del cambio.

«Non farlo», disse Patrick. Cara si girò e lo guardò.

«Cosa?».

Il ragazzo allungò una mano gelida e raccolse il giornale che Cara aveva appena nascosto.

«È la sua grafia». Indicò l'unico indizio compilato.

«Sì, hai ragione», disse Cara.

«Le piacciono i cruciverba», disse, fissando il foglio.

«È vero», concordò Cara. In effetti, Maura amava i cruciverba. Li finiva in tempo record. Ma in quello aveva riempito solo una riga.

Cara prese il giornale e guardò più attentamente. L'unica risposta, scritta nelle caselle del dieci verticale, era *IL MARITO RIPOSA*.

Cara guardò l'indizio del dieci verticale: *Il presidente dell'Irlanda*.

La risposta non corrispondeva. E non si trattava di un cruciverba criptico, in cui le risposte erano strane quanto le domande. Era uno di quelli standard, che chiunque poteva risolvere. Domande semplici con risposte semplici. Non aveva senso.

O forse sì. Maura non aveva risolto un indizio. Ne aveva lasciato uno. Ecco cos'era che voleva farle vedere quando aveva posato la palla di neve su quel mucchio di fogli. *IL MARITO RIPOSA*.

Ma ora c'era un nuovo enigma. Cosa diavolo significava?

Trentuno

Cara accese i fari dell'auto. Gli occhietti di qualche animale notturno la fissavano dagli angoli delle siepi. Sterzò e fece manovra. Seguì la strada senza una destinazione particolare in mente. Continuava solo a pensare e ripensare a quelle tre parole. IL MARITO RIPOSA. Che cosa significavano? Maura voleva che cercasse da qualche parte, di questo era sicura. Il pacco era la chiave di tutto. Ed era chiaro, a giudicare dalle sue azioni, che non voleva che finisse nelle mani di nessun altro, se non le sue.

Patrick le sonnecchiava accanto, rannicchiato sotto una coperta leggera. Cara gli lanciò un'occhiata. Come prima cosa doveva occuparsi di lui, altrimenti non sarebbe riuscita a concentrarsi e a capire cosa voleva dirle Maura. In direzione di Kilronan, vedeva solo una manciata di puntini luminosi. Erano i pochi edifici che avevano dei generatori propri. Non era l'ideale, ma alla fine decise di andare a casa di Patrick. Doveva assicurarsi che avesse il riscaldamento e che restasse al sicuro. Una volta passata la tempesta, lo avrebbe aiutato in modo più concreto. Era quello che avrebbe voluto Maura. Ma nel frattempo doveva essere libera di indagare. Non poteva fargli da babysitter, non ora.

«Hai una stufa nella roulotte?», chiese.

«Ce n'è una piccola».

«Funziona?»

«Sì, ma costa molto».

«Tienila accesa. Non preoccuparti dei soldi. Me ne occupo io».

Nell'auto calò di nuovo il silenzio. Cara continuava a ripetersi in testa le parole del cruciverba. *IL MARITO RIPOSA.* Stava parlando di Cillian. Forse intendeva la camera da letto di Cillian? Magari aveva nascosto il pacco nella stanza in cui Cara aveva appena trascorso due notti? Possibile?

«Dov'è?». La voce di Patrick spezzò il silenzio. Cara sospirò. Non era il momento di dargli la notizia. Avrebbe avuto bisogno di sostegno, una volta saputa la verità.

«Di solito la vedo tutti i giorni. So dove va e non l'ho vista da nessuna parte».

Cara rallentò. Distrarlo, usare un sotterfugio… le sembrava l'unica opzione possibile in quel momento.

«È in giro, Patrick. E non puoi pedinare così le persone».

«La tengo solo d'occhio. È una cosa buona».

«Non credo, Patrick».

«Dov'è?»

«L'hai vista tu stesso con Seamus Flaherty, alla sua porta, l'altro giorno».

«È stato due giorni fa, non l'ho più vista da allora. Ho fatto il giro dell'isola. Sono anche tornato lì, nella casa vuota, la casa di quel ragazzo, per controllare se c'era. Ho guardato in tutte le finestre, ma niente».

«Hai guardato in tutte le finestre? Quando?»

«Ieri».

«Patrick, l'hai fatto nel cuore della notte?».

Il giovane non disse nulla, ma Cara lo vide annuire con la coda dell'occhio.

«Eri tu alla mia finestra ieri sera? Mi hai spaventato a morte!».

«Mi dispiace, cercavo lei».

Quindi era stato Patrick a fissarla dalla finestra. Non un assassino venuto a cercare il prossimo membro del gruppo da uccidere. Cara non sapeva bene cosa fare con quell'informazione. Prima dell'arrivo delle lettere, quegli occhi avevano dato un corpo al maniaco. L'avevano reso reale. E invece era solo Patrick e, a prescindere da quello che pensavano gli altri, Cara non riusciva a vederlo come un assassino. Ora invece il colpevole le sembrava ancora più irraggiungibile, ancora più misterioso.

«Cercavo lei», ripeté Patrick, la voce poco più di un sussurro.

«È in giro, è solo che non l'hai vista». Cara sentì che la sua voce si caricava di ansia. Rallentò fino a fermarsi e accostò, voltandosi a guardarlo.

«Significa molto per te, vero?»

«È... è sempre così gentile». La voce di Patrick era un misto di tristezza e speranza. «Tutti dicevano che ero stupido. Quando ero piccolo. Anche mio padre. Gli altri bambini a scuola erano cattivi con me, scherzavano sul fatto che mia madre se n'era andata, mi insultavano. Ma la signorina Conneely era diversa. Era sempre gentile. Aveva capito che le lettere erano tutte confuse, che il mio cervello non riusciva a dargli un senso e che non ero stupido. Non è colpa mia».

«Sei dislessico?»

«Sì, sì, si dice così. Diceva che era per questo che anche scrivere è difficile. Ma mi aiutava sempre e sono migliorato molto. Anche quando non ero più in classe con lei. Però sono ancora negato». Scosse la testa. «Mi arrabbiavo così tanto. A volte se non la smettevano picchiavo gli altri bambini. Lei non mi sgridava nemmeno in quei momenti. Diceva che conosceva qualcuno che si arrabbiava come me, quindi sapeva che non era davvero colpa mia. Diceva che gli ricordavo lui, e che anche lui si arrabbiava. Ma sapeva che in fondo era buono».

«Davvero?», disse Cara, chiedendosi se quel fantomatico "lui" fosse reale o se Maura lo avesse inventato solo per aiutare quel povero ragazzo.

«Sembra di sì. Mi ha detto che era il suo fidanzato quando era giovane. Il padre lo picchiava, proprio come il mio. E lui dava di matto come facevo io, per questo glielo ricordavo. Ma sapeva che anch'io ero buono».

Non era un'invenzione, quindi. Sembrava stesse parlando proprio di Seamus. Era l'unico ragazzo che Maura avesse frequentato da giovane, e aveva un padre violento. Cara lo aveva visto frustrato e arrabbiato. Maura aveva sempre avuto un'influenza calmante su di lui.

Patrick abbassò la voce, ed esitò. Sembrava sopraffatto dall'emozione. Poi, quasi sussurrando, disse: «L'ho colpita una volta, per sbaglio. Non si è nemmeno arrabbiata. Non volevo, mi stava solo fermando. Volevo picchiare Sean McDonough in cortile durante la ricreazione… Lei, lei… mi ha detto che non potevo, neanche per sbaglio. Ha detto che quel ragazzo l'aveva picchiata e lei aveva dovuto dirgli che non potevano più essere amici, e che avrebbe fatto lo stesso con me se non avessi imparato a gestire la rabbia».

Cara si pietrificò.

Continuò a fissare fuori dal finestrino, senza guardarlo.

«È vero, Patrick? Ti ha detto così?»

«Giuro. Giuro che è la verità».

Maura aveva confidato a quel povero ragazzo, triste e maltrattato, che Seamus l'aveva picchiata?

Oh, Maura.

Oh, Seamus. Non riusciva a crederci.

«E sei sicuro che ti ha detto queste precise parole? Che lui l'ha picchiata? Magari hai ricordi confusi perché eri più piccolo ed è passato tanto tempo?».

Patrick scosse vigorosamente la testa. «Sono sicurissimo. Quando me l'ha detto, mi sono sentito così triste. Non volevo colpirla, è stato un incidente. Ma il suo fidanzato… Non sono d'accordo con lei. Non credo affatto che fosse buono».

Cara non riuscì a dire nulla. Il suo cuore sprigionava una tristezza immensa, una macchia d'inchiostro scura che si allargava con lentezza e costanza verso l'esterno. Forse quello era il segreto peggiore che aveva scoperto fino a quel momento. Seamus aveva picchiato Maura. Eppure sembravano così innamorati. Come Cara e Cillian. Erano Heathcliff e Cathy, ma il loro amore folle non era mai sfociato nella violenza fisica. Ed era successo solo una volta, come aveva detto a Patrick? Cara era una Garda e sapeva bene che non era *mai* una volta sola. Perché Maura non glielo aveva detto? Invece di confidarsi con quel povero ragazzo di cui si prendeva cura? Forse le era sembrato più facile?

«Ho detto qualcosa di sbagliato?», chiese Patrick. Cara si girò e lo guardò, scuotendo la testa.

«No», fu tutto ciò che riuscì a dire.

«Dov'è?». Patrick ripeté il suo mantra. Cara si limitò a scuotere la testa.

«Era lei?», chiese poi. La sua voce era diversa.

Cara lo guardò, ma non disse nulla. Come un bambino che chiede se Babbo Natale esiste o no, in un primo momento Patrick non aveva cercato la verità. Aveva solo voluto rendere reale una menzogna. Quando le aveva chiesto dov'era, aveva cercato rassicurazioni. Voleva che qualcuno gli dicesse che Maura era sull'isola, da qualche parte. Ma adesso la sua domanda era diversa... E la risposta era proprio quella che non avrebbe mai voluto ascoltare.

«Era lei nella Tana del Serpente, non è vero? È per questo che non riesco a trovarla?». Gli si incrinò la voce.

«Patrick...». Cara cercò di trovare le parole.

«Avrei potuto salvarla. Se non fossi stato fatto. Se non fossi un debole».

«No, Patrick, non è andata così».

«Avrei potuto salvarla».

«No, non è andat...».

«NO!», ruggì, riempiendo l'auto di una sofferenza che nemmeno un intero pianeta avrebbe potuto contenere. Quel ragazzo aveva solo conosciuto dolore, dolore e altro dolore. Aprì la portiera e saltò fuori. Cara scese dalla sua parte e gli corse dietro, cercando la sua sagoma nell'oscurità. Ma lui era già sparito nella notte scura, senza stelle.

«No, Patrick, non avresti potuto salvarla», disse Cara al vuoto. «Era già morta».

Trentadue

Cara sapeva che era inutile. Non lo avrebbe mai trovato al buio. Ormai aveva fatto il giro dell'isola già due volte. Sarebbe stata una vera impresa anche senza la bufera di neve, e anche se ci fosse stata la corrente elettrica.

Passando davanti alla casa del ragazzo, rallentò. Nell'oscurità vide l'albero che si agitava al vento, come la mano di una strega disperata che cercava di abbrancare la roulotte. Parcheggiò. La torcia era ancora fuori uso sul sedile posteriore. Probabilmente era rotta, ma per fortuna era riuscita a caricare il telefono alla stazione. Lo usò per farsi strada lungo il sentiero che portava alla roulotte. Osservò le finestre buie. Non c'era nessuno. L'albero, maltrattato dalle raffiche di vento, scricchiolava. Una lastra di neve cadde con un tonfo sul tettuccio.

Tornò alla macchina e mise in moto. Pochi minuti dopo era davanti a casa Flaherty. Rallentò, spense luci e motore e si fermò. Tirò il freno a mano e rimase seduta nel buio. Seamus, Sorcha e Ferdia erano nel soggiorno illuminato dalle candele. Erano nascosti dalle ombre. Come le tre streghe di Macbeth davanti al calderone, stavano rimestando un velenoso miscuglio di segreti. Cara non era abbastanza vicina per vederli in faccia. Ma il linguaggio del corpo la diceva lunga. Non erano affatto rilassati. Quando uno dei tre si alzava, un altro lo seguiva immediatamente. Le lettere avevano reso tutti sospettosi. Stavano sorseggiando un intruglio fatto di sospetti perniciosi e dubbi maligni, invece che occhio di tritone e coda di rana.

Cara tolse il freno a mano. La macchina scivolò in avanti.

Non si fidava di sé stessa in quel momento. Ogni fibra del suo essere avrebbe voluto piombare in quella casa e arrestarli, portarli alla stazione di polizia e rinchiuderli tutti. I suoi cosiddetti "amici". Mentre si allontanava, si guardò indietro e intravide la finestra della camera di Cillian. Avrebbe voluto entrare e perquisirla, ma doveva aspettare. Le servivano le tenebre. A quel punto, si sarebbe intrufolata in casa senza che gli altri se ne accorgessero. Anche lei sapeva mantenere dei segreti. Mise in moto e partì.

Mentre percorreva la strada tortuosa, decise che non era più il caso di cercare Patrick. L'isola era una distesa buia, sarebbe stata fatica sprecata. Quando rallentò, si accorse di essere arrivata accanto al cimitero. Si fermò e scese. Si stava abituando al gelo, ormai, e non si scompose nemmeno quando il vento la schiaffeggiò. Si fece strada tra i sentieri del cimitero, fiancheggiati da alte lapidi. La torcia del telefono la avvolgeva in un misero arco di protezione. I suoi passi solitari nel silenzio. L'unica compagnia, gli abitanti del cimitero.

Si diresse verso una zona in pendenza, in alto a sinistra. Si fermò davanti all'ultima tomba all'angolo. Con una mano guantata, tolse la neve dalla parte anteriore. Puntò la torcia sul monumento in granito. Gli scintillii sul quarzo sembravano fiocchi di neve che non avrebbero mai smesso di cadere.

Cillian Flaherty 1988-2012
Amato marito, padre e figlio
In ár gcroíthe go deo

"Nei nostri cuori per sempre". Semplice ma vero. Si accovacciò e pulì la neve dal bordo della tomba. Si sedette.

«Ciao, amore», sussurrò. Le sue parole erano un miscuglio di tenerezza e angoscia. «Mi manchi. Mi manca già Maura. Le cose qui sono un casino. Un casino vero. Ma in realtà sono un casino da quando sei morto». Cara si strinse nelle braccia. Sentì la pelle del viso che le tirava per il freddo. Strusciò il piede su delle pietre a terra. «Domani saranno dieci anni. Non riesco a credere che sia passato così tanto tempo. Ti ricordi la nostra ultima sera insieme? Ci eravamo seduti davanti alla televisione, dopo aver mangiato gli avanzi del tacchino di Natale. I bambini erano finalmente a letto. E noi avevamo bevuto un bicchiere di vino. Solo io e te sul divano a guardare una stupida commedia romantica. Mi hai detto che stavi pensando di uscire con Seamus con il peschereccio per Capodanno, che avresti preso del pesce fresco da vendere ai ristoranti di Galway e avresti fatto un sacco di soldi. Per rimpolpare i nostri risparmi, dopo tutti i giocattoli che avevamo comprato per Natale a Saoirse e Cathal… Mi hai chiesto se per me andava bene. Ti ho risposto: "Certo, amore". Ti facevi sempre in quattro per noi. La sera dopo, quando mi hai salutato, mi hai baciato e mi hai detto: "Ti amo"… Sono state le tue ultime parole. Se solo avessi saputo che non saresti tornato, mi sarei incatenata a te. Ti avrei convinto a restare o sarei sprofondata sul fondo dell'oceano con te».

Una capra selvatica in un campo più in là lanciò un grido stridulo, un suono che a Cara sembrava sempre un urlo di dolore. Una seconda capra rispose e i due strilli si incontrarono da qualche parte in lontananza. Rabbrividì. Era il momento di prendere una decisione. Andare a piedi a cercare Patrick e controllare che stesse bene. Oppure tornare indietro e perquisire la stanza di Cillian.

Cara voleva disperatamente trovare il pacco. Voleva vederci chiaro. Voleva mettere fine a quella storia. Ma era anche preoccupata per il povero ragazzo. Cosa stava provando in quel momento? Seduta davanti alla lapide di Cillian, mentre rifletteva sulla perdita più grande che aveva dovuto affrontare, Cara capì che anche lui stava vivendo la stessa cosa. Però, a differenza sua, Patrick non aveva nessun altro. Nessuno che potesse raccogliere i pezzi del suo cuore frantumato. Aveva solo *lei*. E Cara temeva che potesse succedergli qualcosa di brutto. Non poteva abbandonarlo, non ora.

Eppure, era così vicina a trovare un indizio vitale… Poteva permettersi di perdere chissà quanto tempo nella ricerca – probabilmente vana – di una persona che non voleva essere trovata? Per quanto ne sapeva, l'assassino era pronto a colpire di nuovo. Le indagini avevano la precedenza, no?

«Maledizione!», urlò nella notte. Il grido riecheggiò nel vuoto. Era una scelta impossibile. Doveva esserci un'altra opzione. Aveva bisogno di aiuto. C'era solo una persona a cui poteva chiedere. Daithí. Poteva chiedergli di cercare Patrick. Lui l'avrebbe aiutata.

Tornò in fretta verso la macchina, salì e si diresse verso Kilronan. La luce di Derrane era come un faro nell'oceano che la guidava verso il villaggio. Si fermò davanti al pub, già pieno di macchine. Non si stupì. Gli isolani, stufi di restare dentro casa senza elettricità, avevano scelto di uscire e si erano radunati come tante falene nell'unico posto che aveva la corrente. Una luce calda brillava delicatamente dalle finestre. Cara si avvicinò e sbirciò dentro. I soliti clienti. E qualche nuova aggiunta, come sospettava. Non se la sentiva di vedere nessuno in quel momento. Erano arrivate delle voci a Cormac Mullen, e con ogni probabilità non era il solo. Ad accoglierla al pub stavolta non ci sarebbe stato il silenzio, ma domande, parecchie domande. Non era dell'umore giusto. D'altronde, non aveva molta scelta se voleva parlare con Daithí. Dov'era? Non vedeva nessuno dietro il bancone. Probabilmente era andato in magazzino per cambiare un fusto o qualcosa del genere. Cara rimase a osservare i clienti da fuori, al freddo. Guardò le fiamme che danzavano nel camino. Si sentiva come il piccolo Tim di *Canto di Natale*, oppure come la Piccola Fiammiferaia o addirittura un criminale bandito dal villaggio. Appoggiò la mano sul vetro. Non era ghiacciato, e le dita non le rimasero incollate. Fece un respiro profondo e aprì.

La prima sensazione fu di sollievo. Il calore del pub era come una coperta che la avvolgeva. Ma ben presto la sensazione piacevole svanì. Tutti i clienti puntarono gli occhi su di lei.

«Oh, guarda chi c'è», disse qualcuno.

«È vero?», chiese un vecchio seduto al bancone.

Facce arrabbiate e spaventate la fissavano da ogni tavolo, sgabello e angolo del pub. Paura e risentimento repressi vennero fuori all'istante come un genio che esce dalla lampada e incorda i muscoli.

Cara andò verso il bancone senza rispondere. Riconobbe dei volti amici al tavolo più vicino. Noah e alcuni dei suoi. Aiden e Lexi. Noah le sussurrò: «Qui si dice che c'è un cadavere sull'isola».

«Chi è?», domandò il vecchio. La signora Powell, la madre del proprietario del supermercato, si avvicinò e guardò Cara. La sua espressione non era scortese, ma le sue parole erano cariche di preoccupazione.

«Qualcuno mi ha detto che è stato ritrovato un corpo sull'isola. È vero?»

«L'ho sentito anch'io», disse la sua amica da un tavolo vicino. «Chi è morto, sergente? Ce lo dica, vogliamo la verità».

Nel pub si scatenò il caos. Un coro di voci che si sovrapponevano. Cara si schiarì la gola.

«Dovete calmarvi. Le chiacchiere, soprattutto in un momento come questo, non fanno altro che peggiorare la situazione».

«Sei un Garda, non un politico, rispondi a questa dannata domanda», intimò un cliente.

Cara decise che sarebbe stato meglio dare qualche informazione vaga. Così li avrebbe calmati un po'.

«Ok, sì, c'è stato un incidente. Ma conoscete la vita sull'isola, sapete quanto è dura. Queste cose capitano».

«Non ci faccia la predica su quanto è dura la vita sull'isola, lo sappiamo bene», fece la signora Powell.

«E chi sono questi ragazzi, questi sconosciuti?», chiese qualcun altro. Era Tomás, l'uomo che aveva trovato in mezzo alla strada la prima notte della tempesta. Ora guardava Noah e il suo tavolo con aria molto meno amichevole del solito.

Cara gli lesse la preoccupazione negli occhi.

«Tomás, sono solo turisti».

«A me non sembrano turisti! E una persona è morta. Dobbiamo credere che sia solo una strana coincidenza? Ci prende per matti, sergente».

«Hai ragione, non sono i soliti turisti: quello lì è il regista Noah Jackson», disse Cara, indicandolo. «E i ragazzi fanno parte della sua troupe. Sono con Seamus Flaherty, che conoscete tutti molto bene. Non c'è nulla di cui preoccuparsi».

«Ho saputo anch'io del cadavere», disse una voce dal fondo. «È Maura Conneely?», chiese Cáit Óg.

«È per questo che è venuta a chiedere di lei stamattina? Maura è morta?»

«Ha fatto delle domande su Maura anche a me», disse una vicina di casa di Cáit Óg. «Il corpo è di Maura Conneely?»

«Per ora ho detto tutto quello che potevo dire».

Cara si voltò. Non aveva tempo da perdere. Andò verso il bancone e sollevò la parte mobile in fondo per raggiungere Daithí in magazzino. Al diavolo torce, forconi e abitanti infuriati.

«Ehi, torna indietro!», disse qualcuno.

«Meritiamo delle risposte, Cara Folan!», strepitava un'altra voce arrabbiata.

Cara lasciò cadere bruscamente il ripiano di legno. Ci fu un botto assordante, e tutti si zittirono.

«Sergente Folan, prego», disse nel silenzio attonito. «E avrete altre informazioni quando riterrò che sarà il momento giusto. Bene. Buonanotte». Cara superò la porta in fondo e se la lasciò oscillare alle spalle. Più tardi avrebbe pagato caro quella sparata. Ma ora non le importava.

«Daithí?», chiamò.

Controllò nel magazzino. Non c'era traccia del suo amico. Percorse il corridoio che portava alla parte posteriore dell'edificio, dove c'erano gli alloggi.

«Daithí? Sono Cara! Mi serve un favore».

Infilò la testa nella minuscola cucina. Le luci erano accese, ma non c'era nessuno. Accanto al lavello c'erano piatti e bicchieri, e nell'aria si sentiva ancora l'odore di cibo. Qualcuno aveva cenato lì. Lo stomaco di Cara brontolò. Quand'era l'ultima volta che aveva mangiato? Il vento ululava attraverso la finestra. Fece qualche passo indietro, si girò. Attraversò il corridoio e si diresse verso il salotto.

«Daithí?», chiamò di nuovo. Bussò alla porta ed entrò. «Daithí? Sei qui?».

Sì, era lì. E c'era anche Courtney. Tra le sue braccia. I due si girarono e la fissarono come due adolescenti sorpresi dal parroco. Avevano le guance rosse, probabilmente per l'emozione del loro momento privato e l'imbarazzo di essere stati scoperti.

«Ah», disse Cara, pietrificata. Fu la prima a riprendersi e si voltò in tutta fretta. Percorse il corridoio e uscì dalla porta laterale, per evitare i clienti arrabbiati del pub. In strada sentì i passi di Daithí alle sue spalle. Un debole grido. «Cara!». Continuò a camminare. Daithí, insieme a Courtney. Non sembrava nemmeno una cosa recente. Altri segreti. Almeno Daithí... pensava che fosse diverso.

Si fermò in mezzo alla strada. Le finestre di Derrane proiettavano un piccolo raggio di luce intorno al pub. Gli alberi dove aveva perso il cappello l'altro giorno facevano da sentinelle. Non si scomodò a guardare in alto per vedere se era ancora lì.

«Cara».

Adesso Daithí era sul sentiero e la guardava. Le stava porgendo qualcosa. Cara si avvicinò. Il suo telefono. Doveva esserle caduto nella fretta.

«Oh. Grazie», disse in tono piatto. Non sapeva cos'altro aggiungere. Lo prese.

«Era per terra, in corridoio».

«Ok».

Daithí rimase lì senza dire nulla. Cara guardò il telefono che aveva in mano.

«È così?», riuscì a dire alla fine.

«È così cosa?»

«Non fare il finto tonto».

«Sto frequentando Courtney? Intendi questo?»
«Certo che sì».
«Ti interessa?».
Cara non riuscì a rispondere.
«Ero stanco di aspettare, Cara. Non ce la facevo più».
«A fare cosa?»
«Lo sai. A vivere nell'ombra di Cillian. A non essere come lui. A non essere abbastanza».
«Io non…».
«Non giustificarti, non è colpa tua. Cillian era perfetto, è per questo che lo amavo. Ma non posso più aspettare che tu mi ami, che mi veda come qualcosa di diverso da un fratello. La vita, purtroppo, va avanti».
«Non ho mai voluto…». Cara aveva finito le energie. Serbatoio vuoto, la spia del carburante si era accesa. Guardò Daithí e poi si diresse verso la sua auto. Aprì la portiera.
«Cara, aspetta». Lui la raggiunse. «Non andare. Ti prego». Cara si voltò e vide Courtney vicino alla porta. Salì in macchina, mise in moto e partì.

Trentatré

Cara guidava lungo le strade buie dell'isola. Non ne aveva motivo, ma si sentiva comunque arrabbiata con Daithí. Avrebbe dovuto fidarsi di lei e dirle di Courtney. Oppure confessarle cosa provava nei suoi confronti.

Perché quei sentimenti erano lì da tempo, aleggiavano tra di loro. Ma nessuno dei due era stato disposto a fare il passo successivo. O almeno così aveva sempre pensato Cara. Daithí non aveva capito che anche lei provava le stesse cose, e ora stava con Courtney. Forse erano meno gravi rispetto a quelli degli altri, ma alla fine anche Daithí aveva dei segreti, anche Daithí le aveva mentito. Omettere la verità contava come un segreto.

Cara continuò a guidare e dopo un po' si ritrovò nei pressi di casa Flaherty. E dell'abitazione vuota di Patrick Kelly. Era scappata da Daithí così in fretta che si era completamente dimenticata del motivo per cui era andata da lui. Ora era al punto di partenza. Doveva fare una scelta. Avrebbe dovuto cercare prima il ragazzo, che forse era in pericolo, o inseguire quella che poteva essere la pistola fumante del crimine?

Doveva fare entrambe le cose.

Prima avrebbe cercato il pacco. E poi si sarebbe concentrata su Patrick, così non avrebbe avuto più alcuna distrazione. Con un po' di fortuna, magari avrebbe scoperto che nel frattempo il ragazzo era già tornato a casa. Cara sapeva che stava cercando di razionalizzare. Ma alla fine, si disse, erano due compiti vitali. Era impossibile scegliere. Una vocina dentro la testa le disse di tornare da Daithí e coinvolgerlo nei suoi piani. Ma la ignorò. Non voleva parlare con lui. Non ancora.

Passò davanti a casa Flaherty e poi a casa Kelly. La prima era illuminata dalle candele, mentre la seconda era sprofondata nel buio più completo. Parcheggiò e scese. Avrebbe percorso l'ultimo tratto a piedi. Nessun rumore che potesse allertare gli altri.

Fece ancora una volta il giro della roulotte. C'era anche la possibilità che Patrick fosse là dentro al buio perché non aveva candele o torce. Bussò alla porta, sbirciò dentro dalle finestre. Niente. Proseguì fino a casa Flaherty.

Era buio e non vedeva dove metteva i piedi. Ma per precauzione evitò di usare la torcia. Un paio di volte perse l'equilibrio e scivolò, ma alla fine raggiunse l'edificio. Rimase immobile, sapeva che non aveva bisogno di un albero o di un muro o di qualcosa dietro cui nascondersi. In quel momento era sufficiente l'oscurità della notte. Percorse il viale il più lentamente possibile. Pregò che i vetri sottili delle finestre non la tradissero. Ora riusciva a vederli. Seamus, gli occhi bassi e la testa penzoloni, cercava di non addormentarsi sul divano. Sorcha era rannicchiata su una delle poltrone, con un drink in una mano e un libro nell'altra: *Is Mise An tOileán*, il memoir di Seamus. Ferdia era sull'altra poltrona. Sorseggiava un whisky e fissava il fuoco. Cara si sentiva uno stalker, come Patrick. Di tanto in tanto Ferdia gettava uno sguardo a Seamus, che sbatteva le palpebre e faceva del suo meglio per non chiuderle. Sorcha lanciava rapide occhiate agli altri due da sopra al libro quando pensava che non la stessero guardando. Uno stallo alla messicana.

A quel punto, Cara capì di avere un problema. Come faceva a entrare? La porta sul retro conduceva alla cucina, ed erano tutti là dentro. Non voleva assolutamente che si accorgessero di lei. Guardò a sinistra, lungo la facciata della casa, sul lato delle camere da letto. Avrebbe potuto forzare una delle finestre ed entrare da lì. La stanza di Cillian era l'ideale. Esitò e guardò la porta d'ingresso. Qualcosa le disse che doveva provare ad aprirla. Allungò una mano. Senza fretta, il più silenziosamente possibile, abbassò la maniglia. Ci fu un *clic* e la porta e si aprì. Non era chiusa a chiave. Quante volte si era raccomandata di fare attenzione? E comunque, possibile che la paura non fosse una motivazione sufficiente per chiudere a chiave? Dopotutto, erano gli unici a sapere la verità. C'era un assassino a piede libero sull'isola.

Cara entrò in casa. La moquette attutiva il rumore dei suoi passi. Nel corridoio, l'unica luce era una lampada da campeggio a LED. Si chiuse la porta alle spalle con due mani, stano attenta a non fare rumori.

Guardò a destra, verso la cucina. Una debole luce arancione filtrava da sotto la porta, che era ben chiusa, probabilmente per non disperdere il calore del camino. Nel corridoio si gelava, ma per la prima volta Cara era grata di quelle temperature impossibili: era improbabile che gli altri si avventurassero fuori dalla cucina. Avrebbe avuto tutto il tempo di cercare.

Si voltò verso la stanza di Cillian.

Aprì la porta ed entrò. Guardò prima il letto. Sembrava logico iniziare a cercare da là sotto. Si inginocchiò e puntò la torcia. Niente. Infilò le braccia sotto il materasso e mosse le mani in un ampio arco, come se stesse nuotando. Niente, nemmeno lì.

Forse Maura si riferiva alla camera in generale, non al letto nello specifico. Si alzò in piedi. Puntò la torcia verso la libreria. Niente fuori posto. Niente di strano o insolito.

Cara si fermò. Si voltò. Era un suono quello che aveva sentito? Qualcuno aveva aperto una porta?

Tese l'orecchio. Passi. Sì. Erano decisamente dei passi.

Stava arrivando qualcuno. E forse era diretto proprio in quella stanza.

Cara si guardò attorno. Dove poteva nascondersi? Aveva pochi secondi per decidere. Sotto il letto, o nell'armadio? Il letto, sì. Era l'indizio. L'avrebbe protetta. Si abbassò e rotolò sotto la struttura, appiattendosi contro la parete.

Appena in tempo. La porta si aprì.

Trentaquattro

Chiunque fosse, non era entrato con una torcia. Quel bagliore che si intravedeva era così fioco che poteva essere al massimo una candela. La stanza era immersa nel buio più totale, un buco nero in grado di risucchiarti. Tutto ciò che Cara riusciva a vedere, trattenendo il respiro, era una sagoma, un'ombra confusa. La sentì muoversi nella stanza. Prendere i libri dal ripiano e rimetterli a posto. Aprire e richiudere il cassetto della scrivania con più forza del necessario. Poi le ante dell'armadio. Cercava, cercava. Proprio come aveva appena fatto lei.

Avrebbe cercato anche sotto il letto? E dopo quanto?

Il cuore di Cara batteva così forte che si sorprese che il pavimento non avesse preso a vibrare allo stesso ritmo.

Chiunque fosse, si era avvicinato al letto. Lo capì dal fatto che i rumori erano più vicini. E anche dalle ombre incerte lasciate dalla fiamma della candela.

Un tonfo. Si era inginocchiato. Cara sentì un mini-terremoto, il materasso sopra di lei che si piegava mentre l'intruso rovistava. Non avrebbe trovato nulla, proprio come lei. E a quel punto avrebbe cercato sotto il letto. Nemmeno la luce di una candela era abbastanza debole da nasconderla.

Il letto era stato un errore. Almeno nell'armadio avrebbe potuto restare in piedi. Fuggire o attaccare, se necessario.

Lì, invece, era in trappola. Un vicolo cieco. Senza via d'uscita.

Il materasso smise di oscillare. L'intruso si era arreso. Aveva guardato ovunque. E ora restava solo un posto.

Cara si preparò. Era arrivato il momento. Stava per essere scoperta. Perlomeno avrebbe capito di chi si trattava.

La sagoma confusa di due mani. Due mani pronte a piegarsi sui gomiti per scendere. E guardare.

Poi un suono, in fondo al corridoio. Una voce.

«Ferdia?». Sorcha chiamò il marito dalla cucina. L'aveva perso di vista per troppo tempo, si era insospettita ed era andata a cercarlo.

Era Ferdia.

«Merda». La voce di Ferdia a mezzo metro di distanza. Inginocchiato accanto al letto.

Un fruscio, le molle del letto scricchiolarono e Ferdia si alzò.

Uscì dalla stanza a mani vuote.

Era lui a cercare il pacco. Cara era paralizzata. Le implicazioni di quella scoperta l'avevano lasciata di sasso. Se Ferdia cercava il pacco, significava che aveva anche scritto le lettere? E anche che…

Si sentì attraversare da un'improvvisa scarica di adrenalina. Si riscosse e uscì dal nascondiglio. Doveva andarsene da lì. Non poteva farsi scoprire. Aveva avuto fortuna, ma Ferdia sarebbe tornato. Si fermò sulla soglia e sbirciò fuori. Lui non c'era. La porta della cucina era chiusa. Si precipitò verso l'ingresso, con il cuore a mille. Rallentò e aprì la porta delicatamente, come se avesse tutto il tempo del mondo. Se la richiuse alle spalle proprio mentre quella della cucina si apriva di nuovo. Si schiacciò contro il muro fuori, lasciandosi inghiottire dall'oscurità.

Ferdia. Aveva cercato il pacco. Aveva fatto tutto quello che aveva fatto Cara. E, ovviamente, proprio come lei, aveva aspettato il momento giusto. Seamus dormiva, Sorcha aveva il naso nascosto in un libro e Cara non si vedeva da nessuna parte. Era stato lui a fare irruzione in casa di Maura e a rompere la serratura? Era per questo che si era presentato lì con quegli abiti ridicoli? Non cercava Maura, ma il pacco? Ed era stato lui a terrorizzare *mamó* e mettere a soqquadro la sua stanza? Cara sentì montare un'ondata di rabbia. Come aveva osato spaventare in quel modo sua nonna? Avrebbe voluto spalancare la porta d'ingresso, entrare là dentro e picchiarlo. Arrestarlo non sarebbe stato abbastanza.

Fece un passo indietro e azzardò un'occhiata in cucina. Vide solo Sorcha e Seamus che dormiva. Ferdia era di nuovo sparito. Si mosse il più velocemente possibile per raggiungere la camera di Cillian senza inciampare. Non le importava nemmeno di farsi scoprire.

Ma la stanza era vuota. Buia. Proseguì. Anche la camera di Ferdia e Sorcha era deserta. Avanzò. Ora era sul retro della casa. La luce che si intravedeva dalla finestra successiva – la stanza di Seamus – le fece capire che Ferdia era andato lì.

Si schiacciò lungo la parete e sbirciò all'interno, cercando di non farsi scoprire.

Ferdia stava frugando tra le cose di Seamus. Nell'armadio, nella scrivania. Nelle valigie.

Continuava a cercare.

Quindi Cara si era sbagliata. Il pacco non era nascosto nella stanza di Cillian. Non lo avevano trovato né lei né Ferdia. Non era quello che Maura aveva cercato di dirle. Si sentì schiacciare dalla disperazione. Era una situazione straziante. Avrebbe voluto mettersi a urlare. E invece rimase in silenzio, al buio, a guardare Ferdia. Lasciò che la notte gelida anestetizzasse il suo dolore.

Poi le venne in mente una cosa.

Non poteva essere stato Ferdia a spaventare *mamó*. Era a Kilronan con Daithí. Li aveva visti passando, mentre correva dalla nonna.

E allora? Più cose scopriva, più annaspava nel dubbio.

Quante persone cercavano quel pacco?

Trentacinque

Nascosta nell'ombra, Cara osservò Ferdia che continuava a frugare metodicamente nella stanza di Seamus senza trovare nulla. Era sempre più frustrato, si vedeva. Sembrava meno attento quando rimetteva a posto le cose. Sbatteva le ante. Si lasciava sfuggire qualche imprecazione, che i vetri sottili delle finestre facevano arrivare fino a lei.

Si allontanò dalla casa e si schiacciò contro il muro del capanno. Da lì poteva osservare tutta la stanza di Seamus, con la certezza di essere invisibile. Le sembrava di essere la spettatrice di un film dell'orrore.

Lo vide prima di Ferdia. Se fossero stati al cinema, il pubblico avrebbe urlato: «È dietro di te!».

La porta si aprì.

Seamus, con gli occhi assonnati, entrò nella stanza con una candela in mano. Alla luce fioca della candela gli ci volle un attimo per capire cosa stava succedendo, per rendersi conto che c'era qualcuno lì con lui. Per riconoscere Ferdia.

Ma poi in un attimo era perfettamente lucido.

Cara udì subito le loro voci alterate. Seamus urlava. Alzarono i toni e a quel punto Cara distinse anche qualche parola. Ma erano tutte in irlandese. I suoi amici parlavano la lingua madre quando lei non c'era.

Seamus continuò a inveire, ma Ferdia si limitò a fissarlo, in silenzio. Poi disse qualcosa che Cara non riuscì a sentire. Seamus scosse la testa e Ferdia gli si avvicinò. Naso contro naso, i pugni stretti. Si erano gonfiati come due pavoni. Gambe ben piantate a terra, divaricate. La violenza pronta a esplodere.

Cara sentì di nuovo quella frase che chiunque avrebbe capito: *le do thoil*. "Per favore". Come nell'ultima discussione che avevano avuto, la sera prima, fuori dalla porta di casa. E come la sera prima, quel "per favore" non suonava umile né supplichevole. Era arrabbiato, furioso. Forse si era sbagliata? Forse non era *le do thoil* quello che sentiva, forse era una parola diversa che aveva semplicemente un suono simile?

Un movimento. Cara rimase a osservare la scena. La porta si aprì di nuovo. Seamus si girò.

Era Sorcha.

Come marionette a cui vengono improvvisamente tagliati i fili, Ferdia e Seamus si sgonfiarono. Ferdia si voltò a metà. Seamus invece si girò del tutto verso Sorcha, tendendole la mano. Cara non lo vedeva in volto, ma sapeva che aveva sicuramente sfoderato un sorriso. Il solito ammaliatore. Sorcha era un po' incerta. Li guardò. Chissà quali bugie le stava raccontando Seamus. Chissà come aveva giustificato le urla. Ferdia non si preoccupò nemmeno di aiutarlo, ma si avvicinò alla finestra. Cara fece un passo indietro, anche se sapeva che lui non poteva vederla. Ferdia fissò la notte scura. Guardò proprio nella sua direzione. Cara dovette costringersi a non fare un passo, a non cedere all'istinto di nascondersi. Se si fosse mossa, l'avrebbe vista.

Trattenne il fiato e rimase schiacciata contro la parete del capanno. Nel frattempo, Sorcha uscì dalla stanza. Seamus la seguì, fermandosi sulla soglia ad aspettare Ferdia. Dopo un po', lui si allontanò dalla finestra e li seguì. Uscirono tutti.

Cara si prese un momento per rifiatare. Buttò fuori il respiro e rilassò le spalle, proprio come avevano fatto Ferdia e Seamus.

A cosa aveva appena assistito?

La sua idea iniziale sull'indizio era sbagliata. Prima o poi avrebbe capito cosa significava davvero, ne era sicura. Ma comunque, tutto ciò impallidiva di fronte a quello che aveva appena scoperto.

Ferdia stava cercando il pacco.

Ormai aveva capito che la persona che aveva messo a soqquadro la sua stanza non poteva essere lui, ma… in caso contrario lo avrebbe arrestato per omicidio? Il pensiero le mozzò il fiato. Era lui ad aver scritto le lettere? Il fatto che anche qualcun altro stesse cercando il pacco non assolveva Ferdia. Anzi, confondeva ulteriormente le acque.

Cara si allontanò e fece il giro della casa. Poi scivolò via. Più cose scopriva, meno capiva. Non era più vicina a risolvere l'omicidio di Maura rispetto a prima, anzi, adesso le sembrava che le solide fondamenta del suo mondo fossero state sostituite da placche tettoniche che si spostavano e si schiantavano l'una contro l'altra, provocando continui terremoti.

Lanciò un'occhiata alla casa. Ferdia, Seamus e Sorcha erano tornati al punto di partenza, sulle poltrone e sul divano intorno al fuoco. Sembravano aver stabilito una tregua vigile e diffidente. Cara si incamminò lungo il viale, attenta a non fare rumore. Svoltò sulla strada. Era ora di andare a cercare Patrick. Aveva rimandato, perché credeva di avere un indizio. E invece si era sbagliata e si era ritrovata tra le mani una nuova equazione che non aveva mai nemmeno preso in considerazione. Avrebbe trovato Patrick ora, anche se ci fosse voluta tutta la notte. Lo avrebbe riportato a casa sua, l'avrebbe fatto riscaldare e l'avrebbe sistemato nella stanza degli ospiti. Gli avrebbe parlato. Lei aveva avuto due giorni in più per elaborare il dolore. Inoltre, al suo fianco c'erano la nonna, Daithí e gli altri. E anche così il dolore era terribile. Fresco e straziante, come se qualcuno l'avesse pugnalata al ventre. Di sicuro quel povero ragazzo confuso se la passava molto peggio di lei. Spinta da quel pensiero, Cara accelerò il passo, cercando di scrollarsi di dosso l'autocommiserazione. Se lei si sentiva sola, come doveva essere per Patrick? Almeno lei aveva *mamó* e i bambini, un'unità perfetta che nulla poteva distruggere. Patrick non aveva nemmeno quello.

Ormai Cara procedeva spedita nell'oscurità. I suoi sensi avevano iniziato a adattarsi. L'orecchio decrittava le informazioni che l'eco dei suoi passi le restituiva, donandole la fiducia necessaria per inoltrarsi nell'ignoto. L'olfatto coglieva l'odore delle ginestre e dei rovi ai margini dei muri di pietra sotto la neve, aiutandola a tenersi sulla strada.

Si fermò. Annusò l'aria. Fece un respiro più profondo. Il profumo muschiato delle siepi le riempì i polmoni. Continuò a camminare. Si diresse verso la sua auto, appena dopo quella di Patrick. Forse avrebbe dato un'altra occhiata alla roulotte. La terza volta poteva essere quella giusta.

Si fermò accanto alla parete in fondo della fatiscente casa di famiglia. Guardò il sentiero che portava alla roulotte. Era ancora troppo distante per scorgerne la sagoma alla fine del campo. E anche se era lontana da casa Flaherty e non correva rischi ad accendere la torcia, fu il rumore ad allarmarla.

L'albero. Un ramo che scricchiola sotto un grosso peso.

Si mise a correre. Percorse solo un paio di metri prima che un ostacolo, nascosto sotto la neve fresca, la facesse inciampare. Cadde a terra, e non riuscì a proteggersi con le mani. Sbatté la testa. Un'esplosione di luce le balenò davanti agli occhi. Gemette, ma si rimise in ginocchio. Si alzò in piedi e riprese a correre. La testa pulsava. I piedi battevano ritmati sul sentiero.

Si fermò a metà del sentiero. Puntò la torcia sopra la roulotte, illuminando i rami dell'albero nodoso che la sovrastava. La strega era riuscita nel suo intento. Si era ripresa ciò che le apparteneva. Cara lo vide. Dondolava nel buio. Era troppo tardi.

Patrick era morto.

Trentasei

«Puoi occuparti di lei? Non dovrebbe rimanere da sola stasera, dopo la botta in testa che ha preso».

Cara sentiva la voce della dottoressa De Barra, ma sembrava che venisse da molto, molto lontano. Daithí annuiva, con il braccio attorno alle spalle della paziente. Qualcuno le aveva messo una coperta addosso – anche se lei non se lo ricordava. Non pensava nemmeno di averne bisogno. Non sentiva il freddo. Non sentiva nulla.

I soccorsi erano arrivati rapidamente. Cara era corsa ad allertare i vicini e poi era tornata a casa Kelly. I pompieri volontari dell'isola erano arrivati e avevano tirato giù il corpo. Avevano tenuto indietro Cara, che aveva provato più volte a raggiungere Patrick. Era chiaro che se n'era andato, ma lei aveva cercato disperatamente di fare qualcosa. Poi era arrivata la dottoressa De Barra. Cara non ricordava bene quando. Un attimo prima non c'era, l'attimo dopo stava esaminando il corpo di Patrick, che i volontari avevano messo a terra, alla fine del sentiero. La dottoressa aveva scosso la testa. Aveva sospirato. Poi si era avvicinata a Cara e le aveva dato un'occhiata alla testa. E ora Daithí era lì accanto, con un braccio intorno alla sua spalla, e le parlava.

«Sì, la terremo d'occhio. Grazie di essere venuta, dottoressa».

«Non preoccuparti, è il mio lavoro».

Daithí abbassò lo sguardo su Cara.

«Vieni, ti riporto dai Flaherty. Ci penseremo noi a te». Lei non si oppose, nonostante tutto ciò che aveva visto e che era venuta a sapere sui suoi amici. Non disse a Daithí di lasciarla in pace o di portarla altrove. Gli camminò accanto, docile come una bambina, verso la casa in cui si era intrufolata di nascosto meno di un'ora prima. Non parlò nemmeno della scena a cui aveva assistito poco prima. Daithí e Courtney. Perché nella sua mente c'era spazio solo per un pensiero: *Patrick è morto per colpa mia.*

Era così decisa a trovare l'assassino di Maura che aveva dato priorità all'indizio invece che al ragazzo. Ed era probabile che lui fosse rimasto nella roulotte per tutto quel tempo. Forse voleva solo nascondersi da lei. Se non avesse preso quella decisione, spinta dal bisogno di scoprire chi aveva ucciso la sua migliore amica, forse avrebbe fatto in tempo. Uno dei vigili del fuoco le consegnò un biglietto che aveva trovato nella tasca del cappotto di Patrick. Era indirizzato alla sergente Folan. Scarabocchiato con mano incerta, su un pezzo di carta.

Sono molto tirste senza la singorina Conneely. Era l'unica che si qrendeva cura di me. Mi dipsiace non aver capito chi è stato e non avelra aiutata.

Su una cosa aveva ragione. Maura era l'unica a cui importava davvero di lui. Nemmeno Cara gli era stata accanto nel momento del bisogno. E si considerava una brava persona, una persona che avrebbe voluto aiutarlo davvero. Mentre Daithí la guidava lungo il viale che portava a casa di Seamus, mentre osservava dalla finestra i tre amici sul divano e raggiungeva la porta sul retro, Cara non si sentiva più forte e superiore come prima. Si sentiva meschina esattamente come loro. Doveva essere onesta con sé stessa.

«Andrà tutto bene». Daithí le strizzò il braccio e abbassò la maniglia della porta sul retro. Quando entrarono in cucina, gli altri alzarono lo sguardo. Erano sorpresi di vederli.

«Ehi, ragazzi...». Seamus si alzò in piedi. «È successo qualcosa di strano? Ci è sembrato di vedere i vigili del f...». Quando notò l'espressione di Cara, si fermò e le andò incontro. «Cara, stai bene? Che cosa è successo? La testa...». Spostò lo sguardo tra l'uno e l'altra. Daithí la guidò verso il divano.

«Cosa sta succedendo?», chiese Seamus. Ferdia e Sorcha la guardarono, preoccupati.

«Patrick Kelly si è ucciso», spiegò Daithí. «E Cara è caduta e ha battuto la testa. Sta bene, l'ha visitata la dottoressa De Barra».

«O Dio», disse Sorcha. Si alzò, prese la mano di Cara e la fece sedere. Si rivolse a Ferdia. «Portale un bicchiere di whisky, Ferdy».

«Certo». Ferdia si alzò, prese un bicchiere e gliene versò un bel po'. Cara bevve un sorso. Il liquido le bruciava la gola, ma nemmeno le fiamme ardenti riuscirono a strapparla dalla sua agonia. Seamus si accomodò su una poltrona con aria stravolta dalla preoccupazione. Daithí e Sorcha le si sedettero accanto, ai lati. Sorcha le accarezzò la mano gelida.

«Che cosa è successo?», ripeté Seamus.

Cara si girò verso di lui.

«Patrick… ha scoperto che Maura è morta», disse lentamente. Scosse la testa. Fece un respiro profondo. «Maura era l'unica persona che si occupava di lui. E già così sarebbe stata durissima dirgli che non c'era più… Ma come se non bastasse, Patrick era alla scogliera quel giorno. Ha sentito il corpo che cadeva in acqua. Il senso di colpa l'ha divorato, perché era troppo fatto per capire cosa stava succedendo veramente. Per salvarla. Ho cercato di dirgli che era già morta… Avrei dovuto fare il possibile per trovarlo, fare in modo che capisse».

«Cara, non torturarti», disse Seamus. «Quel ragazzo aveva dei problemi e lo sai».

«Seamus ha ragione», disse Sorcha. «Il danno è stato fatto molto tempo fa, dai genitori di merda che ha avuto. Anche se lo avessi trovato e glielo avessi detto, non avresti potuto risolvere i suoi problemi».

«È vero, Cara», commentò Ferdia, liquidando la faccenda con estrema disinvoltura. Cara provò un'ondata di nausea. Come poteva? Era lui che gli aveva dato la droga. E chissà cos'altro stava tramando. Per quanto riguardava Seamus…

Cara non riusciva nemmeno a guardarlo negli occhi. L'orribile storia che le aveva raccontato Patrick su di lui da giovane l'avrebbe perseguitata per sempre. Perché Maura lo aveva perdonato? Era disgustata dai suoi amici. Delusa. Aveva il cuore spezzato. Ma a differenza di prima, non riusciva a sentirsi superiore. Non poteva più ergersi a giudice dalla fedina penale immacolata. Abbassò la testa e fece spallucce.

«Cara. Tu sei una brava persona», disse Daithí. «E a volte anche le persone migliori del mondo sbagliano. Non puoi pensare di avere sempre ragione. Così diventi matta. Non è possibile. A volte le cose brutte succedono e basta».

Cara sentì affiorare le lacrime. Gli ultimi due giorni erano stati terribili. Niente al mondo avrebbe potuto prepararla a quel caos vorticoso di eventi. La perdita di Cillian, tanti anni prima, le era sembrata la tragedia peggiore del mondo. E per molti versi lo era ancora. Ma la morte di Maura, e ora quella di Patrick… E le cose che aveva scoperto sui suoi amici… Le sembrava di essere stata catapultata dentro un esperimento malato o un reality show. Niente era reale. Niente era come sembrava. Forse poteva andarsene, viaggiare lontano, e far crollare quel castello di menzogne che la circondava. Gli ultimi eventi l'avevano fatta sentire ancora più sola. Non pensava che fosse possibile. Se avesse urlato, nessuno l'avrebbe sentita. Rimase seduta sul divano a fissare il fuoco, completamente persa.

Seamus si alzò e riempì i bicchieri di tutti. Cara lo guardò passare tra gli altri. Sorcha sollevò il calice con un sorriso triste. Ora Sorcha, Ferdia e Seamus avevano gli occhi vitrei e si muovevano con lentezza, probabilmente per tutto l'alcol che avevano bevuto durante la serata. A Cara tornarono in mente le parole di Seamus a proposito dei *doppelgänger*. Quando Ferdia aveva usato quel termine riguardo agli attori, Seamus lo aveva corretto, spiegandogli che indica un doppio *malvagio*. La verità era che Ferdia aveva ragione. Aveva solo sbagliato gruppo. I *doppelgänger* erano loro. I suoi amici. Malvagi, fino all'ultimo.

Daithí si alzò e andò a chiudere la porta sul retro. Quindi sgattaiolò in corridoio e fece lo stesso con quella principale. Forse lui non meritava l'appellativo di *doppelgänger*, era ingiusto. In realtà non le aveva mentito. Ma a prescindere, Cara si sentiva ancora ferita. E, peggio ancora, sentiva di non conoscerlo bene come pensava. Quella consapevolezza faceva più male di qualsiasi altra cosa.

«Ragazzi, possiamo fare attenzione alle porte?», disse Daithí dopo essere tornato. «Capisco che di solito non serve, ma possiamo tenerle chiuse, per favore?»

«Ma ora è tutto risolto, vero?», chiese Sorcha guardando Daithí e lanciando una rapida occhiata a Cara.

«In che senso?», rispose Daithí.

«È stato Patrick, no? Deve essere stato lui…», proseguì, guardando gli altri in cerca di sostegno. «Non dobbiamo più preoccuparci».

«Sì, infatti», disse Seamus. «Non hai detto che era ossessionato da lei, Cara? E ho visto bene come diventa quando si arrabbia…».

«È morto poco fa, ragazzi, e non credo proprio che…», iniziò Cara.

«Non sei una detective, Cara», commentò Ferdia a bassa voce.

«Forse no. Ma non sono nemmeno stupida». Gli lanciò un'occhiataccia.

«Ferdia non voleva dire che sei stupida», rispose Seamus. «Penso che stia solo dicendo che non hai la formazione necessaria a risolvere un omicidio, potresti esserti persa qualche indizio. Quel ragazzo… Sono sicuro che aveva anche un lato buono, e magari non è colpa sua, ma sai, se cammina come un'anatra e starnazza come un'anatra…».

«Devi proprio essere così strafottente, Seamus?»

«Mi dispiace, Cars, non volevo mancare di rispetto».

«Chi altro potrebbe essere stato? E perché?», chiese di nuovo Ferdia, con un volto quasi inespressivo, senza nemmeno un sorrisetto sarcastico. «Stiamo cercando una persona che aveva un motivo per uccidere Maura. E c'è solo quel ragazzo. Aveva un movente. Non mi pare che tu abbia una lunga lista di sospetti tra le mani».

«Non lo so...», disse Cara.

«Dai, Cara», intervenne Seamus, «guarda i fatti. Era un ragazzo strano e ossessionato da Maura», proseguì, elencando punto per punto sulle dita, «la seguiva dappertutto, ha ammesso che era sulla scogliera e che era strafatto. E poi si uccide per il senso di colpa e il dolore. Per quanto mi riguarda, stanotte dormirò sonni più sereni».

«E le lettere?», domandò Cara. «Tu l'hai conosciuto, Seamus. Pensi che fosse capace di scrivere delle lettere? Era anche gravemente dislessico. Vuoi vedere il suo biglietto d'addio?»

«Non erano mica *Guerra e Pace*, Cara! Tra l'altro ha scritto una bigliettino d'addio. Gli piaceva comunicare per lettera. Adesso sono ancora più convinto».

Cara si limitò a fissarlo.

Sorcha intervenne. «Sono convinta anch'io, Cara. È l'unica cosa sensata».

Cara non disse nulla. Perché non poteva opporsi a quella tesi. Aveva senso. In teoria. Se non avevi passato del tempo con Patrick. Se non avevi visto la sua angoscia. La sua innocenza. Ma chi le diceva che non si era solo preso gioco di lei? O che non era stato un terribile incidente? Non poteva saperlo. E senza il supporto di Galway, non poteva nemmeno fare nulla. Non poteva difendere Patrick Kelly in un tribunale sulla base di una sensazione istintiva, di pancia. E comunque nemmeno quel particolarissimo tribunale di popolo le stava dando retta.

«Perché non ci concentriamo su domani, per ora?», disse Daithí.

«Domani?», chiese Sorcha. Cara, Ferdia e Seamus gli lanciarono un'occhiata confusa.

«Domani. È la notte di Capodanno. L'anniversario della morte di Cillian. Ve ne siete dimenticati?», chiese. «È il motivo per cui siete venuti qui».

Trentasette

Cara lavò i piatti della colazione nell'acqua tiepida che aveva fatto bollire sul fornello da campeggio di Daithí.

Di mattina, la luce che filtrava dal vetro della porta posteriore aveva una qualità diversa. Era più accesa. Meno grigia. Ferdia, insolitamente disponibile, si mise ad asciugare i piatti.

«Dio. La testa», si lamentò. «Perché abbiamo bevuto così tanto whisky ieri sera?»

«In realtà sei tu che hai bevuto», disse Cara, passandogli un piatto bagnato. «A me la testa fa male per altri motivi».

Sorcha entrò dalla porta sul retro, accompagnata da una folata di aria gelida. Batté gli stivali per scrollare via la neve e posò un secchio di torba sul tappetino.

«Come va la testa, Cara? Intendo il bernoccolo, ieri non hai bevuto nemmeno un goccio, a differenza di noialtri. Be', nemmeno tu, Daithí». Guardò Daithí che stava finendo il caffè al tavolo della colazione. Lui alzò la tazza in segno di saluto. «Ho promesso alla dottoressa De Barra che l'avrei tenuta d'occhio».

Sorcha si avvicinò a Cara e, con le dita fredde, le scostò delicatamente i capelli dal viso. Sulla tempia destra aveva un brutto bernoccolo e un grosso livido scuro.

«Ahi», commentò.

«Non è così grave. E il mal di testa sta iniziando a passare», rispose Cara.

Seamus, che stava accendendo il fuoco, alzò lo sguardo. Era pallido. Sorrise a Cara, ma non disse nulla. Lei finì di lavare l'ultimo piatto e tolse il tappo dal lavandino. Si asciugò le mani con un canovaccio.

Afferrò il secchio di torba.

«Te lo porto io», disse con un sorriso.

Attraversò la stanza e lo posò accanto al fuoco. «Tieni».

«Grazie».

«Stai bene?», gli domandò Cara. «Sai, l'anniversario… e tutto il resto».

Seamus raccolse alcuni pezzi di torba e li posò sugli altri. Stava preparando un grande fuoco, per quando sarebbero tornati dal cimitero. Annuì, ma non la guardò.

«È sempre una giornata difficile», disse, senza smettere di armeggiare. «So che è la prima volta che la passiamo insieme… Ma sono sicuro che per te sia stato lo stesso, in tutti questi anni».

«Hai ragione, non è mai facile». Cara sospirò e guardò la foto di Cillian appesa alla parete.

«Porterai anche i bambini al cimitero?»

«Di solito ci andiamo il primo dell'anno. Voglio che sia un'esperienza positiva per loro, nei limiti del possibile. Li porto davanti alla tomba e poi parliamo tutti con Cillian delle nostre speranze e dei nostri sogni per l'anno che viene».

Seamus alzò lo sguardo su di lei. «È una cosa bellissima».

«Già. In questo modo sembra più un festeggiamento».

«Be', oggi faremo del nostro meglio per festeggiare. In suo onore».

«Certo», disse Sorcha, dal centro della stanza. «Prepariamoci e andiamo a salutarlo».

Daithí spinse indietro la sedia e si alzò. «Sì, prepariamoci».

Ferdia mise via l'ultimo piatto e piegò lo strofinaccio. Seamus si alzò davanti al camino. Si strofinò le mani per togliersi la polvere. Fece il giro del divano e raggiunse Sorcha vicino alla porta della cucina.

Cara li guardò. Le mani di Seamus che si ripulivano dalla fuliggine dopo aver acceso il fuoco… una volta avevano picchiato Maura? A quanti ragazzini vulnerabili aveva venduto la droga Ferdia? Quanto era stata gentile Sorcha poco prima, quando le aveva controllato la ferita… Dov'era quella stessa gentilezza quando era andata a piazzare la droga sul posto di lavoro di Maura? Eppure, Cara non sentiva niente. Guardava i suoi amici e non riusciva a provare rabbia o dolore. La terra sotto ai piedi non era stabile. Le pareti, un optional. Si sentiva esausta, come una batteria scarica. Nessun cavo avrebbe potuto riportarla in vita. Seamus era silenzioso, e a ragione, dato che ricorreva l'anniversario di un gravissimo incidente a cui aveva assistito in prima persona, ma Cara percepì una differenza negli altri. Erano tutti più spensierati. Forse perché ormai si erano convinti che Patrick fosse il responsabile di tutto? Ora che lui non c'era più, credevano che anche la minaccia fosse svanita? Oppure era perché le previsioni dicevano che la tempesta avrebbe cominciato a placarsi quella sera stessa? Le barche sarebbero ripartite presto, e anche gli aerei. La piccola Inis Mór si sarebbe ricongiunta al resto del mondo. Forse erano tutti quei fattori insieme a conferire a quella mattinata la sua incongrua, quasi inopportuna atmosfera di leggerezza.

Si riunirono davanti alla porta d'ingresso venti minuti dopo, tutti imbacuccati per il freddo. Cara aveva portato il vecchio violino di Seamus. Sorcha teneva in mano dei fiori secchi che aveva portato da Londra per la tomba di Cillian.

Quando li vide, Cara si ricordò dei piccoli petali bianchi che aveva trovato nelle tasche di Maura. Le borse del pastore. Cercò di distrarsi. Non voleva pensarci, non ora. Ferdia uscì dalla cucina con una scatola di biscotti in mano.

«Cos'è, Ferdia?», chiese Sorcha.

«Biscottini all'arancia», rispose lui.

«Questo lo vedo, ma perché li hai presi? Non puoi aspettare per fare merenda?»

«Non sono per me. Sono per Cillian».

«Come, scusa?»

«Erano i suoi preferiti».

«È vero», sorrise Cara. Allungò la mano e toccò quella di Ferdia. «Li adorava».

«Ho solo pensato… sai», disse Ferdia, con un mezzo sorrisetto, «che potessero farlo contento».

Cara gli sorrise e sentì le lacrime affiorare agli occhi. Fece un respiro profondo.

«Ok, forza, andiamo».

Daithí aprì la porta e tutti uscirono. La luce del giorno era un po' meno cupa quella mattina. Il cielo era ancora completamente velato, ma la coltre di nuvole lasciava passare un filo di luce. Era più sottile, meno densa. Segno che la tempesta si stava arrendendo. Anche il vento era meno fastidioso. Percorsero il viale senza dover lottare contro le raffiche di vento. Avevano deciso di andare a piedi. Proprio come da bambini, quando giravano ovunque sull'isola. Volevano prendersela con calma, fare una passeggiata. Ricordare Cillian lungo il tragitto.

«O mio Dio, ecco le Sette Chiese…», ridacchiò Sorcha camminando a braccetto con Cara. Si stavano avvicinando alle rovine di un gruppo di antichi luoghi di culto. Ne restavano in piedi solo due: una coppia di edifici senza tetto tra resti di abitazioni vecchie di secoli. Al momento era tutto sepolto dalla neve. Sotto il manto bianco, il terreno era un labirinto stretto di tombe senza nome e gradini di pietra. Croci celtiche e lapidi storte. Il posto perfetto in cui rifugiarsi se si cercava un po' di privacy durante un assolato pomeriggio d'estate.

«Stai arrossendo, Cara Folan? E fai bene! Allarme primo bacio!».

«O mio Dio!», rise Cara. «Non riesco a credere che te lo ricordi!».

«Come potremmo dimenticarcelo?», si unì Ferdia. «Eravate ossessionati l'uno dall'altra da mesi! Secondo te è stato un caso se sei rimasta da sola con lui al tramonto, in mezzo a delle rovine buie… e private? Eh?»

«Cosa? Non ci credo!».

Seamus si fermò all'ingresso delle chiese. Le rivolse un sorriso raggiante.

«Oh, sì, credici».

«Oh, santo cielo...». Cara fu sopraffatta dalle emozioni. Ripensò a quelle giornate di tanto tempo prima, sentendo Cillian al suo fianco. Loro due, quindicenni. Il sole che scaldava la pelle. L'amore che riscaldava i cuori. Cara sentiva il braccio abbronzato di Cillian accanto al suo, mentre sedevano con le spalle contro un muro più vecchio del tempo stesso. Si sentivano senza tempo anche loro. Erano soli, soli con il cinguettio degli uccelli. Le farfalle che si rincorrevano. Una sola nuvola che si muoveva pigramente nel cielo, senza fretta. E Cillian che allungava lentamente la mano verso quella di Cara. Lei lo lasciava fare. Sembrava che avessero catturato un po' di quei raggi di sole, tra le loro mani unite. Un calore sufficiente a sostenere la vita di un intero pianeta.

Trentotto

Seamus si chinò e spazzò via la neve come aveva fatto Cara la sera prima. Era passato solo un giorno da quando era andata al cimitero? Le sembrava che fosse trascorsa un'eternità intera.

Cillian Flaherty 1988-2012
Amato marito, padre e figlio
In ár gcroíthe go deo

Cara lesse di nuovo. "Amato". Già. Cillian era stato amato tanto.

«Avremmo dovuto aggiungere anche "fratello", Seamus. Mi dispiace. "Marito, padre, figlio e fratello"».

«Non scusarti con me per queste cose», la tranquillizzò Seamus, scuotendo la testa con un sorriso malinconico.

Sorcha appoggiò i fiori secchi alla base della lapide. I petali rosa e arancioni smorzati, il fogliame dorato: sembravano così adatti al momento. Perché per loro Cillian ormai era questo: un ricordo bellissimo, ma pur sempre un ricordo.

«Mi sento un po' stupido adesso», disse Ferdia con i biscotti in mano.

«Perché non li mangiamo?», suggerì Daithí.

«Mangiamoli per Cillian», disse Seamus.

«È un'ottima idea».

Ferdia aprì la scatola e tirò fuori i dolcetti al cioccolato e all'arancia avvolti nel cellophane. Li distribuì agli altri. Si misero tutti intorno alla tomba con un biscotto in mano.

«Ora ci manca solo una tazza di tè», disse Cara. «Quanto gli piaceva il tè con i biscotti».

«La prossima volta», fece Seamus. «Forza, mangiate!». Spazzolò via il biscotto in due morsi. Poi schioccò le labbra. «Avevo dimenticato quanto fossero buoni. In California non li vendono! Cill, hai fatto bene a sceglierli come preferiti». Si alzarono dei mugugni di assenso.

Ferdia passò la scatola a Seamus. «Tieni, prendine un altro, amico».

Cara aprì la custodia del violino. La tomba di Cillian era l'ultima della fila, in fondo al cimitero. Si trovava nel punto in cui i due muretti si incontravano all'angolo. Cara tolse la neve dalla parte superiore del muro che correva parallelo alla tomba e poi ci si appollaiò contro. Appoggiò la custodia del violino alle sue spalle. Poi, lentamente, fece scorrere l'archetto lungo le corde, e una nota bassa e chiara risuonò nel silenzio. Guardò gli altri e tirò indietro l'archetto, con un grande sorriso sul volto, danzando sulle corde. Stava suonando *Always Look on the Bright Side of Life*. Ci volle un attimo, ma dopo un po' tutti risero. Sorcha iniziò a cantare e gli altri si unirono, Ferdia con la bocca ancora piena.

«O mio Dio, chiudi la bocca, Ferdy!», disse Sorcha ridendo.

Lui sorrise e obbedì.

Quando Cara finì la canzone, il gruppo le fece un applauso.

Seamus si schiarì la gola. Tutti si voltarono verso di lui.

«Credo di voler dire qualche parola». Si passò le mani tra i capelli e rimase in silenzio per un momento, raccogliendo i pensieri. «Questa giornata non è mai facile, nemmeno dopo tutti questi anni. Ma è stato meraviglioso ridere, cantare e fare merenda tutti insieme! Credo che il mio fratellone stia ridendo, dovunque sia. Mi manca. So che manca tanto anche a tutti voi. E questa settimana… be', non ci sono parole adatte per descriverla. La nostra cara Maura…». Si fermò, si guardò i piedi e scosse la testa. Ferdia si fece avanti e lo abbracciò, anche lui sopraffatto dall'emozione, il petto che sobbalzava per i singhiozzi. Finalmente avevano siglato una tregua. Lo strano incantesimo che sembrava averli stregati tutti quella mattina aveva reso possibile anche quel piccolo miracolo.

Cara però non sentiva il calore della riconciliazione. Anzi. I fili dell'incantesimo si stavano allentando. Il suo coraggio, la sua convinzione, iniziavano a esaurirsi. Ferdia e Seamus, che la sera prima si erano azzannati, ora si abbracciavano. Quella scena avrebbe dovuto scaldarle il cuore e invece le sembrava sbagliata. Li guardò. Sentiva crescere il rancore. Era come se si stesse risvegliando da un sogno. Ma continuò a sorridere, senza muovere un muscolo.

Daithí le si avvicinò e le mise un braccio sulle spalle. La strinse forte. Le baciò la testa.

«Mi dispiace», sussurrò.

«Oh, Daithí, no», rispose lei. «Sei l'unico qui che non deve scusarsi».

Seamus, Ferdia e Sorcha si girarono verso di loro. Cara ricambiò i loro sguardi. Fissò il bel viso da ragazzo della porta accanto di Seamus, con le tombe innevate tutto attorno. Osservò i tratti scuri e spigolosi di Ferdia, i bellissimi capelli biondo sporco di Sorcha. La guardavano da dietro le loro maschere. Si nascondevano. Nessuno era dispiaciuto. Di nulla.

«Forse sarebbe meglio andare. È stato davvero bello», disse Seamus. «È la mattina di Capodanno più felice da quando Cillian non c'è più. Grazie a tutti. È stata una settimana terribile, ma sono contento di essere venuto. Facciamo quello che avevamo pensato di fare fin dall'inizio: prepariamo una bella cena, beviamo un sacco di vino e parliamo di Cillian per tutto il giorno. Festeggeremo anche per Maura».

«Sì!», concordò Sorcha. Ferdia annuì.

«Penso che ci farebbe bene», disse Daithí.

Seamus si voltò per guardare di nuovo la tomba.

«Cillian. Non lascerò passare di nuovo tutto questo tempo prima di tornare a trovarti. Riposa bene, fratello mio, ti voglio bene».

Ferdia fece un passo avanti e toccò la parte superiore della lapide.

«Riposa in pace, amico», disse.

Daithí e Sorcha si fermarono un momento in silenzio e poi si allontanarono. Tutti, tranne Cara. Seamus si voltò verso di lei.

«Tu non vieni? Stai bene?».

Cara annuì.

«Sì, sì. Forse ho solo bisogno di restare qualche minuto da sola con lui. Va bene?».

Seamus la raggiunse e la strinse in un abbraccio. Cara dovette costringere i suoi muscoli a non irrigidirsi.

«Certo, non c'è bisogno nemmeno di dirlo».

Cara annuì.

«Raggiungici al supermercato», disse Sorcha. «Andiamo a prendere le cose che ci servono».

«Sì, ci vediamo lì».

La banda sorrise, salutò e uscì dal cimitero. Cara ascoltò le loro voci felici mentre si allontanavano in direzione Kilronan. Rimase immobile finché non li sentì più. Poi si voltò verso Cillian.

«Credo di averci azzeccato questa volta, Cillian». Si avvicinò alla tomba. Sfiorò la lapide, nel punto esatto in cui l'aveva toccata Ferdia. «Hai sentito cosa ti hanno detto? "Riposa tranquillo. Riposa"».

IL MARITO RIPOSA.

—

Trentanove

Cara guardò la tomba. Dov'era? Dove l'aveva nascosto Maura? Il pacco. Il pacco. L'inafferrabile, preziosissimo, ricercatissimo pacco. Non aveva ancora iniziato a nevicare quando Maura era andata al cimitero. Ci era sicuramente passata davanti sulla via del ritorno, dopo essere andata da Cara, e aveva avuto il buon senso di nascondere il pacco lì. O forse, alla fine, il suo non era stato buon senso. Se lo avesse lasciato al suo assassino, non sarebbe morta. Ancora non sapeva cosa c'era lì dentro, ma Maura aveva ritenuto che valesse la pena rischiare.

Cara era vicina a scoprire la verità. Se lo sentiva. Camminò avanti e indietro davanti alla tomba di Cillian. Batté i piedi sul sentiero. Ormai aveva solo il gelo e la neve a farle compagnia.

Quindi. Non aveva nevicato, ma per terra era sicuramente bagnato. E c'era vento. In quale nascondiglio sicuro poteva aver messo il pacco Maura? Non c'erano molte opzioni. Per un attimo Cara fu assalita dal dubbio. Aveva sbagliato di nuovo.

No. No. No. Era lì. Ne era sicura.

Guardò il terreno rialzato della tomba. Doveva scavare? Possibile?

No. Era sicura di no. Alzò gli occhi, si guardò attorno. Proprio ai margini del suo campo visivo, intravide la custodia del violino sul muro dietro la tomba.

Lanciandosi una rapida occhiata alle spalle per assicurarsi di essere ancora sola, si avvicinò alla tomba. Si appoggiò alla lapide e guardò dietro, nello spazio che la separava dal muro. Era stretto e c'era solo un po' di neve, probabilmente quella che lei e Seamus avevano spazzolato via. Un bel nascondiglio, riparato. Ma non c'era niente che saltasse all'occhio. Solo erbacce…

Anzi. Non erano *solo* erbacce. Erano delle erbacce familiari.

Dietro la tomba di Cillian, cresceva un mucchietto di borse del pastore. Il fiore con i petali a forma di cuore. L'unica cosa che Cara aveva trovato nella tasca dei jeans di Maura. Stavolta aveva capito bene. Maura voleva condurla proprio lì.

Ma non c'era nulla. Girò intorno alla lapide, infilò la mano nell'erba umida e tastò.

Niente. Si mise in ginocchio, fregandosene della neve, dei pantaloni zuppi e del gelo. Appoggiò una mano al muro per sorreggersi e cercare più in profondità. Niente. La pietra del muro si mosse, e Cara imprecò quando sfregò la superficie dura con la mano.

Si sedette sui talloni e si soffiò sulla mano dolorante. Fissò il muro. Con una fitta allo stomaco, si rimise a sedere.

Diede un colpetto alla roccia, che si mosse di nuovo. A quel punto smise di spingere e cominciò a tirare. Il cuore le batteva forte. La roccia venne via.

E lì, incastrato al centro della parete, c'era qualcosa avvolto in un foulard di seta grigio e rosa. Cara lo riconobbe, era di Maura. Allungò la mano, ignorando i graffi e le escoriazioni, e lo estrasse con cautela. Le dimensioni le sembravano quelle descritte da *mamó*. Iniziò a srotolare la sciarpa, lottando con i nodi. Quando gli angoli cedettero, vide l'involucro di carta marrone malconcio che aveva descritto *mamó*.

Eccolo.

La causa di tutto quel disastro. Di tutto quell'orrore. Una scarica di adrenalina la attraversò da parte a parte.

Si voltò e guardò il cimitero. Il mare di lapidi di granito grigio, i muri che le proteggevano, l'isola ancora oltre. Non c'era nessuno. Era completamente sola. Tese l'orecchio. Niente. Poteva procedere.

Si sedette sul bordo della tomba. Allungò le gambe. Appoggiò il pacchetto sulle ginocchia. Cominciò a scartarlo.

Fissò il contenuto. Un quaderno.

Un vecchio quaderno malconcio con la copertina nera, con le orecchie alle pagine.

Se lo rigirò tra le mani. Tutto là?

Aprì la copertina e guardò l'iscrizione scritta a mano.

Is Mise An tOileán, Seamus Flaherty

L'autobiografia di Seamus? Ma che diavolo...?

Sfogliò alcune pagine. Era scritto a mano, tutto in irlandese. Sembrava una prima bozza. Possibile? Il manoscritto che, secondo Seamus, era nato come diario?

Valeva la pena uccidere una persona per quel quaderno?

Poi lo notò.

Qualcosa di verde faceva capolino da una pagina. Quasi in fondo al quaderno. Cara aprì al punto segnato. Un rametto, una borsa del pastore. Ah, Maura. Astuta fino alla fine. Aveva usato la loro amicizia per guidarla. Per aiutarla. Per portarla lì.

Cara scorse la pagina. Cosa voleva farle sapere? Cosa le stava dicendo? Era tutto in irlandese. Ma non aveva bisogno di saperlo leggere per riconoscere una parola in particolare. Ricorreva in tutta la pagina. Non era una parola qualsiasi, ma un nome. *Cillian*.

In ogni paragrafo. Cara fissò le parole, passò le dita sulle righe, soffermandosi sul nome del marito. Lo chiuse di scatto. Con il pilota automatico inserito, lo avvolse di nuovo nella carta e nella sciarpa di seta di Maura. Si alzò. Lo infilò nella tasca davanti della custodia del violino, dietro gli spartiti. Si guardò intorno un'ultima volta per assicurarsi di essere sola. Richiuse la custodia con la zip. La prese. Sapeva cosa doveva fare.

Quaranta

Cara si trovava davanti alla centrale dei Garda. Si tastò la giacca, controllando che nella tasca interna ci fossero ancora le radio. Non che ci potessero essere dubbi, in fondo ce le aveva messe solo pochi istanti prima, mentre era dentro, ma la sua testa era in fermento, le idee e i pensieri si accavallavano e lottavano per avere la priorità, ognuno portando con sé una nuova perla di chiarezza. Guardò il mare all'orizzonte. Osservò le onde calmanti, le nuvole più leggere rispetto ai giorni precedenti. E, anche se non ne era sicura al cento per cento, pensò di scorgere una piccola macchia di blu, in lontananza.

Si incamminò verso il supermercato. Noah e un paio di attori le passarono accanto. Il regista si fermò.

«Ehi, Cara!», la salutò con un sorriso. «Ho appena visto Seamus, grazie per l'invito! A più tardi».

«Sì, grazie», disse Aiden. «Sarà bello festeggiare insieme».

«Ci vediamo dopo», sorrise Lexi. Salutò e i tre si allontanarono.

«Fantastico», disse Cara, ricambiando il saluto. Seamus aveva invitato la troupe per festeggiare Capodanno. Cara fece un rapido ripasso dell'idea che si stava formando nella sua mente. Avrebbe funzionato anche se c'erano loro? Doveva funzionare per forza. Girò l'angolo e si diresse verso l'ingresso del supermercato. I clienti che uscivano si accorsero di lei e si tennero a debita distanza. Cara vide Sorcha alla cassa e le andò incontro. Nel tragitto, un altro cliente fece il giro largo per evitarla. Sorcha le lanciò un'occhiata.

«Perché fanno così?»

«Immagino sia per la *piseog*», rispose Cara.

«Ma sono solo le due del pomeriggio! Se fossero state le 23:55 avrei capito...».

«Avresti capito...?»

«Be', no, ovvio, ma sai che voglio dire».

Cara annuì.

«Ehi, ci hai trovato». Seamus le raggiunse con due buste piene di cibo e bottiglie di vino. Ferdia e Daithí arrivarono con altre provviste.

«Hai invitato Noah e il suo gruppo?», chiese Cara.

«Sì, li abbiamo incontrati, ci sembrava brutto non invitarli. Mi dispiace, è un problema?»

«Ah, no».

«E...», disse Seamus sorridendo, «sarà una festa di Capodanno in cui non scapperanno tutti da te e dai tuoi capelli rossi a mezzanotte. Non è bello?»

«Sospetto che la gente troverà un motivo per scappare da me a mezzanotte a prescindere».

Un cliente le passò accanto, facendo del suo meglio per scansarsi. Tutti si girarono verso Cara.

«Visto?», esclamò.

«Sono d'accordo con te, Cara». Ferdia le mise un braccio sulle spalle. «La *piseog* è stupida. Gli isolani si sbagliano, non porti sfortuna a Capodanno».

«Grazie, Ferdia».

«Porti sfortuna tutto l'anno!», concluse, ridendo. Sorcha gli piantò una gomitata nel fianco.

«Smettila», sibilò.

«Andiamo», disse Daithí. «Queste buste pesano. Torniamo a casa».

«Sì, signore», disse Seamus.

Durante il viaggio di ritorno, l'atmosfera leggera che si era creata a colazione sembrò intensificarsi. Erano tutti euforici. Mentre camminavano, i suoni poco familiari di animate conversazioni e risate riecheggiavano nelle stradine. Era tutto come ai vecchi tempi. Anche se con ovvie mancanze. Ma per qualche motivo, in quel momento, sembrava che gli assenti si fossero solo allontanati per un po'. Come se più tardi dovessero tornare. *E forse*, pensò Cara, *sono qui, nello spirito*. Per tenere d'occhio la situazione.

Sorcha, che camminava avanti, si girò a guardare Cara e Daithí.

«La tempesta sta passando, vero?», chiese, con gli occhi lucidi e carichi di speranza.

«Si è decisamente calmata», concordò Cara. Seamus, in testa al gruppo, si voltò. «Le previsioni dicono che per l'ora di cena si calmerà del tutto».

«Oh, fantastico! Spero che domani partiranno delle barche. Tu che dici, Cara?»

«Forse», rispose lei, «ma non ne sono sicura». *E no*, pensò tra sé e sé, *tranquilla, la tua smania di andartene non mi offende. Niente di personale, immagino.*

«Sì, partiranno», disse Ferdia. Sorcha lo guardò.

«Sei sicuro?»

«Sì».

«Fossi in te non ne sarei così convinto, Ferdia», disse Daithí. «Le previsioni dicono che la tempesta si placherà per l'ora di cena, ma pare anche che ci sarà un colpo di coda stasera. E poi domani è il primo dell'anno, potrebbero non partire a prescindere».

«Vedremo», disse Ferdia.

«Andresti via anche tu, Seamus?», chiese Sorcha.

«Io, Noah, e la troupe dobbiamo fare altre riprese, quindi resteremo ancora un po'».

Cara mise una mano sul braccio di Daithí e, con un'occhiata, gli fece cenno di restare indietro. Si fermarono, distanziandosi dagli altri. Le chiacchiere sulle riprese, sulla tempesta e sulla partenza dall'isola arrivavano in modo confuso.

«Stai bene?», chiese lui.

«Sto bene».

«Forse ci sono delle cose di cui dovremmo parlare».

«Hai ragione. Ma non ora. Non è per questo che ti ho fatto fermare».

«Ah, no?»

«No… senti…». Cara fece una pausa e guardò gli altri tre che camminavano davanti. Tese l'orecchio per vedere quanto riusciva a captare della loro conversazione. Regolò il volume della voce di conseguenza.

«Dovresti fare una cosa per me», sussurrò poi.

«Certo», rispose Daithí con uno sguardo perplesso. Cara tirò fuori una delle radio e gliela infilò velocemente nella tasca del cappotto.

«È una radio della polizia», sussurrò. «Anche io ne ho una». Si accarezzò la giacca.

«Ma che…». Daithí sembrava ancora più confuso di prima.

«Ascoltami… più tardi ti farò un cenno. E dovrai trovare una scusa, tipo che ti è appena venuto in mente che dovevi cambiare i fusti di birra al pub, ma te ne eri dimenticato per via di tutto questo caos. Qualcosa del genere. Di' che devi andarci subito, perché poi fa buio e cose così».

«Ok…».

«Voglio che tu vada al porto. E che trovi un nascondiglio dal quale puoi vedere cosa succede. I gradini della Harbour Guesthouse potrebbero essere un buon punto. Mi dispiace chiedertelo, si gela, ma ho davvero bisogno che tu faccia questa cosa per me».

«Cara, di cosa si tratta?»

«Te lo spiego dopo, promesso».

«Allora, che cosa devo fare una volta arrivato al porto?»

«Tieni d'occhio la situazione e contattami via radio, ok?»

«Che cosa devo tenere d'occhio, Cara?»

«Qualcuno che sta scappando».

Quarantuno

«Chiudi la porta, Ferdia! Ci farai morire di freddo!», gridò Seamus, coprendo il chiacchiericcio degli altri a tavola. Ferdia obbedì. «E comunque che stai facendo?», proseguì Seamus.

«Niente». Ferdia prese una bottiglia di vino e la portò al tavolo. Rabboccò il bicchiere e poi la posò.

Noah mise da parte il piatto. Prese la bottiglia e riempì i bicchieri che aveva intorno. Disse qualcosa a Seamus e risero entrambi. Cara non riuscì a capire di cosa parlassero, perché le chiacchiere e le risate smorzavano le loro voci. Lo guardò mentre porgeva la bottiglia a Seamus, che poi la passava agli altri. Avevano asciugato un vecchio tavolo da giardino e lo avevano portato dentro, per creare abbastanza posti per tutti. Con una tovaglia sopra quasi non si notava, se non per il leggero odore di umidità che sprigionava. Cara e Sorcha avevano raccolto tutte le candele e le lampade da campeggio che erano riuscite a trovare. Le avevano sistemate sopra le librerie, accanto al fuoco, in ogni angolo sicuro che erano riuscite a trovare. Il loro bagliore conferiva un'atmosfera accogliente alla stanza, stile ristorante.

Erano circa le nove di sera, ma nella penombra delle tante fiammelle tremolanti sembravano le due di notte. Daithí era all'altro capo del tavolo, di fronte a Lexi. Incrociò lo sguardo di Cara e alzò le sopracciglia con aria interrogativa. Lei scosse la testa. *Non ancora*, pensò.

Con un cenno appena percettibile, Daithí si voltò verso Lexi e continuò a chiacchierare.

Cara si rivolse al membro della troupe seduto alla sua sinistra. Alex, giusto? Era il tecnico del suono, almeno quello lo ricordava. Stava parlando di qualcosa che aveva a che fare con il suo lavoro, ma Cara si era già distratta da qualche minuto. Lui non se n'era accorto, e comunque non sembrava gli importasse. Alla sua destra, Ferdia tamburellava incessantemente il piede e continuava a giocherellare con le posate. La cosa iniziava a diventare molto fastidiosa. Cara guardò Sorcha. Ricurva sul piatto vuoto, con il mento appoggiato alla mano, gli occhi scintillanti, Cara immaginava che stesse dicendo qualcosa come: «Oh, molto affascinante». Il destinatario delle sue attenzioni civettuole era l'attore che interpretava Ferdia. Ma a Cara non sfuggirono le rapide occhiate che lanciava al marito. Controllava che la stesse guardando. Cara rimase un po' delusa da quella scena. Nel corso della giornata, Sorcha e Ferdia erano andati un po' più d'accordo, o almeno così le era sembrato.

«Posso portare via?». Cara sorrise e prese il piatto di Alex. Lo sollevò, facendo tintinnare il coltello e la forchetta.

«Grazie, era tutto delizioso», rispose lui con un sorriso.

«Cara», chiamò Seamus dall'altra parte del tavolo. «Smettila! Tu e Sorcha avete cucinato, noi uomini sparecchiamo». Si girò e raccolse i piatti più vicini.

«Daithí, Ferdia, mi date una mano?»

«Vi aiuto anche io!», fece Noah, alzandosi e iniziando a impilare i piatti. «Grazie mille per la bella cena e grazie per averci invitato. È stato davvero bello partecipare ai festeggiamenti di questa serata speciale e inaugurare il nuovo anno con delle persone adorabili come voi». Noah appoggiò i piatti. Sollevò con ben poca cautela il bicchiere con una mano, quasi rovesciando il vino. Aveva già bevuto in abbondanza durante la serata. «A tutti voi, alla vostra salute!».

Si levò un applauso. L'aria si riempì del tintinnio dei calici e delle risate dei presenti. Seamus si alzò, anche lui con il bicchiere in mano. Noah si sedette e lui si guardò intorno.

«Vorrei solo dire due parole. È stato un anniversario difficile, una settimana difficile. Voglio brindare agli amici assenti». Fece una pausa. Sul gruppo cadde il silenzio. «E voglio brindare anche ai nuovi amici. Un brindisi tradizionale irlandese per tutti voi... *Go raibh do ghloine lán go deo. Go raibh láidir go breá an dion thar do cheann. Go raibh tú í Neamh leathúair roimh a bhfuil !ios ag an Diabhal go bhfuair tú bás*».

«Oh, è bellissimo», disse Alex, rivolgendosi a Cara. «Che cosa significa?»

«Non chiedetelo a lei», disse Ferdia. «È una disgraziata. Non parla l'irlandese. Ecco perché agli isolani non sta simpatica».

«Pensavo fosse per i capelli rossi», disse Noah.

«No, quello è solo per Capodanno. Per tutto il tempo rimane una fastidiosissima outsider».

«Ehm, fa' silenzio, Ferdia, grazie», disse Cara, assestandogli una gomitata nel fianco. «Seamus, puoi tradurre?»

«Assolutamente, *mo stór*. Significa: "Che il tuo bicchiere sia sempre pieno. Che il tetto sopra la tua testa sia sempre saldo. E..."», sorrise, sollevando il bicchiere ancora più in alto, «"che tu possa raggiungere il paradiso mezz'ora prima che il diavolo sappia che sei morto!"».

Si levò un altro applauso, qualcuno batté i pugni sul tavolo in segno di apprezzamento, altri fecero tintinnare i bicchieri.

«Evvai!», urlò qualcuno all'altro capo del tavolo.

«Dovrei impararlo», disse Alex.

«Anche lei dovrebbe», aggiunse Ferdia.

«E basta con le battutine, Ferdia. Dacci un taglio».

«*Gabh mo leithscéal!*». "Perdonami". Una volta, Maura aveva spiegato quell'espressione irlandese a Cara. La traduzione letterale significava "accetta la mia mezza storia". La gente lo trovava divertente. Come se bastasse offrire una mezza verità per togliersi d'impiccio. Cara guardò i presenti. In effetti, in quel momento al tavolo c'erano molte mezze storie, molte mezze verità. Molte scuse. Bugie. Un omicidio.

Fece un respiro profondo. Incrociò lo sguardo di Daithí e annuì in modo appena percettibile. Lui si alzò, strusciando la sedia a terra. Tutti si zittirono e alzarono lo sguardo. Si aspettavano un altro brindisi.

«Cavolo». Si tirò il polsino, come se avesse un orologio nascosto. «Qualcuno sa l'ora?».

Seamus lo guardò. «Saranno le nove e un quarto. Che succede?»

«Ho dimenticato una cosa… Avevo promesso a Courtney che avrei cambiato i fusti. Stasera ci sarà da impazzire al locale. Spero che la birra non sia già finita». Daithí si allontanò dal tavolo e si diresse verso la porta sul retro.

«Daithí, non puoi andartene!», esclamò Sorcha mettendo il broncio.

«Torno presto. Promesso», disse. «Tenetemi da parte il dolce».

«C'è di nuovo il tiramisù».

«Allora *dovete* tenermene un pezzo da parte. Chiedo scusa a tutti». Daithí uscì.

«Sono già le nove e un quarto?», chiese Ferdia. Si alzò in piedi. Ma poi si sedette di nuovo.

«Forza, datemi una mano», disse Seamus mentre lui e Noah iniziavano a sparecchiare. Sorcha si staccò dal clone di Ferdia e iniziò a prendere tutto il necessario per servire il dolce. Lo avevano preparato lei e Cara, raddoppiando le dosi per servire anche i nuovi ospiti.

«Più tardi suonerai un po' per i ragazzi, Cara?». La voce di Seamus la costrinse a riportare l'attenzione sul tavolo.

«Come, scusa?»

«Seamus mi ha detto che suoni benissimo il violino», fece Noah.

«Oh, esagerato. Sono autodidatta».

«Non farti ingannare, Noah. Quando me ne sono andato da qui una decina di anni fa sembrava che stesse strangolando un gatto! Ma ora è bravissima!».

«Smettila, Seamus, mi metti in imbarazzo. In realtà, come Ferdia ci ha gentilmente tenuto a sottolineare, non sono la persona più popolare dell'isola. Ho molto tempo a disposizione per esercitarmi. YouTube è stato molto utile».

«Allora devi suonarci qualcosa», disse Seamus, impaziente.

«Vedremo, forse più tardi». Cara gli sorrise. Guardò i volti felici intorno al tavolo. Sorcha, in piedi a capotavola, stava distribuendo il dolce. Tutti accettavano avidamente. «Te ne ho messo un po' di più», la sentì dire all'oggetto delle sue attenzioni. Anche Ferdia doveva averla sentita. Scosse la testa e mormorò un «imbarazzante» tra sé e sé.

«Lo fa per te, sai», gli disse Cara. Lui si voltò a guardarla.

«L'hai notato anche tu?»

«Difficile non farlo».

«Be', può fare così quanto vuole, non me ne frega niente».

Cara lo guardò. Ma non disse nulla. Si girò verso Sorcha e la chiamò.

«Sì, tesoro?»

«Dovresti sapere che Ferdia ha detto che non gliene frega niente dei tuoi flirt. Quindi probabilmente ora puoi darci un taglio».

Il tavolo si zittì di colpo. Lexi fece una risatina nervosa.

«Cara, ma che diavolo...», sussurrò Seamus, serrando la mascella. «Perché devi metterla in imbarazzo in questo modo?».

Ferdia fissò Cara, con un'espressione piatta.

«Si sta già mettendo in imbarazzo da sola, non credo di aver peggiorato la situazione...».

Sorcha fissò Cara, con la bocca leggermente aperta e gli occhi già lucidi di lacrime. Lasciò cadere il cucchiaio con un rumore sordo, schizzando crema su tutti quelli che le stavano intorno.

«Non essere crudele, Cara».

«Mi dispiace, Sorcha. Sono stata un po' cattiva. Maura era così, Sorcha? Era così cattiva con te da bambina?»

«Be'...voglio dire...». Sorcha non trovava le parole. Quella strana aggressione verbale l'aveva spiazzata.

«A dirla tutta», proseguì Cara, «io non credo che ti trattasse così quando eravamo ragazzine. Me ne sarei accorta. Qualcuno se ne sarebbe accorto». Cara si rivolse a Seamus. «Hai mai visto Maura trattare male Sorcha?».

Seamus, che come tutti era stupefatto dal comportamento di Cara, la fissò a bocca semiaperta.

«Be'? Sì o no?», insistette lei.

«No. No, non posso dire di aver mai visto Maura trattare male Sorcha».

«Tu, Ferdia? Hai mai visto Maura trattare male Sorcha?»

«No», rispose lui, osservandola attentamente.

«Ma Maura ti ha comunque ferito, Sorcha. È vero. Solo che molto più recentemente di quanto ci hai detto. Cosa può averti fatto una persona che non vedevi da dieci anni? Perché ti sei arrabbiata al punto da voler distruggere la sua carriera?»

«Io non ho mai...».

«Ho il filmato di quando sei entrata a scuola per piazzare la droga nell'aula di Maura. Non perdere tempo a negarlo».

«Cosa?», sussultò Seamus. Si voltò a guardare Sorcha dalla parte opposta del tavolo.

Anche tutti gli altri si girarono verso di lei.

«Sì, ha messo una scatola piena di droga nella cattedra di Maura. Non sono stati degli adolescenti annoiati a fare irruzione a scuola. Mi dispiace avervi mentito. Presumo, Sorcha, che al momento giusto ci sarebbe stata una soffiata anonima al preside? Lascia stare, non rispondere...».

«Io non ho mai...», protestò Sorcha. Ma il suo viso pallido e i suoi occhi spaventati dicevano la verità.

«COSA HAI FATTO?», ruggì Ferdia, lasciando finalmente cadere la sua maschera di calma. Scattò in piedi, facendo finire la sedia a terra. Alex, il tecnico del suono, e Noah, indietreggiarono spaventati.

Cara allungò una mano e la posò su quella di Ferdia. Guardò il suo volto trasfigurato dalla rabbia. Ferdia abbassò gli occhi su di lei, ma era quasi come se non la vedesse.

«Non credo che tu possa rivendicare una qualsiasi superiorità morale, Ferdia. E comunque Sorcha l'ha fatto solo per colpa tua. Proprio come quando ha cercato di farti ingelosire con Daithí e con quel ragazzo, stasera. Ha cercato in tutti i modi di stravolgere il tuo mondo, come tu hai fatto con il suo. No?».

Ferdia guardò Cara. La palla di fuoco che stava per esplodere rimase in fase di stallo.

Cara si alzò. Spinse indietro la sedia.

«Da quanto tempo avevi una relazione con Maura?».

Quarantadue

«Lascia stare, non rispondere. Credo di saperlo. Circa diciotto mesi? Sì, dovrebbe essere corretto. Quando sei tornato a Inis Mór per spargere le ceneri di tua madre, vero?»

«Io... non ho... Noi, non...», balbettò Ferdia. La rabbia che aveva mostrato qualche istante prima sembrava essersi spenta.

«Non inventarti storie, Ferdia. Risparmiati la fatica». Cara si allontanò di qualche passo dal tavolo. Come pianeti in orbita intorno al sole, tutti – Ferdia compreso – si voltarono verso di lei.

«In un primo momento pensavo che l'uomo segreto di Maura fosse Seamus. Aveva senso. I nostri amanti sventurati. Non erano forse destinati a stare insieme da sempre? Ma perché avrebbero dovuto tenere segreta la loro relazione? Saremmo stati tutti felici di sapere che erano tornati insieme. E poi, Seamus davvero faceva avanti e indietro dalla California solo per vedere Maura? Era troppo improbabile... Però in un primo momento mi sembrava possibile, ed è questa la forza dei migliori depistaggi. Si basano su supposizioni affrettate, sul desiderio che le cose vadano in un certo modo...».

«Pensavi davvero che fossimo tornati insieme?», chiese Seamus. «Non era così!».

«Per un attimo», rispose Cara, guardandolo. «Ma non preoccuparti, ora so la verità».

Si allontanò di un altro passo dal tavolo. Ferdia, come un partner di ballo, la imitò. Cara aveva tutti gli occhi puntati addosso. Alcuni dei presenti la fissavano a bocca aperta e le sembrò di vedere qualcuno della troupe che riprendeva la scena con il telefono. Ma non le importava. Era concentrata solo su ciò che doveva fare.

«Mi sono posta una domanda. Perché le persone hanno dei segreti? Semplice: perché hanno bisogno di tenere nascoste delle informazioni. Hanno qualcosa da perdere. Maura sapeva che non avremmo approvato la sua relazione con un uomo sposato. E non un uomo sposato qualsiasi, ma il marito di un'amica. Avrebbe messo a rischio la nostra amicizia. È ovvio che si è bevuta tutte le stronzate che le hai rifilato: matrimonio in crisi, o qualsiasi altra bugia tu le abbia raccontato. Altrimenti non credo proprio che avrebbe avuto una relazione con te. Era troppo intelligente».

Cara si voltò verso Sorcha. Era paralizzata, come se ci fosse stata lei al centro di tutte quelle rivelazioni.

«Sorcha, voglio scusarmi con te. Avevi ragione. Ho sempre pensato che Maura fosse perfetta, l'avrei difesa fino alla fine. Ma anche se Ferdia le ha raccontato un mucchio di bugie, non avrebbe dovuto farti una cosa del genere, e invece credo proprio che l'abbia fatto. Maura era una brava persona. Ma ha commesso un errore. Non è qui per chiederti scusa, ma sono convinta che se potesse – se vedesse quanto sei sconvolta – lo farebbe».

«Grazie, Cara», mormorò Sorcha.

«Come l'hai scoperto?», le domandò con dolcezza.

Sorcha rimase in silenzio per un momento. Uno dei cameraman sghignazzò, dando una gomitata al ragazzo accanto a lui e fingendo di tuffare la mano in un immaginario sacchetto di popcorn. Cara gli lanciò un'occhiata di sfida.

Sorcha si voltò verso Ferdia e poi abbassò la testa verso il tavolo impiastricciato di tiramisù.

«Ho controllato il suo telefono. Aveva ricominciato a comportarsi come se mi stesse tradendo».

«Quindi Maura non è stata la prima?».

Sorcha scosse la testa.

«Io amavo Maura!», sbottò Ferdia. Nei suoi occhi neri sfavillava una rabbia presuntuosa.

«Dovevi amare tua moglie», scattò Cara.

«Puttana bigotta», ringhiò Ferdia. Poi sferrò un calcio alla sedia, facendola cadere sul pavimento. Seamus e Noah si alzarono. Cara si voltò verso di loro e con un cenno della mano gli intimò di sedersi.

«A quanto pare la tua bugia è diventata verità, Ferdia. La tua storiella extra-coniugale ha messo in crisi il tuo matrimonio. Voi due non avete fatto altro che aggredirvi da quando siete arrivati. Talmente tanto che mi sono chiesta perché siete venuti. Tu», si rivolse di nuovo a Sorcha, «sei stata piuttosto chiara: i tuoi amici sono a Londra, non a Inis Mór. Sei tornata per vendicarti, giusto? E Ferdia? Credo che tu sia venuto per convincere Maura a non lasciarti. Mi aveva detto che non era felice con il suo uomo misterioso. Diceva che aveva degli atteggiamenti loschi. E non credo che si riferisse solo al fatto che era sposato».

Ferdia socchiuse gli occhi. «Di cosa stai parlando?»

«Probabilmente si riferiva all'enorme scorta di droga che nascondi sotto il letto della stanza».

«Non ho della droga nascosta da nessuna parte!». Alzò le mani, sgranando gli occhi.

«Be', è vero, non ce l'hai più. L'ho sequestrata, prima, ed è al sicuro nell'auto di servizio qui fuori. Tutto documentato e fotografato per quando domani arriveranno i rinforzi».

«Cosa? Ho bisogno di...».

«Qual è il problema, Ferdia? Di cosa hai bisogno? È uno dei piccoli misteri che non sono ancora riuscita a risolvere. A che ti serve una quantità di narcotici sufficiente a uccidere tutti gli abitanti di quest'isola?».

Ferdia rimase immobile con lo sguardo fisso su Cara. Non parlò.

«Invece un altro mistero l'ho risolto. Ho iniziato a capire cosa provava Maura nei tuoi confronti. Probabilmente in un primo momento era molto vulnerabile, si è lasciata convincere che tra te e Sorcha fosse tutto finito. Ma se avesse fiutato che stavi facendo qualcosa di illegale... no. Non ti sarebbe rimasta vicino. Sarebbe fuggita a gambe levate. Voleva chiudere, non è vero? Maura era fatta così. Poteva commettere un errore, ma una volta che l'aveva capito, rimediava. Come quando ha chiuso con Seamus perché lui l'ha picchiata. Non è vero, Seamus?».

Seamus sbiancò in volto.

«Io non ho, non ho mai...».

Cara scosse la testa.

«Lascia stare. Maura non me l'ha mai detto, sospetto che non volesse farne un dramma. Ma ti ha lasciato. Non ti ha perdonato. Un altro motivo per cui, quando l'ho scoperto, mi è sembrato molto probabile che non fossi tu il suo uomo misterioso. In fin dei conti non eravate davvero i nostri Romeo e Giulietta. Maura ha commesso degli errori, ma a differenza di tutti noi, ha imparato qualcosa. Se voleva lasciarti, Ferdia, non avrebbe mai cambiato idea.

E questo ti faceva arrabbiare, vero? Sorcha mi ha detto che eri innamorato di Maura da anni, da quando eravamo ragazzini. Sorcha si sentiva la seconda scelta... eri furioso perché avevi rovinato tutto dopo che finalmente avevi avuto la tua occasione, dopo così tanti anni? Avevi molti, molti motivi per essere arrabbiato...

E abbiamo visto tutti come ti sei comportato in questi giorni. Il Ferdia rilassato e tranquillo che conoscevamo può dare di matto sul serio, chi l'avrebbe mai detto? Quando sei tornato l'altra sera, dopo aver saputo che Maura era morta, riuscivi a malapena a contenerti. Ho chiesto a Sorcha se si sentiva al sicuro con te in casa. E ho controllato la tua fedina penale. Ieri ero in centrale e l'ho cercata nel database. Un paio di arresti per aggressione. Oltre a tutti quelli per possesso di droga. Hai parecchi precedenti, Ferdia Hennessy. Il che mi lascia con una sola domanda. Eri talmente arrabbiato con Maura da ucciderla?».

Quarantatré

«Oh, Ferdia, non ci credo!», sussultò Sorcha.

«Certo che non ci credi!», ringhiò Ferdia, con gli occhi infuocati. «È ridicolo! Non ho fatto nulla a Maura».

«Quindi non eri arrabbiato quando ti ha lasciato?», chiese Cara.

«Ti sbagli, non mi ha lasciato. Stavo per chiuderla io. Era troppo faticoso fare avanti e indietro tra Dublino e Galway. Iniziava a costarmi troppo. E in ogni caso, non avevo motivo per essere tanto arrabbiato. Non significava chissà cosa per me. Era un diversivo. Una conquista irrisolta di tanto tempo fa».

«Ma se prima hai detto di essere innamorato di lei!».

«Facevo appello alla compassione», rispose lui.

«Capisco», disse Cara.

Ora era Ferdia a guidare le danze. Fece un passo verso la cucina e Cara lo seguì. Veloce, veloce, lento.

«E comunque, anche se eravamo innamorati, o ci siamo lasciati, o qualsiasi altra cosa, non significa nulla, sergente. Ce ne vuole per passare da una storia finita a un omicidio».

«Dov'eri la mattina in cui è scomparsa?», chiese Cara, cercando di non perdere la sua maschera di calma.

«Cosa?»

«È una domanda semplice. Rispondi».

«Dormivo. Qui».

«Qualcuno può confermarlo?»

«Sorcha può confermarlo. Quella sera non aveva preso nessuna pillola».

«Sorcha non può confermare proprio niente. In quel momento era fuori a piazzare delle prove a scuola. Non era nel letto accanto a te. E lo sapresti, se fossi stato effettivamente lì».

«Stavo dormendo, non me ne sono accorto».

«Ho bussato alla porta quella mattina, a quell'ora, e non mi ha risposto nessuno. Continui a sostenere che stavi dormendo?»

«Sì! E Seamus? Anche lui dormiva in quel momento, perché a lui non dici niente?»

«Non mettermi in mezzo!», urlò Seamus. «Io la amavo davvero, verme».

«L'amavi tanto da picchiarla? Eh! Che bella dimostrazione d'amore!».

«Eravamo bambini, è stato uno stupido malinteso e lo sai bene!».

«Ah, sì?», ringhiò Ferdia. «So un sacco di cose su di te, Seamus Flaherty, quindi puoi anche stare zitto. So che qualche giorno fa il sergente ha detto che il partner della vittima è sempre il primo sospetto. Soprattutto quelli violenti. Ecco perché se la sta prendendo con me!». Spinto da un'energia furiosa, Ferdia si rivolse a Cara e puntò il dito verso Seamus. «Una domanda, Cara: perché non accusi questo idiota? Rientra nella descrizione tanto quanto me».

«Perché Seamus non era stato appena scaricato dalla vittima, non nascondeva una quantità massiccia di droga in giro, non aveva una fedina penale lunga quanto il suo braccio…». Cara elencò le ragioni contandole sulle dita della mano destra.

«Non significa nulla».

«E non è stato lui a perquisire la stanza di Cillian e camera sua ieri. Alla ricerca dell'introvabile pacco, immagino».

Ferdia rimase in silenzio. Fece un passo indietro. Cara lo vide sbattere rapidamente le palpebre. Capì che lo aveva sorpreso. Si stava scervellando per trovare una risposta. Ma lei fu più rapida.

«Sì, ero sotto il letto. Per poco non mi beccavi».

Ferdia sgranò gli occhi.

Cara proseguì: «Grazie alle lettere, abbiamo capito che l'assassino cercava il pacco. E a quanto pare lo cercavi anche tu…».

«Oh no. No, no. Non è come sembra. Stai distorcendo le cose».

«Allora spiegami come è andata».

Ferdia fece un altro passo indietro. Lanciò un'occhiata alla porta sul retro. Guardò di nuovo Cara. Guardò Sorcha e poi Seamus.

Ci fu un *bip*.

Ferdia tuffò le mani in tasca e tirò fuori un cercapersone.

«Siamo tornati agli anni Novanta», mormorò Aiden al tavolo.

Cara lo zittì con un'occhiataccia. «Hai ricevuto un messaggio?», domandò.

«Sarà da parte della sua gente», disse Sorcha.

«La sua gente?», chiese Cara.

«Uh-huh. I ragazzi della droga. Ferdia se la fa sotto quando lo chiamano».

«Stai zitta, puttana!», scattò lui. Si rinfilò il cercapersone in tasca. Un'altra occhiata alle spalle. «Non sono stato io», disse. «Non ho ucciso Maura».

«Dimostralo», disse Cara. «Fammi capire in che modo sto distorcendo le cose».

«Lo farò». Un altro passo indietro. «Prima devo solo sbrigare un'altra faccenda».

Un crepitio e uno stridio. La radio, nascosta nella tasca, prese vita.

«Cara, Cara, rispondi», gracchiò la voce robotica di Daithí. Ferdia approfittò dell'attimo di distrazione. Si precipitò verso la porta sul retro e sparì nel buio. Cara si lanciò all'inseguimento. La voce di Daithí la raggiunse una seconda volta. «Cara, mi senti? Sta succedendo qualcosa di molto strano qui».

Quarantaquattro

«Cosa c'è, Daithí?», chiese Cara alla radio, correndo fuori dalla porta sul retro e lasciando sbalorditi tutti i presenti.

«C'è gente, un sacco di gente. Vieni. Il prima possibile».

Cara fece il giro della casa e si fermò davanti alla sua auto. Ferdia era già stato inghiottito dal buio della notte. Guardò il bagagliaio. Era aperto. Un sasso giaceva a terra. Quel maledetto si era ripreso la droga.

«Maledizione», urlò Cara in preda alla frustrazione, sferrando un calcio alla ruota posteriore. Per fortuna aveva fatto delle foto e caricato tutto nel sistema. Era meglio di niente. Spinse il sasso da parte e chiuse rapidamente il bagagliaio come meglio poteva. Saltò in macchina e sfrecciò giù per il vialetto, sbandando sul ghiaccio.

Volò in direzione di Kilronan, superando di almeno due volte il limite di velocità. Ma nei pressi del villaggio fu costretta a rallentare. Orde di ragazzi riempivano le strade come una mandria di pecore. Ragazzi che festeggiavano. E le strade brillavano. Non c'era una sola persona che non fosse illuminata da torce, e non solo, in una cacofonia di accessori fluorescenti: tubi al neon, fasce, braccialetti. Alcuni indossavano addirittura abiti luminescenti dalla testa ai piedi. Sembravano tanti alieni radiosi.

Cara fermò l'auto e scese.

«E voi chi diavolo sareste?», urlò a dei ragazzi. Un'adolescente con tubi luminosi fluorescenti che le serpeggiavano tra i capelli intrecciati e gioielli che punteggiavano il make-up in technicolor la guardò con occhi dolci. Nonostante il freddo assurdo, portava una maglietta e una gonna corte.

«C'è una festa. È Capodanno, dovreste unirvi a noi. Tutti sono i benvenuti». Le sorrise.

«Porca miseria», rispose Cara, salendo di nuovo in macchina. Accese il motore, schiacciando la mano sul clacson, cercò di farsi strada tra la folla. Provò a stimare quante persone ci fossero. Centinaia. Centinaia di ragazzi emozionati.

Arrivò al porto.

Scese dall'auto e si portò la radio alle labbra. «Dove sei, Daithí? E cosa diavolo sta succedendo?»

«Sono al lato del molo. Da qualche parte nella mischia. Cerca il traghetto blu».

Cara allungò il collo e si fece largo nella calca.

«Toglietevi di mezzo, toglietevi di mezzo». Ma i suoi ordini servivano a poco. Alla fine, riuscì a scorgere Daithí. Era in piedi accanto a un uomo che aveva tutta l'aria di essere il capitano di una nave. Si avvicinò di corsa.

«Daithí, ma che diavolo…?».

Da lontano arrivava un suono, un debole tonfo ritmato. Daithí guardò un punto dietro le spalle di Cara.

Lei si voltò. *Tump, tump, tump*. Proveniva dal Dun Aengus, le rovine del forte sulla scogliera, nel punto più alto dell'isola. *Tump, tump, tump*. E poi le luci. Fasci di luci stroboscopiche, proiettate sulle nuvole e sul mare nero.

«Mi dispiace, Cara, a quanto pare c'è un rave di Capodanno. Caitlín, alla Harbour Guesthouse, mi ha detto che alcuni ragazzi sono sbarcati un paio d'ore fa, quando la tempesta si è calmata. Pensava che tutta l'attrezzatura che hanno portato servisse per il film di Seamus. E invece ecco cosa stanno facendo».

Un rave a Dun Aengus. Le rovine si affacciavano sull'Atlantico. Con uno strapiombo di cento metri sull'oceano. Il forte originariamente era di forma circolare, ma una metà era caduta in mare nel corso dei secoli. Cara non riusciva a pensare a un luogo più spettacolare, o pericoloso, per un rave illegale. Daithí si rivolse al capitano della barca.

«Il capitano Smyth ti dirà il resto».

«Io vado solo dove mi dicono di andare», spiegò lui.

«Qualcuno ha noleggiato la sua nave?».

L'uomo annuì.

«Chi?», domandò Cara. «C'entra qualcosa un certo Ferdia Hennessy?»

«Sì, era uno di loro».

Ora aveva capito a cosa serviva quell'enorme scorta di droga. Ed ecco perché Ferdia era così sicuro che l'indomani, al largo, ci sarebbero state delle barche. Non c'era da stupirsi. Le aveva noleggiate lui.

Be', questo significava una cosa sola. Adesso sapeva dove trovarlo. Lassù, tra le rovine, ai confini del mondo.

Quarantacinque

«Puoi restare qui, Daithí? Continua a fare quello che stavi facendo. Non lasciar andare via nessuno. Nemmeno questi ragazzi».

«Io dovrò partire entro le sei di domattina», disse il capitano.

«Partirà quando le dirò che potrà partire. E nel frattempo farà quello che le dirò io, se non vuole rischiare una denuncia e il ritiro della licenza».

Il capitano alzò le mani. «Calma, calma. Va bene. Non c'è bisogno di scaldarsi. Se duecento ragazzini sbronzi restano bloccati sulla sua isola sarà lei a doversene occupare. A me non interessa».

Daithí le afferrò il braccio e la fece allontanare dal capitano. Gli ultimi festaioli avevano lasciato il molo e stavano risalendo l'isola, in direzione delle luci e dei suoni. Il vento si stava alzando, proprio come aveva detto Daithí. I piccoli gommoni nella baia ricominciavano a ondeggiare violentemente. I capelli di Cara presero a danzare al ritmo del vento. Se li nascose dietro le orecchie e guardò il volto serio di Daithí.

«Cara, cosa sta succedendo?»

«Non posso spiegarti adesso. Devo raggiungere Ferdia. È troppo urgente».

Guardò in direzione di Dun Aengus.

«Farò del mio meglio qui, te lo prometto», disse Daithí, «ma… senti, aggiornami».

Cara allungò la mano e gli strinse il braccio.

«Certo. Ma tu non far andare via nessuno, ok?».

Daithí annuì. «Sì».

Cara si voltò e cominciò a correre nel buio, stando attenta a non inciampare. Per fortuna, il cielo era di nuovo limpido dopo giorni e giorni di foschia. La luna, ormai un'estranea, era tornata a splendere nel cielo. I suoi raggi nitidi si riflettevano sulla neve e sulle pietre. L'isola scintillava nell'oscurità.

Fuori dal villaggio, Cara si unì agli ultimi ritardatari. Ridevano, fumavano e bevevano mentre si avviavano verso Dun Aengus. Avanzò in mezzo a loro. I ragazzi si passavano gli spinelli e qualche altra droga più esotica, senza curarsi troppo della sua presenza. Cara si sentiva schiacciata tra la gente. Le strade dell'isola erano piene e lei doveva farsi strada a spintoni. Negli ultimi quattro giorni aveva visto solo i volti dei suoi amici e gli ampi spazi aperti di un'isola vuota e silenziosa. Quell'improvviso voltafaccia, quell'universo alternativo in cui si era svegliata, era disorientante. Il ritmo della musica in lontananza si faceva più forte. Le girava la testa.

Le rovine del forte si trovavano su un sentiero serpeggiante e sassoso che diventava sempre più ripido man mano che ci si avvicinava alla cima. I ragazzi, con i loro colori sgargianti e le luci che si agitavano come lucciole variopinte nell'oscurità, affrontavano il terreno come capre selvatiche. I più fatti scivolavano o inciampavano. Gli amici, ridendo, li tiravano su. Il vento era più forte sulle alture e Cara riusciva a sentirne la potenza anche con la folla attorno a proteggerla.

Si fermò a metà del sentiero. Lasciò che i ragazzi le scorressero attorno come un fiume che risale verso la sorgente. Si girò e guardò la costa. Anche se non era più furioso come prima, il mare era comunque agitato. Vivo, pieno di rabbia. Le onde stesse sembravano alimentare il ritmo frenetico della musica.

Cara posò lo sguardo su un punto specifico del profilo dell'isola. Una rientranza. Quella che nascondeva la Tana del Serpente. Il luogo in cui era iniziato quell'orrore e che aveva messo fine alla storia di Maura. Ebbene, quella notte ci sarebbe stato l'epilogo. Cara avrebbe chiuso il libro.

Si voltò verso il sentiero e continuò a salire. I ritardatari l'avevano superata e avevano raggiunto la cima. Stavano attraversando il varco nel muro esterno di pietra grigia per entrare nel primo semicerchio del forte. Da fuori, i forti rimbombi della musica elettronica colmavano tutto lo spazio, come se avessero assunto una forma corporea. Dall'interno del forte, dei fasci di luce bianca lampeggiavano nel cielo. A ogni passo, Cara sentiva le vibrazioni sotto i piedi. Quando arrivò in cima, si ritrovò davanti tutti quelli che non erano riusciti a entrare nella fortezza vera e propria. Stavano ballando. Consumati dai bassi, i raver si muovevano come mare sulla terraferma, spinti dal ritmo e dagli ordini del vento. Alla base delle pareti della fortezza, alte circa due metri, dei faretti illuminavano la scena. Dietro l'unico ingresso rettangolare nel muro interno, Cara poteva vedere una folla ancora più enorme che si muoveva come un tutt'uno, un reticolo di luce stroboscopica proiettato sulle pareti. Quella che un tempo era una fortezza ospitava adesso una festa spettacolare. L'unica nota stonata era l'odore di gasolio dei generatori che di tanto in tanto il vento portava dall'entroterra. Ma non importava a nessuno.

Cara proseguì. Cercò Ferdia. Scrutò la marea di facce giovani. Le vibrazioni della musica la scuotevano dalla testa ai piedi. Era così forte che doveva urlare anche nella sua testa.

Attraversò l'apertura per entrare nella parte più interna del forte. Le pareti le si curvarono intorno. L'unica via d'uscita, a parte il varco da cui era entrata, era un salto di cento metri a strapiombo nel mare.

Dentro, il rave era un assalto a tutti i sensi. Un insieme di rumori, fumo, luci. Gli spettatori erano tutti girati verso il DJ, che si trovava su una piattaforma di pietra naturale che interrompeva la linea della scogliera, con lo sfondo dell'oceano alle spalle. Un palcoscenico perfetto e naturale. Le onde alle sue spalle erano parte dello spettacolo. Sembrava fossero state programmate come le luci. Si infrangevano freneticamente, a ritmo di musica. Il DJ era incorniciato da un impianto temporaneo. Cara si sentiva ancora più disorientata dal vortice di luci stroboscopiche. Per sballarsi non ci sarebbe stato nemmeno bisogno di prendere qualche pasticca. Il calore della folla aveva ripulito la pista da ballo dai fiocchi caduti, mentre, in alto, le pareti indossavano la neve rimasta come un collare di ermellino.

Cara fece del suo meglio per guardarsi intorno. Osservò i ballerini, alla ricerca di qualcosa di familiare in una situazione che di familiare non aveva proprio niente. Il ritmo della musica saliva. Il volume si alzava. La folla applaudiva. Cara sentì il suo battito cardiaco accelerare. Tutti ballavano, sprigionando un calore che si scontrava con l'aria ghiacciata. Il vento gelido sferzava l'oceano. La luna faceva a gara con le luci per chi inscenava lo spettacolo più clamoroso. Il ritmo aumentò ancora. Ogni cellula del corpo di Cara era tesa. Implorava che il basso la liberasse da quella pressione. La folla lanciava gridi di estasi tormentata.

E *wham*. Un sussulto collettivo nel momento in cui la siringa di adrenalina entrò nel petto dei raver. Una voce femminile iniziò a cantare e le luci si accesero. A Cara sembrava di guardare un film che avanzava frame dopo frame. Tutti si muovevano a scatti. Erano qui e poi lì, senza via di mezzo.

Individuò Ferdia. A sinistra della piattaforma del DJ. Una sagoma scura contro il mare. Movimenti robotici sotto la luce stroboscopica. Appariva e scompariva, in flash alternati. Cara si lanciò verso di lui, facendosi largo tra i ragazzi ipnotizzati. Lo straniante spettacolo di luci rendeva ogni passo un incubo.

Una figura uscì dall'ombra delle pareti del forte, accanto a Ferdia.

E anche quella si muoveva a spasmi, sotto le luci lampeggianti.

Seamus.

Ferdia lo individuò. Cara si mosse più rapidamente. Spinse via i ragazzi, frenetica. Avanzò. Ora vedeva Ferdia e Seamus, naso a naso.

Così vicini al precipizio.

A centro metri dall'oblio.

E anche se non riusciva a sentire le loro parole per colpa del caos, le loro espressioni e i pugni stretti erano sufficienti. Urlavano di rabbia. Rabbia pura.

Si fece largo tra gli ultimi ragazzi. Vide Ferdia alzare il braccio.

Sferrò un pugno. Seamus cadde all'indietro, in mezzo alla folla.

«Fermatevi!», urlò Cara, ma il suo grido fu inghiottito all'istante dalla confusione. Il cuore le batteva all'impazzata. Seamus era di nuovo in piedi e ballava una danza tutta sua attorno a Ferdia.

Barcollando, Cara riuscì a tirarsi fuori dal mucchio. Arrivò dietro alla fila di altoparlanti e al DJ.

«Fermatevi!», urlò di nuovo. Dietro la linea delle casse c'era un po' più di silenzio. Stavolta la sentirono e si voltarono. Sembravano stupiti dalla sua improvvisa apparizione. Poi uno sguardo diverso accese gli occhi di Seamus. Cara capì. Aveva visto un'opportunità. Sferrò un pugno, cogliendo Ferdia di sorpresa. Lo centrò. Spingendolo all'indietro.

Verso il bordo.

Ferdia agitò le braccia. Inciampò sul terreno ghiacciato. I suoi occhi si spalancarono, mentre sul suo viso si faceva strada un'orribile consapevolezza. Sapeva cosa stava per accadere. Cara si gettò su di lui. Si allungò, cercò di raggiungerlo. Le loro dita… così vicine. Un capello a separarli.

E poi Ferdia precipitò.

Rapito dalla forza di gravità, come se un demone lo avesse preso e trascinato di forza verso l'inferno.

Cara traballò. Non aveva pensato al *suo* slancio. Anche

lei venne attirata oltre il bordo della scogliera. Inarcando la schiena, vide Ferdia che diventava sempre più piccolo in basso.

Era lei la seconda vittima della gravità.

Cento metri di strapiombo che la chiamavano urlando.

Quarantasei

Per un attimo ebbe paura che il braccio si sarebbe staccato dal corpo. Qualcuno la tirò via dal precipizio. Lo slancio iniziale si invertì. Ora ruzzolava all'indietro, in direzione della folla. Cadde su Seamus, il suo salvatore. Le sue mani ancora strette sul braccio. Atterrarono entrambi sul terreno solido, freddo. Erano sulla scogliera. Erano vivi. Non erano caduti, non erano morti.

Rimasero a terra, inorriditi e ansimanti, un groviglio di braccia e gambe. Cara rantolava, Seamus singhiozzava. La musica faceva vibrare il terreno.

«Non volevo, non volevo. O mio Dio, Ferdia, amico mio. Amico mio. Oh, cosa ho fatto?», gridava Seamus. Cara sentiva ogni suo singolo singhiozzo nell'orecchio. Si girò e gli mise le braccia attorno al collo, attirandolo a sé.

«Ero così arrabbiato, ha ucciso la mia Maura, la mia Maura, l'amavo ancora, Cara. L'ho sempre amata». Seamus ansimava e sussultava, tremando tra le sue braccia. «Non volevo che finisse così, credimi, credimi. Oh, Cara».

«Ti credo, Seamus. Ti credo», sussurrò lei. Le sue parole furono inghiottite dalla musica, che non si era mai fermata. Cara lo strinse forte e fissò il cielo. Guardò la luminosa luna dell'Atlantico in mezzo a un cielo blu scurissimo. I raggi dei riflettori puntavano verso il mare. Cara sentiva la folla muoversi come un tutt'uno dietro di lei. Nessuno sapeva ciò che era appena accaduto. Guardò le stelle in alto e ripensò a un Capodanno come quello, dieci anni prima. Una notte in cui il mare era altrettanto agitato. Un'altra notte in cui lei e Seamus avevano perso una persona cara. Sentì le lacrime affiorare. Strinse Seamus un po' più forte e anche lui la abbracciò. Rimasero lì a singhiozzare, immobili sotto lo sguardo incurante di una luna indifferente, senza cuore.

Quarantasette

Camminarono mano nella mano lungo la ripida discesa di Dun Aengus. Superarono la folla che festeggiava, persa nel ritmo e nelle droghe. Nessuno dei due parlò finché non raggiunsero la strada e svoltarono verso casa. Il primo a rompere il silenzio, con voce pacata, fu Seamus.

«L'ho seguito. Dopo che te ne sei andata. Non volevo che scappasse. Avrebbe potuto lasciare l'isola e forse non avrebbe mai pagato per quello che aveva fatto. Non riuscivo a sopportare l'idea».

«Va tutto bene, Seamus, lo capisco».

«Non volevo che finisse così… è solo che…». Seamus scosse la testa. «O Dio… cosa succederà adesso?». Prese un respiro profondo e si passò un braccio sul viso.

«Adesso torniamo a casa. Non preoccuparti. Mi occuperò io di ogni cosa».

«Grazie, Cara. Mi dispiace tanto per tutto quello che è successo».

Lei gli strinse la mano.

«Non posso credere che abbia ucciso Maura». Gli tremava la voce. Era sconvolto.

Cara scosse la testa.

«Nemmeno io. Immagino che non l'avesse premeditato. Credo sia stato sopraffatto dalla rabbia».

Seamus ricominciò ad ansimare. Cara capì. Probabilmente stava immaginando Maura ferita, impotente… Era terribile. Impensabile. Lo abbracciò.

Camminarono in silenzio per alcuni minuti. Cara parlò. «Hai lasciato Sorcha da sola a casa? Dovremo dirglielo».

Seamus si fermò. Si girò e la guardò. Era pallido.

«È scappata».

«Cosa?»

«Non appena tu e Ferdia siete corsi via, Noah e i suoi se ne sono andati. Sorcha si è precipitata nella sua stanza. Ha riempito la valigia con le sue cose ed è scappata. A quel punto ho deciso di andare a cercare Ferdia. Mi sono spaventato perché avevo paura che scappassero tutti».

«Merda». Cara si frugò in tasca e tirò fuori la radio. Premette il pulsante e la radio prese vita.

«Daithí, sono io».

«Va tutto bene?», rispose la sua voce gracchiante.

«No, temo di no. Dovresti farmi un paio di favori. Primo: puoi contattare i tuoi colleghi volontari della RNLI e dirgli che c'è un corpo in acqua? È caduto dalla scogliera di Dun Aengus. Digli che si tratta soltanto di un'operazione di recupero».

«Chi devono cercare?».

Cara fece una pausa. Prese fiato.

«Ferdia», rispose. Per un po' non si sentì nulla. Poi la radio si rianimò. «Sei sicura?»

«Sì. Ti racconterò tutto a casa».

«Cristo. Ok».

«Mi serve un altro favore. Tieni gli occhi aperti: se non è già lì, presto dovresti vedere Sorcha. Sta cercando di scappare. Vorrei che la riportassi a casa».

«E se non vuole venire?»

«Hai il mio permesso di portarcela con la forza».

«Farò come dici, Cara. Ma sai che non sono uno a cui piace usare le cattive».

«Non preoccuparti, Daithí. Quando ti spiegherò tutto, ti sentirai meno in colpa».

«E se la trovo torno a casa? Sei sicura? Non ci sarà nessuno a sorvegliare il porto».

«Non è più un problema».

Quando tornarono, la casa era completamente al buio. Era stata abbandonata, con le candele accese sparse per tutto il soggiorno: Cara temeva di ritrovarla in fiamme. Invece era ancora lì. Entrarono dalla porta sul retro. La luna filtrava dalle finestre accanto al fuoco, proiettando un'inquietante bagliore nella stanza. Il fuoco nel camino era ancora acceso, ma stava per spegnersi. La cera era colata sul lato della libreria dove un gruppo di candele si era completamente sciolto. Nell'aria aleggiavano ancora i profumi deliziosi della cena.

Ancora una volta, sembrava che la stanza fosse rimasta bloccata nel tempo. Solo poco prima era stata piena di gente. Di chiacchiere, risate, buon cibo e vino. Ora era deserta. I piatti con i dolci mangiati a metà lasciati lì sul tavolo. I bicchieri di vino abbandonati. Era come quando Seamus aveva paragonato la casa alla nave misteriosamente abbandonata, la *Mary Celeste*, la prima sera che avevano passato lì. Cara rabbrividì. Sentì le voci dei suoi amici. Di quando erano adolescenti. Spensierate, innocenti. E poi le voci di adesso. Cresciute, contorte, marce. Non era stata felice di tornare in quella casa. Troppi ricordi dolorosi. Si era convinta che il decimo anniversario della morte di Cillian fosse il giorno giusto per dire addio a tutti i fantasmi del passato. E invece ne avevano solo creati altri. Non voleva mai più mettere piede in quel posto. Era ora di chiuderlo a chiave e andarsene per sempre.

Seamus attraversò la stanza e gettò alcuni ceppi sul fuoco. Quando le fiamme si alzarono, aggiunse un po' di torba secca. Cara prese delle candele e le accese. Ne mise alcune sul tavolo della cucina, tra i piatti abbandonati, e altre intorno al focolare. Nella stanza tornò un po' della luce calda e accogliente della cena.

Cara prese la bottiglia di vino rosso mezza piena e i bicchieri che lei e Seamus avevano usato. Si avvicinò al fuoco e li riempì. Ne porse uno al suo amico, che era seduto su una poltrona e guardava le fiamme. Fissava un punto lontano con sguardo assente. Afferrò il bicchiere e ne bevve metà tutto d'un fiato. Cara prese la custodia del violino dalla parete, fece il giro del divano, si sedette e la posò sul tavolinetto da caffè.

«Andrà tutto bene», disse con ben poca convinzione. Bevve un sorso. *Ovvio* che non sarebbe andato tutto bene. Come sarebbe stato possibile? Posò il bicchiere e aprì delicatamente la custodia. Tirò fuori il violino e l'archetto. Se li posò sulla spalla. Ma poi, con un lungo sospiro, li rimise nella custodia. Non esisteva una melodia abbastanza triste per esprimere quello che provava. «Andrà tutto bene», ripeté. Con ancora meno convinzione di prima.

«Non lo so», disse Seamus in un mezzo sussurro. «Ho perso i miei più cari amici. Non posso rimanere qui, annullerò il film. Anche perché in ogni caso non riuscirei a guardarlo. Senza Maura, senza Fer...». Si interruppe e scosse la testa. Le lacrime ricominciarono a scorrere. Se le asciugò, buttando giù il resto del vino.

«Forse no», concordò Cara. Seamus si riempì di nuovo il bicchiere. Offrì altro vino a Cara ma lei rifiutò.

«Vacci piano con l'alcol. Questa settimana ci hai dato dentro parecchio per essere uno che va dagli Alcolisti Anonimi».

«Ti ho detto che lo faccio solo per stringere contatti».

«Hai anche detto che non bevi molto. Sono solo preoccupata per te. Probabilmente sei sotto shock».

Seamus posò il bicchiere sul tavolino. La guardò.

«Sono nei guai, Cara, vero? Posso andarmene domani? Non voglio restare qui».

«Non lo so. I miei capi arriveranno domattina e a quel punto la questione sarà nelle loro mani. Garantirò per te, forse si potrà trovare una soluzione...».

«Grazie».

«E credo che vorrò andare via anche io».

«Tu te la caverai qui, Cara. Non preoccuparti».

«La nostra amata Maura è morta. E a ucciderla è stato un nostro amico. Non così amato, forse, ma comunque un amico. Le cose qui saranno molto difficili».

«Mi dispiace».

Cara scrollò le spalle. «Non dispiacerti. Non è colpa tua».

Seamus guardò la luna fuori dalla finestra. In lontananza si sentivano lievi tonfi ritmati. Il rave continuava, ignaro di tutto. Controllò l'ora.

«Si sta facendo tardi».

«Che ora è?»

«Le undici e venticinque».

«Non credo che dovremo aspettare mezzanotte e uno per sapere che sarà un nuovo anno terribile».

«Cara, non fare così», disse Seamus, con i suoi occhi da cane bastonato.

A quel punto la porta sul retro si aprì ed entrambi si girarono. Una Sorcha dall'espressione acida entrò trascinandosi dietro la valigia. Daithí la seguì. Una folata d'aria gelida si riversò nella stanza e spense le candele sul tavolo. Le fiamme di quelle accanto al fuoco tremolarono, ma resistettero.

«Allora, che cos'è? Eh?», scattò Sorcha. «Stavo per andarmene da questa roccia dimenticata da Dio, avevo trovato qualcuno che mi avrebbe portato a casa. E mi avete trascinato indietro. Anche tu mi odi, Cara? È così?»

«Piantala, Sorcha», disse Daithí in tono pacato. Pacato ma fermo. Carico di sottintesi.

«Vuoi sederti?». Cara indicò la poltrona vuota dall'altra parte del camino.

«Sembra più un ordine che una domanda».

«Sorcha, per favore, smettila con questo atteggiamento. Dobbiamo dirti una cosa».

Sorcha aprì la bocca per parlare, ma cambiò idea. Si sedette dove le aveva indicato Cara. Daithí le porse un bicchiere di vino. Lei alzò lo sguardo su di lui, sorpresa. Lo prese senza fare domande. Lanciò una rapida occhiata a Seamus e poi di nuovo a Cara. Daithí si sedette accanto a Cara sul divano.

«Che succede? Cosa c'è che non va?». Sorcha spostò lo sguardo dall'uno all'altro. Poi si portò il bicchiere alle labbra e bevve, con aria rassegnata. «*Cos'altro* c'è che non va, direi.

Un marito assassino è il non plus ultra, non credete? Non penso proprio che dobbiate dirmi qualcosa di peggio».

Cara fece un respiro profondo.

«So che le cose erano complicate tra voi due… anche così… Ascolta, Sorcha, non c'è un modo semplice per dirtelo. Ferdia è morto».

«Cosa?»

«C'è stato un incidente», disse Seamus.

Sorcha li fissò a bocca aperta.

«Io… non ci credo», disse infine, fissando Cara.

«Dovresti crederci, invece. E non fare quella faccia sorpresa. Era il tuo piano fin dall'inizio, non è vero?».

Quarantotto

Sorcha sgranò gli occhi pieni di lacrime. Aprì e richiuse la bocca, mentre il cervello cercava di elaborare l'accusa di Cara.

«Piano? Come sarebbe a dire? Non lo volevo morto», sussultò. Si girò di scatto, guardò Daithí, poi Seamus e di nuovo Cara. «Come fai a dire una cosa del genere?».

Seamus e Daithí avevano delle espressioni altrettanto sconvolte.

«Ok», disse Cara, tenendo le mani in alto e tornando a sedersi sul divano. «Hai ragione, non era esattamente il tuo piano. Credo che la stessa cosa sia vera in generale per tutto questo disastro: nessuno pensava che il proprio piano sarebbe finito in questo modo. Non volevi che Ferdia morisse. E nemmeno Maura. Ma è quello che è successo. Sarebbero ancora vivi se tu non avessi architettato un piccolo piano di vendetta».

«Che diavolo dici, Cara?». Daithí aveva ritrovato la voce.

Cara scosse la testa. «Ci penso io, Daithí. Non preoccuparti».

Sorcha si alzò. Guardò la porta sul retro. «Non è tutta colpa mia. Che diavolo dici!».

«Se ti siedi, posso spiegare. Non pensare nemmeno di fuggire. Non andrai lontano».

Sorcha si rimise a sedere e si accasciò.

«Come ho già detto a cena, hai piazzato la droga nella cattedra di Maura per metterla nei guai. Ma quella era solo la prima parte. Volevi rovinare anche Ferdia».

Sorcha guardò Daithí, Seamus e Cara. Esitò, poi sospirò.

«Sì, volevo vendicarmi. Dopo quello che mi hanno fatto, Cara, l'avresti voluto anche tu».

«Non ne sono tanto sicura».

«Ah! Perché per te era tutto perfetto». Sorcha alzò le mani. «Marito perfetto, figli perfetti, migliore amica perfetta. E io cosa avevo? Niente. Tutto quello che volevo era sposare Ferdia, sistemarmi. Non chiedevo molto». Sprofondò nella poltrona. Aveva il viso in penombra. «Ma lui ha iniziato a tradirmi fin dall'inizio. Non voleva sistemarsi e trovarsi un lavoro vero. Si è invischiato con gente che spaccia, si è indebitato. Pensava di essere più furbo di loro e di poter guadagnare qualche soldo senza che lo scoprissero. Che stupido. Naturalmente lo hanno capito. Lo hanno picchiato e lo hanno costretto a lavorare di più. Non è riuscito a ripagarli, il debito diventava sempre più grande. È stato orribile. Gli ultimi dieci anni sono stati orribili. Ma ho tenuto duro. Non mi sono mai allontanata, non ho mai rinunciato a lui. E cosa ho ottenuto in cambio? L'anno scorso è tornato qui e si è messo con Maura. La sua prima scelta».

«E di questo mi dispiace davvero, Sorcha».

Lei tirò su con il naso e si girò dall'altra parte. Ora il suo viso era completamente al buio.

«Qualunque cosa pensiate che abbia fatto», disse con voce tranquilla, «non li ho uccisi io».

«No, non direttamente. Ma hai acceso la miccia iniziale di questo disastro».

Sorcha si voltò a guardarla. «Non capisco proprio a che ti riferisci, Cara. Davvero, è ridicolo».

«Purtroppo non lo è. Parlo della parte del piano con cui volevi punire Ferdia. Stavi per smascherarlo, vero? Volevi denunciarlo per spaccio, metterlo nei guai».

Sorcha non disse nulla, ma non smentì nemmeno.

Cara proseguì: «Sospetto che volessi anche distruggere la sua relazione con Maura. Ecco perché non sei venuta da me a dirmi cosa stava combinando Ferdia. Invece, hai deciso di prendere due piccioni con una fava. Avresti fatto capire a

Maura che razza di persona era Ferdia, li avresti fatti lasciare e avresti denunciato lui… Sapevi che Maura sarebbe venuta direttamente da me. Che sarebbe rimasta disgustata da lui. Dicevi che era una persona cattiva, ma sapevi che non era vero. Eri sicura che avrebbe fatto la cosa giusta. Sentiti libera di correggermi se sbaglio».

Sorcha rimase in silenzio.

«Sei sicura di quello che dici, Cara?», chiese Daithí.

«Oh, sì. Vedi…». Cara si sporse in avanti e guardò Daithí. «Per tutto questo tempo, mi è sembrato strano che la vostra serata al pub fosse finita tanto presto. Daithí, mi hai detto che il tutto si è concluso alle 23:30 e che Maura è andata a casa. L'hai accompagnata tu stesso».

Cara si alzò, prese un pezzo di torba secca e lo mise nel camino. Continuò a parlare mentre lo smuoveva con un attizzatoio, fissando le fiamme.

«Vi rivedete per la prima volta dopo dieci anni e la serata finisce così presto?». Cara scosse la testa e fece spallucce. «No, non sembrava per niente una cosa da noi… Più tardi, quando ho scoperto alcune cose, ho pensato che facesse tutto parte di un piano di Maura e Seamus per depistarci sulla loro relazione. Pensavo che Maura fosse tornata qui di nascosto. Due persone l'avevano vista sulla porta la mattina dopo con gli stessi vestiti della sera prima, giusto? La cara e vecchia "walk of shame". Tutto tornava. L'unica cosa che non riuscivo a comprendere era perché tenesse nascosta la relazione con Seamus. Saremmo stati tutti felici di sapere che stavano insieme.

Ma quando ho capito che era proprio Ferdia l'uomo misterioso, ho capito anche che doveva esserci un motivo diverso per cui la serata era finita presto.

Ricordi quando tu e Ferdia siete andati da Maura il pomeriggio in cui siete arrivati sull'isola? Quando vi ha raccontato che il gatto della vicina aveva distrutto il Wi-Fi? Credo che Ferdia avesse qualcosa con sé. Qualcosa che non voleva lasciare qui. E sapeva che Maura l'avrebbe tenuto al sicuro.

Più tardi, al pub, hai parlato con Maura. Le hai detto che sapevi tutto di lei e di Ferdia. Le hai raccontato qualche altra cosa su tuo marito. Le hai detto che quel pacchetto che aveva accettato di custodire con tanta innocenza conteneva della droga e che, tenendolo in casa, stava rischiando la carriera, la libertà, tutto. E ovviamente Maura è dovuta andare via. Doveva sbarazzarsene. Sapevi che l'avrebbe fatto e poi sarebbe venuta da me. E che Ferdia se la sarebbe vista brutta. Speravi che andasse così, vero?».

Sorcha le lanciò un'occhiataccia. Sollevò il bicchiere e bevve un sorso, senza distogliere mai lo sguardo da Cara. Poi lo posò, le labbra rosso sangue per il vino. «Nella tua storia», disse Sorcha lentamente, «nulla indica che in qualche modo sia io la responsabile della loro morte».

«Oh, ma nonostante tutti i tuoi piani accurati… Hai commesso un errore».

Quarantanove

Cara camminava davanti al camino.

«Un errore? Che errore?», chiese Sorcha.

«Il pacco». Cara si fermò e la guardò. «Non era droga».

«Cosa? Non era droga?»

«No».

«E cos'era allora?», chiese Daithí.

«Già, cos'era?», chiese Seamus, teso.

Cara si fermò, si girò verso il tavolino e si inginocchiò. Sotto la flebile luce, allungò la mano e aprì la cerniera della tasca della custodia del violino. Tirò fuori il pacchetto. Sorcha, Daithí e Seamus si avvicinarono. Cara si sedette sui talloni e iniziò a scartarlo con cura. Per prima cosa tolse il foulard esterno, lasciandoselo cadere sulle ginocchia e rivelando uno strato di vecchia carta marrone. Quindi tirò via anche quello. Sotto, in tutta la sua modesta gloria, c'era il quaderno malconcio.

«O mio Dio!», esclamò Seamus. Lo aveva riconosciuto anche nella penombra. «Cara, dove l'hai trovato? Sono anni che lo cerco». Allungò la mano per prenderlo. Ma Cara la scansò.

«Cos'è?». Sorcha guardò Seamus e poi lei.

«È il libro di memorie di Seamus», rispose Cara. «È l'originale, vero? La prima versione scritta a mano in irlandese?»

«Sembra proprio di sì». Seamus si spostò in avanti fino al bordo della poltrona. Era sulle spine e sembrava quasi che avesse l'intenzione di strapparglielo di mano. «Ma dovrei prima dare un'occhiata… Posso?». Allungò di nuovo la mano.

Cara lo ignorò. Si alzò in piedi e cominciò a sfogliarlo.

«Inizialmente pensavo fosse un diario. Ma tu avevi detto che era così che era nato il tuo libro, quindi aveva senso».

«Sì, è così. Un diario privato», disse lui, in tono deciso.

«Sono così confuso», disse Daithí. «Il pacco che stavi cercando… L'oggetto misterioso di cui l'assassino – Ferdia – voleva così disperatamente impossessarsi, tanto da arrivare a uccidere Maura… era il libro di Seamus? Perché mai?»

«Ora ve lo spiegherò».

Cara si girò e guardò Seamus dritto negli occhi. Il nervosismo lo divorava.

«E il primo piccolo dettaglio che chiarirò è che Ferdia non ha davvero ucciso Maura. O sbaglio, Seamus?».

Cinquanta

«Non so perché me lo chiedi! Sei tu quella che ha tutte le risposte, a quanto pare». Seamus si appoggiò allo schienale, accavallò le gambe e incrociò le braccia. Ruotò appena su sé stesso, per aumentare un po' di più la distanza che lo separava dal fuoco. E da Cara.

«Non tutte. Ma abbastanza. Se volete, inizio».

«Fa' come ti pare», disse Seamus.

«Ok. Tornerò indietro… Partirò dal principio. Quella sera al pub», disse, girandosi verso Sorcha, «hai dato il via al tuo piano di vendetta. Hai scambiato due chiacchiere in privato con Maura, e lei è andata via di corsa per vedere se c'era della droga in casa sua. E invece…». Cara batté la mano sul libro. «Questo è quello che ha trovato. Ed è rimasta sveglia a leggere, tutta la notte. Senza fare una pausa, nemmeno per cambiarsi. Era una donna intelligente. Ferdia voleva tenere il pacco al sicuro e tu, Sorcha, pensavi si trattasse di droga. Maura si sarà chiesta cosa nascondeva di tanto importante. E così si è seduta e si è messa a leggere. E ha scoperto qualcosa che l'ha sconvolta.

È venuta a parlartene, Seamus. È stato quando *mamó* e Patrick l'hanno vista sulla soglia. Non aveva passato la notte qui in segreto. No. È venuta dopo aver letto questo». Cara accarezzò il libro, giocherellando con i fiori che facevano capolino dalle pagine. «Ma ti ha sottovalutato, non è vero? Anche se in passato si era verificato quell'incidente, le continuava a vedere del buono in te. Non sospettava che si stesse mettendo in pericolo. Ma deve aver visto qualcosa nella tua reazione. Ha capito che aveva giudicato male la situazione. È andata via ed è venuta a cercarmi. Ma io non c'ero, e ha parlato con *mamó*. Sono sicura che abbia cercato di chiamarmi, ma sappiamo tutti che non c'è campo sull'isola. Ero in giro, non è riuscita a contattarmi. Non voleva lasciare il pacco a *mamó* e mettere in pericolo anche lei. Ma sapeva anche che riportarlo a casa sua sarebbe stata la cosa più ovvia e che tu lo avresti intuito. Quindi aveva bisogno di un posto dove nasconderlo. Non aveva dubbi: saresti andato a cercarla. E sulla strada del ritorno, è passata davanti al cimitero. Lo ha nascosto lì».

«Era al cimitero?», chiese Daithí. «Per questo sei rimasta indietro?»

«Sì. È sempre stato lì. Il buon vecchio Cillian, affidabile anche nella morte, lo ha tenuto d'occhio. Per lei. Per me. Non so se poi Maura sia andata subito a casa o se abbia riprovato a cercarmi. Comunque sia, quando è tornata a casa sua aveva fretta. Non si è presa nemmeno il tempo di mettere via la bicicletta, l'ha abbandonata contro il muro e si è precipitata dentro. Sapeva che doveva trovare un modo per darmi un indizio. Un indizio che tu non avresti notato, ma io sì. Ecco perché ha scelto la palla di neve».

«La palla di neve?», chiese Seamus.

«Vedi, non sai nemmeno di cosa sto parlando. Maura, quanto sei stata intelligente! Mi ha indirizzato verso una pila di fogli su cui ho trovato un secondo indizio. Stavolta, per evitare che tu lo notassi per caso, lo aveva nascosto in un cruciverba. Non poteva scrivere semplicemente "ho nascosto il pacco al cimitero". Sentiti libero di intervenire, Seamus, se pensi che possa aver sbagliato qualcosa...».

Cara aspettò, dandogli la possibilità di replicare. Ma lui tenne la bocca chiusa.

«Ok, dal tuo silenzio deduco che sono sulla buona strada. Sei arrivato a casa sua. Immagino che all'inizio tu abbia cercato di convincerla con il tuo fascino. Ma lei non si è lasciata influenzare. Non voleva dirti dove lo aveva nascosto. Mi chiedo se la situazione è degenerata in fretta. Quanto ci hai messo a perdere le staffe? Qual è stata la goccia che ha fatto traboccare il vaso, Seamus? Cos'ha fatto scattare la rabbia?».

Seamus si alzò in piedi. Le puntò un dito contro.

«Non essere ridicola! Sono io lo scrittore, non tu. Queste sono tutte sciocchezze. Stai dicendo che ho ucciso Maura? Sul serio? Hai perso completamente la testa. Qualche ora fa era Ferdia. Poi è stata colpa di Sorcha. Ora sono io? Il prossimo sarà Daithí? Ehi, forse Maura si è uccisa da sola, eh? Si è legata e si è gettata nella Tana del Serpente?»

«Probabilmente dovrei precisare che non ho mai pensato che fosse stato Ferdia. Gli ho chiesto se si fosse arrabbiato tanto da ucciderla. Non l'ho mai accusato. Se non ci avesse sorpreso tutti scappando in quel modo per vendere droga e obbedire alla sua banda di spacciatori... E se tu non lo avessi spinto giù, impedendogli di difendersi... Avrei detto la stessa cosa».

«Perché accusarlo, allora? Cosa stavi cercando di ottenere, Cara? So che sono stati giorni terribili, ma credo che tu abbia perso la testa». Seamus scosse il capo. Si girò verso gli altri, con le sopracciglia e le mani alzate, in cerca di sostegno.

«Cosa stavo cercando di ottenere?», chiese Cara, senza mai distogliere lo sguardo da Seamus. «Volevo che ti convincessi che avevo commesso un errore, ecco cosa. Volevo che ti sentissi sicuro di farla franca. Speravo che questa sicurezza ti facesse abbassare la guardia. Cadere in errore».

«Cosa?», chiese Seamus con aria di sfida, avvicinandosi di un passo. «Non ho fatto nulla, quindi non posso aver fatto nessun errore».

«Mi permetto di dissentire. Anzi, l'hai fatto proprio adesso».

«Cosa?»

«Poco fa hai detto che Maura era stata legata. Io non ve l'ho mai detto».

«Sì che ce lo hai detto».

«No. Daithí lo sapeva perché era lì con me. Ma non l'ho detto a nessuno di voi perché non sarebbe stato professionale».

«Ma…».
«Daithí, lo hai detto a qualcuno?»
«Nemmeno a un'anima».
«L'unica altra persona che sa che Maura è stata legata è la dottoressa De Barra. E non credo che te l'abbia detto lei. Perciò fammi spiegare cosa è successo dopo che l'hai uccisa…».
«Oh, per l'amor di Dio!».
«Lasciala finire», disse Sorcha con la fronte corrugata, sporgendosi in avanti.
«Già, voglio sentire anche io», disse Daithí. «E siediti».
Seamus lo fissò per un attimo, poi obbedì. Si rimise giù, ma rimase appollaiato proprio sul bordo della poltrona.
«Grazie, ragazzi. Ok… dove eravamo rimasti? Oh sì, hai dato di matto e l'hai uccisa. Ma dovevi coprire le conseguenze della tua ira. Così hai messo al lavoro quel tuo piccolo, prezioso cervello da scrittore. Dovevi inventarti qualcosa per distogliere l'attenzione. Sapevi che ti avremmo scoperto subito, se avessimo visto le tracce di un delitto passionale. Temevi che Maura e Cillian mi avessero raccontato di quell'episodio di violenza. A ogni modo, se ti interessa saperlo, non me lo hanno mai detto. Hanno mantenuto il segreto, in modo che non ti odiassi. Che brave persone. Ma la loro gentilezza mi ha portato fuori strada. Allora, cosa ti sei inventato? Un furto finito male? Doveva essere questa la storia? L'hai legata e imbavagliata. Volevi che sembrasse tutto tranne che un crimine passionale. Ti sarai infuriato quando poi hai scoperto che Maura aveva uno stalker. Patrick era il perfetto capro espiatorio. Sarebbe stato un bel finale per Maura. Pulito.
Ma hai cambiato idea. Hai abbandonato il piano iniziale. Sai, in un primo tempo ero confusa. Qualcuno l'aveva uccisa, e *poi* legata e gettata nella Tana del Serpente? Cosa stava succedendo? Non capivo. Poi mi sono ricordata di quello che hai detto sulla fine di un film. È la parte più difficile. Dopo quanto ti sei reso conto che la messinscena del furto con scasso era un'idea stupida? Quando hai dovuto aprire

con la forza la mascella bloccata dal rigor mortis? Oppure quando le hai legato le braccia rigide? Hai capito che non stavi scrivendo il finale di un film, ma si trattava della vita reale? Perciò, quando hai smesso per un attimo di farti prendere dal panico, ti sei reso conto che la scientifica avrebbe esaminato la casa, e che la messinscena del finto scassinatore violento sarebbe crollata come un castello di carta. Quindi hai pensato di fare una cosa più semplice. L'hai gettata nella Tana del Serpente, nella speranza che il mare la portasse via. Speravi che venisse risucchiata da quei canali sotterranei e che sparisse. Purtroppo per te, il mare non è stato un buon complice. Aveva altri piani. Nessuno poteva lasciare l'isola: nemmeno Maura.

Allora, come sto andando? Mi sono persa qualcosa? Vogliamo tirare le fila?»

«Fa' pure», sogghignò Seamus, con le labbra contorte in un sorriso beffardo.

«Grazie, lo farò... La sera in cui sono venuta qui dopo essere tornata da Galway ti sei comportato in modo del tutto normale, come se non fosse successo nulla. E nel frattempo Maura giaceva senza vita da qualche parte, a casa sua, in attesa che tu tornassi e architettassi la tua storiella. Quando ti è venuta in mente l'idea? Durante la cena, mentre ci deliziavi con le tue storie di Hollywood? Ci hai detto che non bevevi molto perché andavi agli Alcolisti Anonimi e invece volevi solo restare lucido perché dovevi tornare da lei mentre noi dormivamo? Perché poi hai bevuto eccome. Non avevi più bisogno di quella maschera. Quando ti ho trovato su quella poltrona, alle sei del mattino... ti ho abbracciato. Eri gelato. Mi sono sentita così in pena per te. Ti ho stretto mentre piangevi. Ma stavi congelando perché eri appena tornato dalla Tana del Serpente, vero? Ecco perché piangevi. Per te stesso e per l'ennesimo pasticcio che avevi combinato».

Cinquantuno

«Cristo, Cara», disse Daithí, «sei sicura?».

Lei annuì. «Temo di sì».

«Fantascienza totale», mormorò Seamus.

«E che c'entra il quaderno con questa storia?», chiese Daithí. «Non ce l'hai spiegato».

«Già, cosa c'è di così fatale nello stupido libro di memorie di Seamus?», disse Sorcha. «Come mai si è arrabbiato dopo che Maura lo aveva letto?»

«Non mi sono "arrabbiato"! Cara si sta inventando tutto! È disperata. I suoi capi arriveranno domani e lei vuole avere qualcosa da dirgli. Non mi farai diventare il tuo capro espiatorio, Cara Folan», disse Seamus. Si alzò in piedi e provò a prenderle il taccuino dalle mani. Cara si scansò.

Daithí si alzò di scatto e fece un passo verso di lui, costringendolo a indietreggiare.

Con una rapida occhiataccia, Cara iniziò a sfogliare le pagine.

«Allora, cosa c'è di così speciale in questo vecchio quaderno logoro? Lo so, è stata la mia prima domanda. Poi ho notato questa pagina. Maura l'ha contrassegnata con i fiori. Come la palla di neve. Mi ha indirizzato usando oggetti che per noi significavano molto. Quando ho aperto questa pagina, ho riconosciuto una parola. Be', non una parola, un nome. Cillian. Il mio amato Cillian».

«Dammelo», scattò Seamus. «Leggerò tutte le pagine che vorrai, dato che tu non ne sei in grado, e ti dimostrerò che non c'è nulla di strano là dentro. È solo il mio dannato libro di memorie!».

«Ok, allora, per favore, leggi qui». Cara gli passò il quaderno. Con uno sguardo a Daithí, Seamus fece un passo avanti e lo prese.

Scorse la pagina e alzò lo sguardo verso Cara.

«Va' pure…», disse lei.

Seamus si sedette e iniziò a leggere.

«*31 dicembre 2012. Siamo di nuovo in mare. È l'ultimo dell'anno. Cillian voleva uscire. Per andare a pescare. Conosce tutti i ristoranti di Galway. Ci pagheranno bene per il pesce per i pranzi di Capodanno. I pranzi che fanno le famiglie normali, non quelle come la nostra. Famiglie che escono insieme, che mangiano insieme. Non siamo mai andati in ristoranti di lusso a Capodanno. E nemmeno negli altri giorni. Ci sedevamo sempre allo stesso tavolo di legno. Nella cucina con i mobili gialli. Cercavamo di non guardarci negli occhi. Cercavamo di non piangere. Pasto dopo pasto. Speravamo di non provocarlo. Di non beccarci un pugno…*».

Seamus fece una pausa e guardò Cara.

«Tranquillo, continua», disse lei.

Seamus abbassò lo sguardo.

«*Cillian non vuole festeggiare questo Capodanno. Ora ha dei figli. Ma lui non ha dentro il veleno, come me. I pugni lo hanno ammaccato ma non lo hanno segnato. Riesce ad amare i suoi bambini. La rabbia che provo io invece è sempre lì, da qualche parte, per quanto cerchi di nasconderla. Lui sembra aver trovato un modo per farla sparire.*

Vedo Kilronan scintillare sull'acqua. Vorrei essere al pub con Ferdy e Sorcha. Soprattutto con Maura. Ma sono qui fuori. Con il fratello che amo. Che mi ama. Il mare è agitato, però, e non mi piace. Lo dico a Cillian e lui ride. Mi dice di andare in cabina a controllare i quadranti. Lo assecondo. Come sempre. Perché Cillian ne sa più di me. Da sempre. Quando nostro padre si arrabbiava, sapeva dove era meglio nascondersi e quando era il caso di uscire. Scendo in cabina e controllo i quadranti. Un'onda si abbatte sulla fiancata e per poco non mi fa cadere. Esco. E sono solo. Mi aggrappo al parapetto mentre la barca dondola e viene colpita da un'altra onda. Lo cerco, ma è una barca piccola nel vasto mare aperto. C'è solo una spiegazione. Grido. Cillian! Corro a poppa. Guardo oltre il bordo della nave. Urlo di nuovo il suo nome. Cillian! Cillian! Ma la notte e il mare sono neri e silenziosi.

«Cara, ti prego, non voglio più leggere».

«Ok, puoi smettere».

Seamus sospirò e chiuse il quaderno.

Cara, in piedi vicino a lui, si chinò e glielo tolse dalle mani.

«Ehi!», disse Seamus, preso alla sprovvista. «È mio, ridammelo!».

Ignorandolo, Cara riaprì la pagina segnata.

«La cosa buffa, Seamus, è che non credo che tu abbia tradotto molto bene questa parte. Niente affatto. Hai parlato inglese per tutto questo tempo in California, forse sei un po' arrugginito in irlandese. In realtà dice qualcosa di molto, molto diverso».

Cinquantadue

«E tu come fai a saperlo?»

«Ottima osservazione. Come faccio a saperlo?». Cara abbassò lo sguardo sulla pagina e poi lo posò su Seamus. «Per me sono solo un mucchio di parole incomprensibili, vero?».

Guardò Seamus sulla sedia e poi il violino sul tavolino. Si chinò un attimo e passò le dita sulle corde sporche di colofonia. Con la coda dell'occhio vide i volti pallidi e stupiti di Daithí e Sorcha. Toccò di nuovo le corde del violino. Vibrarono, sprigionando delle note a caso nell'aria.

«Sei rimasto colpito da quanto sono migliorata con il violino, Seamus, vero?»

«Cosa? Ora hai davvero perso la testa».

«Ma è così, no?»

«Sì», rispose lui lentamente, con diffidenza.

«Te l'ho detto che ho avuto tanto tempo a disposizione. Un sacco di tempo per esercitarmi».

«E che c'entra adesso?»

«Che c'entra? In realtà non mi sono esercitata solo con il violino». Cara ricominciò a camminare, con il quaderno ancora in mano. Accarezzò i fiori. Guardò Seamus ancora una volta. Riaprì la pagina. Quella in cui parlava di come Cillian era finito in mare. Di come era annegato durante una tempesta. Un tragico incidente che l'aveva privata dell'amore della sua vita e del padre perfetto per i suoi figli.

«Di sera, dopo aver messo via il violino… Tiravo fuori libri e applicazioni. E mi esercitavo su altro. Alla fine ho seguito il consiglio di Daithí e Maura. Mi sono resa conto che non avevano tutti i torti. Forse la mia testardaggine era una parte del problema. Forse dovevo andare incontro agli isolani. Avrei sorpreso tutti… Vedete, ho imparato l'irlandese. So parlarlo e capirlo. E sapete cos'altro? So anche leggerlo».

Seamus scattò in piedi. Le si lanciò addosso e le strappò il quaderno dalle mani. Cara si tuffò a sinistra, schivandolo, ma cadde all'indietro e per poco non finì nel camino. Sorcha urlò. Daithí si era alzato pochi secondi dopo Seamus. Con un salto, si gettò sul tavolo, facendolo a pezzi. Nella foga, distrusse anche il violino. Ma riuscì ad afferrare Seamus e a tirarlo indietro.

«Ridammelo!», urlò lui, lottando mentre Daithí lo tratteneva. «Ridammelo! Non hai il diritto di leggerlo! Non ne hai il diritto!».

«Diritto o no, vogliamo rivederlo insieme e capire se sto facendo progressi con la lingua? Che ne pensate?».

Cara abbassò lo sguardo sulla pagina.

«*31 dicembre 2012*». Alzò di nuovo lo sguardo. «Saltiamo la parte della famiglia cattiva… ecco, qui: *…ora siamo sull'acqua. Vedo Kilronan scintillare in lontananza. Vorrei essere al pub con Ferdy e Sorcha. Soprattutto con Maura. Ma lei non mi parla. Sta dicendo che non mi perdonerà. E io sono qui fuori. Con il fratello che amo. Che mi ama. Ma è arrabbiato con me. Non ho mai visto Cillian arrabbiato. Sono io la testa calda, quello con il caratteraccio. Sa cosa ho fatto a Maura. Mi ha visto picchiarla. È così arrabbiato con me. Dice che non devo diventare come nostro padre. Il mare è mosso, però, non mi piace. Lo dico a Cillian ma lui mi ignora. Gli dico di non paragonarmi a nostro padre. Non sono affatto come lui. Mi chiede in cosa sono diverso. In che modo il mio schiaffo a Maura era diverso da quelli che papà dava alla mamma. Io grido che è diverso perché non avevo intenzione di darglielo. Perché ho chiesto scusa e non lo farò più. E lui ride. Idiota, dice, non credi che papà abbia detto le stesse cose a mamma all'inizio? Certo che gliele ha dette. E a differenza di Maura, mamma gli ha dato un'altra possibilità. E vedi che fine ha fatto? Cillian mi dice che ammira Maura. Perché mi ha scaricato. Perché non* *mi ha perdonato. E io la sento salire. Sento quell'energia demoniaca che mi sale dentro, è nei miei pugni e nella mia testa e mi scaglio contro di lui. Lo colpisco. Proprio come papà. Lo colpisco e lui cerca di fermarmi. Gli sferro un pugno e lo stordisco. Lui barcolla all'indietro e la barca oscilla e lui barcolla ancora di più. Perde sangue. Anche l'occhio, pieno di sangue. Alza le mani e dice che non dobbiamo fare così, non dobbiamo essere come papà. E io non lo sento. Non riesco a sentirlo. Lo colpisco di nuovo. Un pugno carico di tutto l'odio che provo per il mondo. Mi volto e torno in cabina. Ansimando, controllo gli strumenti. Piano piano smetto di tremare e il mio respiro comincia a tornare normale. Un'onda si abbatte sulla fiancata e per poco non mi fa cadere a terra. Esco. E sono solo. Non riesco a vedere Cillian. Mi aggrappo al parapetto mentre la barca dondola e viene colpita da un'altra onda. Sono solo. Lo cerco, ma è una barca piccola nel vasto mare aperto.*

C'è del sangue sul verricello. C'è del sangue a poppa, sul bordo. C'è del sangue sul boma d'acciaio, all'altezza della testa. Deve averci sbattuto contro dopo l'ultimo pugno. Dev'essere caduto in mare. Stordito, sanguinante. Impossibile salvarsi. Corro a poppa. Guardo oltre il bordo. Urlo di nuovo il suo nome. Cillian! Cillian! Ma la notte e il mare sono neri».

Cara guardò Seamus, che per tutto quel tempo non aveva detto una parola.

«Oh, Seamus, come hai potuto?», disse Sorcha, mettendosi la mano sulla bocca.

«Senti chi parla», ringhiò lui.

«Oh, non ho ancora finito», disse Cara.

«C'è dell'altro?», chiese Daithí.

«Temo di sì», rispose Cara. Guardò Seamus dritto negli occhi. E poi ricominciò a leggere. «*È ferito. Io l'ho ferito. È colpa mia se è finito in mare, con una ferita alla testa, nel buio della notte. Se chiamo la guardia costiera adesso e lo trovano vivo, finirò nei guai. Cillian gli dirà quello che ho fatto. Andrò in prigione. Non lo troveranno vivo, no? Si gela ed è ferito. Gli uomini delle Isole Aran non imparano a nuotare. La supersti-*

zione dice che ci priverebbe della nostra paura, della nostra prudenza nei confronti dei pericoli del mare. Se aspetto solo un altro po' prima di chiamare la guardia costiera, allora senza dubbio...».

Tutti fissarono Seamus.

«Lo hai lasciato morire», disse Cara, la voce piatta come un mare placido. Sentiva che Cillian aveva bisogno che fosse calma in quel momento. Doveva arrivare fino alla fine.

Daithí allentò la presa su Seamus, come se all'improvviso scottasse. Lo fissò come se si fosse rotto un incantesimo e riuscisse finalmente a vedere il suo vero, orrendo volto.

«Non hai chiamato subito la guardia costiera?», chiese Daithí. Riuscì a malapena a formulare le parole. «Tuo fratello era ferito in mezzo al mare e tu non hai chiamato subito i soccorsi? Perché potevi metterti nei guai? Cristo santo, Seamus, che modo di ragionare malato. Chiami la guardia costiera e ti butti subito in acqua! Fai qualcosa! Era il mio migliore amico...». La voce di Daithí si incrinò. E cominciò a piangere.

Seamus gli prese la mano.

«Ma non avrebbe avuto alcuna possibilità di sopravvivere», lo implorò. «Non ce l'avrebbe fatta in nessun caso».

«L'hai lasciato lì a morire da solo», scandì Daithí con estrema lentezza, cercando di controllare il tremolio nella voce. «Sei rimasto lì mentre...».

Seamus gli lasciò la mano. Si voltò verso Cara.

«Tu devi capirmi, Cara. Sai quanto lo adoravo. Non avrebbe voluto che mi rovinassi la vita per...».

«Non credo nemmeno che avrebbe voluto il pugno che gli hai tirato. Il pugno con cui lo hai gettato in acqua. Non sarebbe morto se non l'avessi picchiato», disse Cara.

Seamus rimase in silenzio.

«Hai ucciso Cillian. Hai ucciso tuo fratello. Mio marito. E quel che è peggio, non hai imparato niente. Hai perso la calma, di nuovo. Non è vero? E lo hai fatto un'altra volta. Hai ucciso Maura».

Cinquantatré

Seamus lanciò un'occhiata in fondo alla cucina, nella parte più buia. Daithí gli si avvicinò di un passo. Sotto la debole luce della candela Cara poteva vedere le foto incorniciate sulla parete. Seamus e Cillian da bambini. Innocenti, sorridenti. Ancora non sapevano tutto ciò che gli avrebbe riservato la vita. E la vita non era stata per niente gentile con loro. Un giovane Seamus, lentigginoso e sorridente, accanto a quel Seamus corrotto. Le si spezzò il cuore.

All'improvviso, Seamus scattò. Con un calcio, scagliò il tavolino rotto contro Cara. Lei si scansò. Seamus si lanciò verso la porta sul retro e si tuffò nell'oscurità.

«Fermati!», urlò Cara, mettendosi a correre.

Daithí saltò sul divano e si lanciò all'inseguimento. Lo placcò nell'attimo in cui raggiungeva il ripiano della cucina, alla luce della luna che filtrava dal vetro della porta. Si schiantarono sul pavimento. Cara sentì l'urlo di Daithí mentre cadeva a terra e il gemito di dolore di Seamus sotto di lui.

Sorcha piagnucolava.

Cara si voltò.

«Sorcha, puoi stare zitta, per fav…». Si interruppe, fissando un punto dietro di lei. Le tende. E la candela sul pavimento. Proprio sotto alle finestre. Era finita lì dopo che Seamus aveva dato un calcio al tavolino.

«Fuoco!», urlò Cara.

Daithí e Seamus si alzarono di scatto. Sorcha si voltò. «O Dio!». E all'improvviso la stanza buia prese vita. La carta da parati scrostata, gli scaffali polverosi, il divano con quel motivo antiquato. Le fiamme illuminarono ogni cosa. E poi cominciarono a parlare. Le fibre sintetiche delle tende non opposero resistenza. Ci fu un crepitio e un ruggito e le tende presero fuoco, sprigionando gocce di pioggia ardente. Era una staffetta, e il tappeto raccolse con piacere il testimone. Dopo appena trenta secondi da quando Seamus aveva rovesciato la candela, quell'angolo della stanza era completamente in fiamme.

«Fuori! Fuori!», urlò Cara.

Daithí afferrò Seamus per il colletto della camicia, lo trascinò fino alla porta sul retro. Cara si lanciò all'indietro e prese la mano di una Sorcha sconvolta.

«Forza, Sorcha, forza, dobbiamo uscire!». Il fumo stava riempiendo l'aria. Cara tossì. Sorcha si girò e la fissò con occhi di ghiaccio.

«Volevo solo fargli del male, come loro ne hanno fatto a me. Non volevo che morissero».

«Non è il momento!». Cara le afferrò il polso e la trascinò via. Mentre facevano il giro del ripiano, il divano fu preso da una fame lussuriosa. L'ultima immagine che Cara registrò della stanza fu quella delle foto di Cillian e Seamus avvolte dalle fiamme.

Cinquantaquattro

Chiuso nell'auto di servizio, Seamus guardava dritto davanti a sé, ignorando l'inferno fuori. Le fiamme rabbiose si riflettevano sui finestrini. Cara, Sorcha e Daithí rimasero a guardare la casa divorata dall'incendio. Sentivano il calore delle vampe e il gelo della sera.

«Dobbiamo andare da un vicino e chiamare i vigili del fuoco», dichiarò Daithí.

«Lasciala bruciare», disse Cara, il volto illuminato da un bagliore arancione.

«Cara, te ne pentirai. So cosa provi in questo momento, ma non credo che tu lo voglia davvero».

Lei alzò lo sguardo verso Daithí. «Non credi?».

Il suo amico scosse la testa. Si voltarono tutti. Sirene. Videro le luci blu lampeggianti del piccolo camion dei pompieri. Le fiamme che si alzavano nel cielo notturno di un'isola nel mezzo di un black-out avevano dato l'allarme più rapidamente di qualsiasi tecnologia.

«Andiamo», disse. «Togliamoci di mezzo». Salirono in macchina, Sorcha si infilò davanti con Daithí e Cara. Uscirono in retromarcia dal viale. Cara parcheggiò qualche metro più avanti.

Rimasero a guardare le fiamme che divampavano.

Cara pensò che non avrebbe avuto nulla da ridire se la casa fosse stata rasa al suolo. Quel posto portava solo sfortuna. Conteneva solo brutti ricordi. L'unica cosa buona che ne era venuta fuori – Cillian – se n'era andata da tempo.

«Riusciranno a salvarla?», chiese Seamus da dietro con un filo di voce.

«Ne dubito», disse Cara. Forse era solo la sua immaginazione, ma le sembrò che Seamus si rilassasse un po' nello specchietto retrovisore. «Dubito che riusciranno a salvare anche solo qualcosa. Ma sono felice di non aver mai lasciato andare questo».

Cara sollevò il quaderno in modo che Seamus potesse vederlo. Stavolta era sicura della sua reazione: lo vide accasciarsi sul sedile. L'ultima speranza di farla franca era svanita.

«Non sono stupida, Seamus. Questa è la chiave di ogni cosa. E non è solo la verità custodita qui dentro a costituire un problema, ma anche ciò che Ferdia ha deciso di farne. Prima hai detto che lo stavi cercando da anni. Non è proprio così, vero? Credo che tu sapessi esattamente dov'era. Forse è più corretto dire che sono anni che cerchi di recuperarlo.

L'ultimo tassello di questo terribile puzzle... Ferdia ti stava ricattando. Quando vi ho sentiti discutere, credevo di aver sentito le parole "per favore". *Le do thoil.* Ma non aveva senso. È venuto fuori che c'è una parola che suona molto simile a *le do thoil. Dúmhál. Do thoil. Dúmhál.* Sto ancora imparando, a volte faccio fatica. Ma voi tre saprete tutti cosa significa: "ricattare". Ferdia doveva sapere cosa c'era qua dentro. Glielo hai detto tu? Eravate così legati all'epoca. Ma i rapporti cambiano. Forse non eravate uniti come pensavi. Ti ha voltato le spalle.

Quindi, quando hai aggredito Maura, tre giorni fa, per cercare di recuperare il libro, non volevi solo salvare la tua reputazione e la tua libertà. Volevi anche che Ferdia smettesse di ricattarti. E quindi è anche per questo che hai scritto le lettere, per capire dov'era il quaderno. Volevi arrivarci prima di Ferdia. Stavate facendo una corsa per metterci le mani sopra, tutti e due. Alle nostre spalle. La posta in gioco era alta per entrambi: tu volevi mantenere il segreto e sfuggire al ricatto di Ferdia. E Ferdia aveva bisogno di pagare la sua banda di spacciatori, perché sapeva che non gli avresti dato un centesimo se lo avessi trovato per primo. Non dopo il modo in cui ti aveva trattato».

Seamus abbassò la testa. Si passò le mani tra i capelli.

«È ora di ammettere la verità, Seamus».

«Forse sì», esordì, con un sospiro sommesso. «Forse è così». Si voltò e guardò la sua casa in fiamme. I volontari dei vigili del fuoco correvano intorno all'edificio. Come la frusta di un domatore di leoni, i primi archi d'acqua cercavano di placare la bestia infuriata. La luce blu del motore lampeggiava come quella stroboscopica del rave.

«Non molto tempo dopo l'accaduto... dopo la morte di Cillian... ho pensato di costituirmi. Il senso di colpa era terribile. Ho chiesto a Ferdia cosa fare. Era il mio migliore amico. Gli ho fatto leggere il quaderno in tutto il suo terribile e vigliacco splendore. E lui ha pensato che fosse divertente. Mi ha detto di andare avanti e di dimenticare tutto. Io gli ho dato retta e ho cercato di farlo. Ho riscritto il libro, con quel finale asettico. Come se scriverlo lo rendesse vero. E con grande sorpresa di tutti ha avuto un successo incredibile. A quel punto ho pensato che avrei dovuto distruggere l'originale. Ma Ferdia aveva bisogno di soldi e ne aveva visto il potenziale. Me lo ha rubato prima che avessi la possibilità di bruciarlo. E così è iniziato un decennio di tormenti. Voleva soldi, tanti soldi. Pensavi davvero che potesse permettersi l'affitto di quell'appartamento a Londra, Sorcha? Davvero, non avevi dei sospetti?»

«Immaginavo fossero i soldi della droga».

«Non era un pezzo grosso. Mi ha prosciugato. Sfornavo quelle sceneggiature terribili senza un briciolo di integrità, solo per non restare senza soldi, per tenerlo tranquillo. Diceva che i giornali gli avrebbero dato un sacco di quattrini per lo scoop, ma preferiva che fossi io a pagarlo, per salvare la mia reputazione e la mia libertà. Diceva che stava facendo la cosa giusta. Gli piaceva tormentarmi. Quest'anno però è cambiato tutto. È diventato più disperato. La banda gli stava facendo pressione per il debito. Aveva davvero paura. Anche l'inflessibile Ferdia Hennessy stava iniziando a tremare. Voleva uscire da quella situazione. Voleva anche tornare qui e stare con Maura. Lasciarsi alle spalle quella vita. Mi dispiace, Sorcha». Seamus la guardò e scosse la testa.

«Non preoccuparti. È stato tutto un casino», disse lei con tristezza, mentre le lacrime cominciavano a rigarle le guance.

«Comunque, qualche mese fa abbiamo avuto una conversazione», continuò Seamus con voce triste. «Ho visto un'opportunità. Gli ho detto che avrei ripagato tutto il suo debito. Ma in cambio doveva restituirmi il quaderno. Ferdia era così disperato che ha accettato. Ci eravamo messi d'accordo per vederci qui, questa settimana. Ferdia ha detto a Sorcha di mandare un'e-mail a tutti voi, con la scusa di festeggiare l'anniversario. Ho telefonato qualche settimana dopo… era tutto organizzato».

«Cosa?». Cara si fece scura in volto. «Avevate organizzato questa settimana… l'anniversario di Cillian… avevate architettato tutto solo per i vostri loschi affari? Quanto siete caduti in basso».

«Volevamo fare lo scambio su un terreno neutro. Un luogo da cui non fosse facile allontanarsi rapidamente. Non ci fidavamo l'uno dell'altro. È patetico, Cara, lo so. Ero disperato… ero così perso senza Cillian… non doveva andare in questo modo… Volevo solo che Maura mi dicesse dove l'aveva nascosto. Se solo me lo avesse rivelato, sarebbe rimasto tutto come negli ultimi dieci anni. Ma lei non ha voluto sentire ragioni. Ha detto che dovevo dire la verità. Mi sono arrabbiato. Non voleva ascoltare…».

Seamus iniziò a singhiozzare. Cara sentì il rintocco delle campane di una chiesa lontana. Una melodia che stonava con le sue lacrime. Guardò l'orologio sul cruscotto dell'auto. Era mezzanotte.

«Buon anno a tutti. Be', Seamus, sembra che la superstizione sia vera. Almeno nel tuo caso. Questa donna dai capelli rossi ha un nuovo anno molto sfortunato in serbo per te».

Epilogo

Cara alzò il viso verso il sole invernale. Chiuse gli occhi e sentì la carezza dei raggi caldi. Poi, il conforto di un braccio intorno alla spalla. Si girò a sinistra e aprì gli occhi. Daithí la guardava. Le baciò la fronte.

«Stai bene?», chiese.

«Non molto. Ma ce la farò. È quello che avrebbero voluto entrambi».

Guardarono la tomba appena scavata nella terra, contrassegnata da una piccola croce di legno con una targa di ottone.

Maura Conneely 1988-2022
Nella grazia dell'amore per sempre
I ngrásta an ghrá go deo

Sospirò. Gettò uno sguardo all'angolo superiore del cimitero, verso il luogo dove riposava Cillian. Era felice di vedere il verde tra il granito, non più una coperta di bianco. Il sole aveva restituito la loro isola. Si vedevano di nuovo le strade, le mura e le rovine. I luoghi familiari, i punti di riferimento, i posti che amavano. La gente usciva di nuovo dalle case. Camminava per le strade, si salutava. Ricominciava con la solita vita. Il mare sembrava pentito, calmo nella sua contrizione. Imbarazzato per gli eccessi dimostrati durante la tempesta.

Cara aprì la borsa. Rovistò nelle tasche interne. Tirò fuori qualcosa. La espose al sole e osservò il luccichio che si depositava all'interno.

«Perché l'hai portata?», chiese Daithí.

«Come promemoria».

Daithí fece una smorfia perplessa.

«In ricordo dei nostri bei tempi, di quello che significavamo l'una per l'altra, del fatto che mi ha aiutata persino dopo la morte».

Cara si inginocchiò accanto alla tomba. Posò la piccola palla di neve tra i fiori vecchi di una settimana e la adagiò con cura sulla lapide. Guardò i fiocchi fluttuare lentamente fino ai piedi delle due amiche custodite per sempre lì dentro. *Ti voglio bene anch'io, tesoro*, pensò, ricordando le ultime parole di Maura. Nel videomessaggio. Ultime parole piene d'amore. Come quelle di Cillian. Anche le sue erano state ultime parole piene d'amore. Quanto era stata fortunata ad avere persone così belle nella sua vita. Se n'erano andate troppo presto. Ma lei le avrebbe onorate vivendo una vita piena di amore. Non di odio. Prese la mano di Daithí, se la portò alle labbra e la baciò. Lui le sorrise. Alzò le loro mani intrecciate e restituì il bacio. Si incamminarono verso i cancelli del cimitero.

«Sei sicuro che Courtney non mi detesti?», chiese Cara. Daithí rise.

«No, e se c'è qualcuno che ha il diritto di detestare, sono io. Aveva un fidanzato a New York. Voleva farsi una storiella prima di tornare a casa. Sapeva che non ero disponibile, per quanto lo negassi. Sapeva che non c'era il rischio che mi innamorassi di lei. E aveva ragione».

«È terribile! Ti senti usato?». Cara rise.

«Sì, povero me». La risata profonda di Daithí rimbombò nel silenzio.

Raggiunsero i cancelli. Cara vide passare un isolano. Aveva uno sguardo severo. Li rimproverava per aver riso in un cimitero? Si avvicinò. Era Tomás, il suo più grande detrattore. «È lei, sergente Folan?», chiese, strizzando gli occhi. Ma il cipiglio era dovuto al sole negli occhi, non a un presunto oltraggio. Cara fu sorpresa dalla novità.

«Ispettore pro tempore Folan», rispose Daithí.

«Ah, ispettore», disse Tomás. Un cenno del capo. Tossì e

si schiarì la gola. «Volevo solo dire... tutto quel casino di Flaherty. Uno schifoso, proprio come suo padre. Ci ha ingannati tutti. Un isolano...». Tomás scosse la testa. Schioccò la lingua. «Abbiamo tutti imparato qualcosa da questa triste storia». Fece un passo indietro e si girò. «Grazie, ispettore».

«Faccio solo il mio lavoro», rispose Cara. «Ma non c'è di che. Slán, Tomás».

Lui la guardò per un attimo. Daithí le strinse la mano. «Slán, Cara».

Una lettera di Tríona

Cari lettori,

voglio ringraziarvi di cuore per aver scelto di leggere *Notte di neve e sangue*. Significa davvero molto per me. Se vi è piaciuto e volete rimanere aggiornati su tutte le mie ultime uscite, iscrivetevi al seguente link. Il vostro indirizzo e-mail non sarà mai condiviso con nessuno e potrete annullare l'iscrizione in qualsiasi momento.

www.bookouture.com/triona-walsh

Ho amato scrivere questo libro. È stata una gioia scrivere dell'affascinante Inis Mór, del suo incredibile paesaggio e del suo passato mistico. Tutti i luoghi sono reali, dalla splendida piscina naturale della Tana del Serpente (*Pol na bPéist*) al drammatico forte a strapiombo di Dun Aengus. Mi sono sdraiata a pancia in giù e ho sbirciato oltre il bordo, guardando l'Atlantico cento metri più sotto. Terrificante e mozzafiato in egual misura! È un'isola davvero straordinaria ai confini del mondo. È stata anche una gioia scrivere di Cara. La tempesta che infuria intorno a lei è pari solo alla tempesta che infuria dentro di lei, mentre tutto quello in cui credeva, tutto quello a cui si affidava, le viene strappato via. Penso che chiunque di noi abbia avuto almeno un momento nella propria vita in cui ciò che pensava fosse vero si è rivelato una bugia. Speriamo che siano momenti meno drammatici di quelli che ha vissuto Cara, però. E anche se perde così tanto, almeno la lasciamo con una nota di speranza, a ricostruirsi una vita con il meraviglioso Daithí. Credo che saranno molto felici insieme.

Spero che vi sia piaciuto *Notte di neve e sangue*, e se così fosse vi sarei molto grata se poteste scrivere una recensione. Mi piacerebbe sapere cosa ne pensate, ed è fondamentale aiutare i nuovi lettori a scoprire uno dei miei libri per la prima volta.

Mi piace parlare con i miei lettori: potete mettervi in contatto con me sulla mia pagina Facebook, su Twitter, su Goodreads o sul mio sito web.

Grazie,
Tríona

Ringraziamenti

Non potrei iniziare questa pagina senza un enorme grazie alla mia editor Christina. Ha scommesso su di me e ha creduto in questo libro fin dall'inizio. È difficile, per uno scrittore, tenere lontani dalla porta i dubbi e le angosce del processo creativo. Quindi l'entusiasmo, il sostegno e le conoscenze di Christina sono stati assolutamente preziosi.

E a tutto il team di Bookouture: è un privilegio lavorare con voi.

Grazie a Eileen Casey, super stimolante insegnante di scrittura. Non sarei qui ora se non fossi finita nella sua classe. A Louise Phillips, grazie per avermi dimostrato che era possibile realizzare questo sogno, e grazie a tutta la banda di scrittori della Lucan Library del sabato mattina. Grazie soprattutto a Joan. So che avrebbe amato questo momento. Mi manca molto.

Cait, Joe, Niamh e Siobhan. Per le migliaia di parole che avete letto per me. Per le pinte e i caffè condivisi. Per gli "had-had" e i "POV". Per l'incoraggiamento e la gioia condivisa per i successi, e per il sostegno nelle delusioni. Grazie!

Al mio primo, storico compagno di scrittura, Kevin. È da molto tempo che lavoriamo a questo progetto. Ce l'abbiamo fatta! E a tutto il gruppo di scrittori dei Second Mondays. Siete un gruppo davvero fantastico, grazie per tutti i vostri commenti e incoraggiamenti.

A Lisa e Ruth. Potrei dedicare un'intera sezione di ringraziamenti solo a voi due. Credo sia giusto dire che non sarei qui se voi non aveste intrapreso il mio stesso viaggio. Siete due donne davvero straordinarie.

Grazie a John Walsh e a tutta la famiglia Doire Press. Kate Dempsey e Maeve O'Sullivan, le due Dive con cui mi sono divertita a girare per il Paese avvolte nei nostri boa di piume. Siete sempre state un immancabile supporto e siete delle scrittrici di grande ispirazione per me.

Ai miei genitori, Tom e Pat. Le parole non vi rendono giustizia! Brillanti su ogni fronte, siete anche i miei primi lettori più preziosi. Grazie per aver sopportato tutte le mie e-mail piene di ansia! Grazie ai miei fratelli Ciarán, Dara e Garry, sempre così incoraggianti. E Betty, il tuo sostegno a colazione a The Square ha sempre significato molto per me.

Grazie a tutta la famiglia Walsh, di cui ho sempre apprezzato il sostegno.

Voglio ricordare mia suocera, Anne, che era una grande amante dei libri. Mi sarebbe piaciuto condividere questo momento con lei. Grazie a Owen e alle famiglie O'Malley e Cassidy. Grazie a Deirdre per l'aiuto con la *cúpla focail* in queste pagine. (Eventuali errori, però, sono interamente colpa mia!).

Grazie a Lea Boyne, che ha letto il mio lavoro e mi ha incoraggiato e sostenuto: il tuo entusiasmo ha significato molto! Grazie anche a Kathy M e le Cody, Elaine Fortune, Orlaith McGlade, Lisa Burke, Bernardine Waters, Sheila Spillane, Sara Nolan, Sinead Murrell, Blathnaid Nolan, The Crop Tarts e tutti coloro che mi hanno aiutato e incoraggiato lungo il cammino.

Grazie all'Irish Writers Centre, che mi ha scelto per due volte per la IWC Novel Fair: la vostra fiducia mi ha permesso di andare avanti anche nei momenti difficili.

Grazie ai veri isolani di Inis Mór, persone sinceramente accoglienti e gentili. La loro isola è uno dei luoghi più belli e straordinari d'Irlanda.

E a mio marito, Dan, e ai miei figli, Harry, Charlie, Ruby e Lily. Non avrei scritto proprio nessun libro senza di voi. Avete dovuto sopportare continue discussioni sulla trama e una convivenza con una moglie e una madre a dir poco distratta. Un "grazie" non vi rende giustizia!

E infine ai miei gatti Bob, Maggie e Zuzu: grazie perché con le vostre continue richieste di aprire porte e mettere cibo nelle ciotole non sono rimasta inchiodata alla sedia a scrivere per troppe ore di fila.

Indice